KB273786

대리모

Copyright © THE SURROGATE MOTHER

All Rights Reserved

First published in the English language in 2022 by Hollywood Upstairs Press

Korean translation copyright © 2026 by Iarchitect Co.,Ltd

Korean translation rights arranged with Bookouture

through EYA Co.,Ltd

이 책의 한국어판 저작권은 EYA Co.,Ltd를 통해

Bookouture과 독점 계약한 아이아키텍트 주식회사에 있습니다.

저작권법에 의하여 한국 내에서 보호를 받는 저작물이므로

무단전재 및 복제를 금합니다.

대리모

프리다 맥파든 지음　　박지현 옮김

THE
SURROGATE
MOTHER

BOOK PLAZA

프롤로그

오늘 안으로 나는 1급 살인 혐의로 체포될 거다.

도대체 왜 이런 일이 벌어졌는지 이해가 안 된다. 나는 그런 짓을 할 사람이 아니다. 살면서 과속 딱지 한 번 떼인 적도 없다. 맹세코 무단횡단조차 해본 적이 없다. 법을 이만큼 깐깐하게 지키고 사는 사람도 드물 거다.

"애비, 현재 경찰이 확보한 증거만 봐도 당신한테 꽤 불리해요."

내 변호사 로버트 프리쉬는 말을 돌려서 하는 법이 없다. 알게 된 지는 얼마 안 됐지만, 적어도 이 사람은 위로해 주거나 달래주는 스타일이 아니라는 건 확실했다. 그는 지난 20분 내내 경찰이 나를 겨냥해 확보한 증거들을 하나씩 늘어놓았다. 그 이야기를 한꺼번에 듣고 있자니 숨이 막혔다. 제삼자의 입장으로 이 얘길 들었다면, 나도 속으로 이렇게 생각했을 거다.

'저 여자 빼박이네. 당장 가둬야 해.'

프리쉬의 설명을 듣는 내내 심장이 미친 듯이 뛰었다. 그냥 빨리 뛰는 정도가 아니라, 중간중간 말이 귀에 들어오지 않을 정도였다. 내 오른편에 앉은 남편 샘은 의자에 축 늘어진 채 멍하니 앞만 보고 있었다. 프리쉬를 선임한 건 샘이었다. '애비, 지금 네 편이 되어줄 사람은 저 사람밖에 없어.' 샘이 그렇게 말했었다.

그런데 프리쉬마저 날 도울 수 없다면? 그럼 난 정말 끝이다.

"정황 증거뿐이잖아요."

그렇게 말했지만, 솔직히 '정황 증거'가 정확히 뭔지도 잘 모르겠고, 지금 경찰이 가진 게 정말 그 정도뿐인지도 확신이 없었다. 그래도 이것만큼은 확실했다. "저는 안 했어요."

프리쉬는 길게 한숨을 내쉬더니 팔짱을 꼈다. "분명히 말할게요. 이게 재판으로 넘어가면, 유죄가 나올 가능성이 높아요."

"재판까지 가면요?"

"형량 협상이 최선이라고 봐요." 그가 말했다. "체포되면—"

경찰이 우리 집 문을 두드리는 장면이 머릿속에 선명하게 그려졌다. 차가운 수갑이 양손에 채워지고, 권리를 읽어주는 목소리가 들린다. '당신은 묵비권을 행사할 권리가 있습니다.' 진짜 현실에서도 저 말을 그대로 할까? 알고 싶지 않았다.

"체포되면이 아니라, '만약 체포된다면'이죠." 내가 말했다.

프리쉬는 제정신이 아닌 사람 보듯 나를 쳐다봤다. 그는 거의 30년 동안 형사 사건만 맡아온 베테랑이자 업계에서 손꼽히는 실력자다. 사무실 한쪽 벽에 떡하니 자리 잡은 가죽 소파와 묵직한 마호가니 책상만 봐도 그가 얼마나 성공했는지 한눈에 알 수 있었다. 책상 위에는 버락 오바마와 악수하는 사진까지 놓여 있었다. 돈이 없는 건 아니었지만, 재판을 끝까지 끌고 가다간 그 비용에 우리가 먼저 말라 죽을지도 모른다.

"2급 살인은 15년에서 종신형까지 나올 수 있어요." 프리쉬가 말했다. "하지만 1급 살인은 가석방 없는 종신형이 선고될 수도 있죠. 2급으로 내려서 합의하면—"

"15년이요?" 나도 모르게 소리쳤다.

15년이라니. 그건 인생을 통째로 내놓으라는 말이다. 나는 감옥에 단 하루도 가고 싶지 않다. 그런데 15년은 상상조차 안 된다. 숨이 턱 막히고 머릿속이 새하얘졌다. 15년을 받아들이라고? 그건 도저히 못 한다.

나는 샘을 바라봤다. 나처럼 화가 나 있거나 당황한 기색이 그의 얼굴에도 보이길 바랐다. 그런데 샘은 여전히 멍한 표정이었다. 프리쉬 뒤쪽 벽만 보고 있었고, 내가 눈을 마주치려 해도 고개를 돌리지 않았다.

샘은 진짜 내가 했다고 생각하는 걸까?

내 남편이 정말로 내가 살인자라고 믿는다고?

세상에서 나를 제일 잘 아는 사람이 샘인데, 그 사람마저 내가 유죄라고 생각한다면 배심원 앞에서 내가 무슨 수로 버틸 수 있을까.

하지만 난 아니다. 정말로 안 했다. 아무도 죽이지 않았다.

그런데, 정말 아닐까?

내가…, 했나?

1

지금 이 순간만큼은, 내 인생이 거의 완벽하다고 말할 수 있다.

몇 년 전만 해도 나는 절대 이런 말을 못 했을 거다. 그때의 나는 신흥 기저귀 브랜드인 '커들스' 임원들 앞에 서는 것만으로도 숨이 막혔다. 머리 위에 후광까지 단 아기 사진을 스크린에 잔뜩 띄어둔 채, 그 앞에서 새 광고 캠페인을 발표해야 했다. "당신의 작은 천사는 그럴 가치가 있으니까요." 같은 문구를 태연한 얼굴로 읊어야 한다는 사실이 생각만 해도 진저리가 났다. 시키면 하긴 했겠지만, 그때의 미소는 지금처럼 진심일 수 없었다.

그런데 지금은 다르다. 지금 내 삶은 내가 바라던 모습 그대로다. 뭐, 완전히는 아니지만 거의 그에 가깝다. 나는 늘 하고 싶었던 일을 하고 있고, 좋은 남자와 결혼했고, 몇 주만 지나면 인생 처음으로 엄마가 된다. 출산의 신들이 기분을 어떻게 내느냐에 따라 달라지겠지만.

그래서 그런지 요즘 '빛이 난다'는 말까지 듣는다.

"이번 새 광고 캠페인은—" 나는 스크린의 이미지를 가리켰다. "커들스를 하기스나 팸퍼스 같은 메이저 브랜드와 어깨를 나란히 하게 만들 잠재력이 있어요."

내 시선이 커들스 마케팅 총괄 부사장, 제드 코필드에게로 향했다. 제드는 40대쯤 되어 보였다. 풍성한 갈색 머리에 날카로운 짙은 눈, 그리고 휴고 보스 양복을 말쑥하게 차려 입었다. 왼손 약지엔 금색 결혼반지가 반짝이고 있었지만, 지난 2년 동안 함께 일하면서 확실히 알게 된 게 하나 있었다. 그는 대화할 때마다 늘 필요 이상으로 가까이 다가섰다. 너무 가까워서 숨결만 느껴도 방금 뭘 먹었는지 알아맞힐 수 있을 정도였다. 지금도 마찬가지였다. 곧 엄마가 될 몸인데도, 그는 내 몸을 위아래로 훑는 시선을 숨기지 않았다.

스튜어트 광고대행사에서 지금의 '콘텐츠 전략 디렉터'로 승진하기 전, 나는 자신감 있어 보이는 법을 꽤 많이 익혔다. 그중에서도 핵심은 눈을 피하지 않는 것이었다. 그래서 나는 제드와 눈을 맞춘 채 등을 곧게 세우고, 어깨를 뒤로 활짝 젖혔다.

자신감을 가질 이유는 충분했다. 이 광고가 훌륭하다는 걸 확신했고, 그렇게 만들려고 정말 죽도록 일했으니까.

"25세에서 34세 여성층 반응은 어땠죠?" 제드가 물었다.

좋은 질문이었다. 기저귀 시장에서 25세에서 34세 여성은 커들스가 사실상 전부를 걸어야 하는 핵심 타깃이었다. 우리 광고가 아무리 감동적이어도, 60대 남자들이 아기 기저귀를 사는 일은 거의 없었다. 물론 나는 이제 그 황금 타깃에서 살짝 벗어났지만, 집 옷장엔 신생아용 기저귀 한 팩이 들어 있었다. 굳이 그 얘길 꺼낼 필요는 없겠지만.

최고 마케팅 책임자이자 내 상사이기도 한 데니즈 홀트가 대답하려고 입을 열었다. 3년 전의 나라면 그냥 두었을지도 모른다. 하지만 자신감은 상사가 내 질문을 대신 받게 두지 않는 데서 시작한다고 배웠다.

"그들은 이 광고를 정말 마음에 들어했어요, 제드." 나는 데니즈가 한마디 꺼내기도 전에 말을 받았다. 리모컨 버튼을 눌러 데이터 화면을 띄웠다. "광고를 본 뒤 응답자의 53%가 다른 주요 브랜드보다 커들스를 선택할 가능성이 더 높아졌거든요." 그의 눈썹이 살짝 올라가는 걸 보고 나는 덧붙였다. "게다가 기존 타깃층뿐만 아니라 35세에서 44세 여성층에게도 반응이 굉장히 좋았어요. 아시다시피 35세 이상 산모층이 기저귀 구매 시장의 최소 30%를 차지하니까요."

제드 코필드는 감탄하듯 고개를 끄덕였다. "맞아요. 그렇죠."

나는 다시 그의 눈을 똑바로 바라봤다. "이번엔 제대로 터뜨릴 겁니다."

제드는 웃고 있었지만 데니즈는 아니었다. 나는 데니즈 홀트를 오래 지켜봐 왔고, 그래서 그녀가 자기보다 다른 사람이 더 주목받는 걸 못 견딘다는 것도 알고 있었다. 데니즈는 십수 년 전, 내가 처음 이 회사에 들어왔을 때 직접 나를 뽑아준 사람이었다. 아직도 기억난다. 그녀의 사무실에 주눅 든 채 들어가 얼음처럼 파란 눈과 금발을 완벽하게 틀어 올린 프랑스식 올림머리에 압도돼 벌벌 떨었던 순간이. 나는 재킷 칼라를 만지작거리며 스튜어트 광고대행사에서, 특히 악명 높은 데니즈 홀트 밑에서 일하고 싶은 이유를 외워 온 대로 더듬더듬 늘어놓았다.

그녀는 나를 뽑았고, 그 뒤로 나에게 필요한 모든 걸 가르쳐줬다. 내 검은 머리를 프랑스식으로 묶는 법도 데니즈에게 배웠다. 그걸 '시뇽'이라고 한다나. 그런 걸 누가 알겠는가. 그런데 내가 아이를 가지려고 한다는 걸 데니즈가 알게 된 뒤부터, 우리의 관계는 서서히 삐걱대기 시작했다.

"반응이 그렇게 좋다 이거죠?" 제드가 되물었다.

나는 고개를 끄덕였다. "네. 정말요."

그의 미소가 더 커졌다. "나도요. 정말 마음에 듭니다. 훌륭해요."

겉으로는 태연한 척했지만 속으로는 환호성을 지르고 있었다. 커들스의 마케팅 부사장이 내 아이디어를 좋아한다. 좋아하는 수준이 아니다. '훌륭하다'고 했다!

캠페인 내내 시큰둥하고 부정적이던 데니즈를 향해, 나도 모르게 의기양양한 미소를 던졌다. 바로 어제만 해도 데니즈는 "아직 한참 멀었어"라며 이 미팅을 미루자고 했었다. 내가 끝까지 밀어붙이자 내게 "머릿속에 애 생각밖에 없어?"라는 말까지 했다.

데니즈는 의도적으로 '엄마'라는 역할을 삶에서 뺀 사람이다. 내가 그녀 비서로 일하던 시절, 그녀는 "애 몇 명 낳는 순간 커리어는 끝장이야"라는 말을 귀에 못이 박히도록 반복했다. 데니즈에겐 커리어가 전부였고, 그녀는 그걸 끝까지 지켜냈다. 그땐 나도 내 커리어가 인생의 전부라고 믿었다. 샘이 나타나기 전까지는. 섬은 내게 다른 삶이 있다는 걸 끝내 설득해 냈다.

그리고 지금 나는 후회가 없다. 지금 내 삶은 거의 모든 게 내가 바라던 대로 흘러가고 있다.

"그런데 말이죠, 애비." 제드가 눈썹을 치켜올렸다. "당신 아기한테도 커들스를 쓸 건가요?"

"당연하죠." 나는 거짓말을 했다. "제 아이니까 최고를 써야죠."

물론 말뿐이다. 저 허술한 기저귀를 우리 애한테 채울 일은 없다.

우리는 몇 가지 세부 사항을 더 정리한 뒤 자리에서 일어나 악수를 나눴다. 제드 코필드는 내 손을 맞잡으며 윙크를 했다. 나는 예전에 데니즈가 가르쳐준 대로 손가락에 힘을 주고 단단히 맞잡았다. 제드의 따뜻한 손이 필요 이상으로 내 손 위에 잠깐 더 머물렀지만, 그가 커들스 캠페인을 맡은 뒤 줄곧 나를 치켜세워 줬던 걸 생각하면 악수가 1, 2초 길어진다고 굳이 문제 삼고 싶진 않았다.

하지만 그가 그 이상을 기대한다면, 그건 큰 착각이다.

"축하합니다." 그가 말했다.

그 말이 성공적인 프레젠테이션에 대한 건지, 내가 곧 엄마가 된다는 데 대한 건지는 확실하지 않았다. 그래도 나는 미소 지으며 "감사합니다."라고 말했다.

제드와 그 일행이 회의실을 빠져나가자, 방에는 데니즈와 나 둘만 남았다. 예전 같았으면 롤 모델과 단둘이 있다는 것만으로도 심장이 뛰었겠지만, 요즘은 그런 순간이라면 질색이었다. 발표가 이렇게 잘 끝났다면 적어도 칭찬 한마디쯤은 나오는 게 자연스러울 텐데, 데니즈의 떨떠름한 표정을 보니 오늘은 그럴 일 없겠다는 생각이 들었다.

"애비게일, 잠깐 할 얘기가 있어." 그녀가 말했다.

회사에서 나를 '애비게일'이라고 부르는 사람은 데니즈뿐이다. 예전엔 그게 좋았다. '애비게일'이라는 이름은 놀이터에서 주근깨에 양 갈래 머리를 하고 뛰어다니는 아이가 아니라 번듯한 임원 같은 느낌을 줬으니까. 나도 한때는 주근깨에 양 갈래 머리를 하고 다녔었다. 한동안 회사 사람들한테 다 애비게일이라고 불러달라고 해봤지만, 결국 아무도 따라 주지 않았다. 지금은 데니즈 입에서 그 이름이 나올 때면 온몸에 소름이 돋았다.

"무슨 열이에요?" 그렇게 물으며 상사 앞에서 자동으로 나오는 가짜 미소를 지었다. 그런데 그 미소를 유지하는 게 날이 갈수록 더 힘들었다. 언젠가 그녀 앞에서 도저히 웃지 못하는 순간이 올 거다. 그날엔 정색하고 말지도 모른다.

데니즈는 내 옷차림을 위아래로 훑었다. 재킷과 스커트는 아르마니였다. 그걸 샀던 달에 샘이 카드 명세서를 들고 와서는 질겁한 얼굴로 물었다. "우리 카드 도난당한 거 맞지? 설마 우리가 이만큼 쓴 건 아니지?"

나는 '도난 아니고 내가 썼어.'라고 했다. 옷 한 벌에 그 돈을 썼고, 그럴 만한 가치가 있었다고도 덧붙였다. 샘은 할인매장에서 산 정장도 아르마니나 프라다와 별 차이 없다고 주장하지만, 그건 착각이다. 강의실 뒤쪽에 앉아서 보면 비슷해 보일지도 모른다. 샘에게는 그 정도면 충분했을 거다. 하지만 가까이서 보면 다르다. 눈

썰미 있는 사람이라면 비싼 양복과 값싼 짝퉁은 바로 구분할 수 있다. 그리고 내가 프레젠테이션하는 상대는 그런 사람들이다. 임원들은 '잘 차려입은 사람'을 더 신뢰한다. 그런 의미에서 이 옷값은 결국 내게 다시 돌아오는 셈이다.

이것도 데니즈에게 배운 것 중 하나였다.

"요즘 컨디션은 어때?" 데니즈가 물었다.

"괜찮아요." 나는 조심스럽게 대답했다. '너무 잘 지내요' 같은 말을 꺼내는 순간, 그녀가 내 인생을 더 피곤하게 만들 게 뻔했다.

"그래, 다행이네." 데니즈가 말했다.

그녀는 짙은 붉은색 매니큐어를 바른 손가락으로 턱을 톡톡 두드렸다. "출산 휴가를 얼마나 쓸 계획이라고 했지? 8주였나?"

턱 근육이 꿈틀했다. "12주요."

"12주?" 그녀는 우리가 이 얘기를 벌써 열두 번은 넘게 했다는 사실을 까맣게 잊은 사람처럼 눈을 크게 떴다. "그렇게나 오래?"

턱 근육이 다시 꿈틀댔다. 올해 초, 데니즈와 살벌하게 언쟁을 벌인 뒤 난생처음 편두통이 왔다. 이 여자 때문에 또 무너질 순 없다.

"출산 휴가 12주는 규정상 가능해요." 나는 최대한 담담하게 말했다.

"그건 알아." 데니즈의 얼음 같은 푸른 눈이 가늘게 좁혀졌다. "그렇다고 꼭 12주를 다 써야 한다는 뜻은 아니잖아. 너므 길지 않아? 고객들이 실망할 텐데."

"마지막 한 달은 재택으로 일부 업무를 처리할게요." 어렵게 맞춰 둔 절충안이었다. "출산 휴가 기간 동안 제 업무는 팀에서 나

뭐 맡을 거예요. 물론 제 비서 모니카도 계속 도와줄 거고요."

"모니카가 계속 도와준다…?" 데니즈가 비웃듯 되물었다. 그녀는 눈을 몇 번 깜빡이더니 툭 내뱉었다. "그럼 차라리 모니카한테 네 자리를 주는 게 낫겠네?"

지금 이 여자를 한 대 후려치면 나는 즉시 해고다. 그 사실을 계속 되새겨야 했다.

"농담이야." 데니즈가 말했다. 웃음기라고는 전혀 없었지만. "당연히 12주 쉴 권리는 있지, 애비게일. 그냥 혹시 마음이 바뀔까 해서 물어본 거야."

마음 바뀔 일은 없다. 내 커리어가 소중한 건 맞지만, 나는 내 우선순위를 오래 고민해 왔다. 출산하자마자 허겁지겁 회사로 돌아갈 생각은 없다. 데니즈가 그걸로 나를 미워하든 말든 상관없다. 솔직히, 내가 휴가를 4주만 쓴다고 해서 나를 덜 미워할 것도 아니니까.

"아무튼" 데니즈는 완벽한 시뇽을 가볍게 다듬었다. 그러자 나도 반사적으로 손이 머리로 갔다. 올림머리에서 머리카락 한 가닥이 풀려 있어 재빨리 귀 뒤로 밀어 넣었다. 데니즈는 헤어스프레이를 매일 한 통씩은 쓰는 게 분명했다. 그런데도 전혀 티가 나지 않았다. 그녀의 머릿결은 실크처럼 윤이 나고 완벽해 보였다. "셸리가…, 휴게실에서 파티 같은 걸 준비해 둔 것 같던데."

내 절친 셸리가 이 미팅 뒤에 베이비 샤워를 잡아놨다는 건 나도 알고 있었다. 원래는 깜짝 이벤트를 해주고 싶어 했지만, 내 스케줄이 워낙 빡빡해서 그럴 여지가 없었다. 마음은 고맙지만 15분쯤 지나면 핑계를 대고 슬쩍 빠져나올 생각이었다. 오늘 오후 일정은 이미 꽉 차 있었다. 이러다간 집에 밤 8시나 9시쯤 돼서야 들어갈지도 몰랐다.

"난 참석 못 해." 데니즈가 말했다. 예상했던 말이다. 그녀는 베이비 샤워 같은 '시간 낭비하는' 행사를 싫어한다고 대놓고 말해왔으니까. "끝나고 나면 쓰레기 치우는 거 잊지 말고."

나는 반사적으로 혀끝을 깨물었다. 이제 나는 당신 비서가 아니라고, 더 이상 나한테 쓰레기 치우라고 시킬 수 없다고 말하고 싶었지만 그냥 참았다. 왜냐면 그때 나는 기분이 좋았으니까. 커들스 쪽을 제대로 설득했고, 곧 내 이름으로 열리는 베이비 샤워가 기다리고 있었다. 나를 위한 베이비 샤워라니.

스튜어트 광고대행사에서 일하는 동안 나는 수없이 많은 베이비 샤워에 불려 다녔다. 2백만 번은 과장이고, 백만 번? 아니, 최소 수천 번. 어쨌든 항상 남을 위한 자리였다.

그런데 이번엔 처음으로, 그 자리가 '나를 위한 자리'였다. 여기 다니는 동안 애를 열두 명은 낳은 것 같은 접수 담당 엘사를 위한 자리가 아니다. 그나마 '적당히' 두 명 낳은 셸리를 위한 자리도 아니다. 이번 베이비 샤워는 오롯이 나를 위해 열리는 거다. 구석에 수북이 쌓일 핑거 샌드위치도, 한쪽에 가지런히 놓여 있을 선물 더미도, 초콜릿 헤이즐넛 케이크의 첫 조각도 전부 나를 위한 거다.

회사에서 다른 여자들을 위해 열렸던 수많은 베이비 샤워와 이번 베이비 샤워 사이에는 딱 하나 다른 점이 있다.

나는 임신하지 않았다.

2

"자, 아비, 네 거 여기 있어."

셸리가 내 손에 젖병을 쥐여 줬다. 안에 들어 있는 건 우유가 아니었다. 호박색 액체가 찰랑거렸다. "1분 있다가 바로 시작할게."

나는 젖병을 들어 빛에 비췄다. "이게 뭐야?"

"사과주스." 셸리가 장난스럽게 윙크했다. 그 윙크 때문에 오히려 더 불안해졌다.

"회사에서 위스키까지는 아니지, 셸리." 나는 낮게 말했다.

"사과주스라니까?"

이 게임은 그동안 수없이 해봤다. 각자 젖병을 하나씩 받고, 꼭지로 들이켜 누가 제일 빨리 비우나 겨루는 거였다. 수년 동안 우리가 만들고 다듬어 온 유치한 베이비 샤워 게임 중 하나였다.

스튜어트에 막 들어왔을 땐 이런 게임들이 진짜 신나고 재밌었다. 하지만 세 번째, 열 번째 임신 테스트가 연달아 '음성'으로 나오기 시작하면서부터는 그다지 즐겁지 않아졌다. 스무 번째쯤 됐을 때는 고문이나 다름없었다. 배가 잔뜩 부른 여자들만 보면, 잡지를 오려 괴상한 프랑켄슈타인 같은 아기나 만들 게 아니라 화장실 칸에 숨어서 울고 싶었다. 그래서 늘 일이 너무 많다는 핑계로 5분쯤 있다가 빠져나오곤 했다. 일이 많았던 건 사실이었지만, 불난 데서 도망치듯 자리를 뜬 진짜 이유는 따로 있었다.

하지만 오늘은 달랐다. 나는 정말로 이 시간을 즐기고 있었다. 수년간의 마음고생 끝에, 이제 막 엄마가 될 문턱에 서 있었으니까. 약 3주 뒤면 나는 갓 태어난 남자아이의 엄마가 될 예정이었다. 아이의 친모는 열여섯 살로, 애리조나 투손에 살고 있다. 입양하는데 베이비 샤워까지 해도 되나 싶어 조심스레 물었더니, 셸리는 배가 부른 여자들이 받는 것과 똑같은 대접을 받아야 한다고 끝까지 우겼다.

그때 회의실 문이 벌컥 열리더니, 내 비서 모니카가 터무니없이 큰 기저귀 모양 케이크를 들고 들어왔다. 파란 리본으로 장식돼 있었고, 옆에는 파란 곰인형까지 달려 있었다. 모니카의 팔이 후들후들 떨리는 게 보여서 나는 급히 달려가 반대쪽을 잡고 같이 테이블 위에 내려놓았다.

"커들스에서 보낸 기저귀 케이크예요." 모니카가 숨을 헐떡였다. "좀…, 많이 크죠."

나는 속으로 씩 웃었다. 제드 코필드가 비서한테 저 거대한 케이크를 보내라고 지시하는 장면이 머릿속에 그려졌다. 솔직히 속에 든 기저귀가 커들스가 아니길 바랐다.

나는 모니카를 보며 눈을 굴렸다. "다음번엔 기저귀 '컵케이크'

로 해 달라고 해야겠어."

모니카는 손으로 입을 가린 채 킥킥댔다. 그녀는 6개월 전부터 내 비서로 일하고 있었다. 전임 비서 거티가 넘어져 고관절을 다친 뒤, 윗선으 '은근하지만 강한' 압박을 받고 조기 퇴직했기 때문이다. 그리고 모니카가 온 뒤로는 정말 천국이나 다름없었다. 거티가 초콜릿칩 쿠키는 기가 막히게 굽던 사람이라 싫었던 건 아니지만 그녀는 뭐든 너무 느렸다. 방을 가로질러 걷는 것만 봐도 속이 터질 지경이었다. 컴퓨터에서 프린터로 문서를 보내는 법도 몰랐고, 팩스도 늘 버벅댔다. 아마 거티가 스튜어트에 처음 들어왔을 땐 팩스가 아직 발명되지 않았던 모양이다. 아니, 전화도 없었으려나. 그래도 불기랑 바퀴 정도는 있었겠지.

그래서 모니카는 내게 정말 신선한 바람 같은 존재였다. 대학을 갓 졸업한 20대 초반 신입이고, 미술과 수학을 복수 전공했다. 게다가 머리도 엄청 잘 돌아갔다. 무엇이든 빠르게 흡수했다. 모니카가 비서로 온 뒤로 내 업무 효율은 확실히 확 올라갔다.

솔직히 말하면 면접 보는 순간 그녀가 내 새 비서가 되리란 걸 알았다. 머리 뒤쪽에 어색하게 묶은 새까만 올림머리부터, 몸에 안 맞는 정장 그리고 실수라도 할까 봐 지나치게 열심히 웃는 표정까지. 꼭 예전의 나를 보는 것 같았다. 다른 지원자들은 전부 커들스 광고 얘기만 늘어놓으며 내 비위를 맞추려 했지만, 모니카는 몇 년 전에 내가 했던 요거트 회사 광고를 줄줄 꿰고 있었다. 잘 알려지진 않았어도 내가 특히 애정을 쏟았던 프로젝트였다. 그걸 알고 있다는 것만으로도 제대로 준비해 왔다는 증거였다.

그리고 내가 "이 자리에서 뭘 얻고 싶냐"고 묻자, 모니카는 이렇게 말했다. "선배님이 아는 걸 전부 배우고 싶어요."

나는 그 자리에서 바로 그녀를 채용했다.

모니카가 테이블 위의 기저귀 케이크를 다시 정리하더니, 옆에 쌓여 있는 아기용 뉴욕 양키스 모자를 보고 얼굴을 찡그렸다. 그 어리둥절한 표정이 웃겨서 나도 모르게 피식 웃었다. "셸리가 다 같이 저걸 쓰자고 했는데 아무도 안 쓴대. 네가 하나 쓰면 완전 좋아할걸?"

모니카가 난처하게 웃었다. "아…, 전 레드삭스 팬이라서요. 어릴 때 거의 모든 경기를 보러 다녔거든요. 양키스 모자를 쓸 순 없죠. 그럼 집에 못 들어가요!"

"나는 양키스 팬인데도 저건 쓰기 싫어." 내가 말했다.

바로 그때 셸리가 달려와 모니카의 손에 젖병을 쥐어줬다. "10분 있다가 원샷 타임이야!" 셸리가 경고하듯 말했다.

"아." 모니카는 볼이 붉어지더니 나를 힐끗 봤다. "저…, 으늘 아침 회의록도 타이핑해야 하고, 복사도 해야 해서—"

"아니, 안 해도 돼." 나는 모니카의 어깨에 손을 얹었다. "요즘 너 엄청 열심히 했잖아. 그리고 오늘 커들스 발표도 잘 끝났고. 베이비 샤워 정도는 즐겨도 돼."

"그럼 쓰레기 정리라도 제가—"

"안 돼." 나는 단호하게 고개를 저었다. "오늘만큼은 쉬어. 잠깐이라도 즐겨. 너도 그럴 자격 있어."

셸리가 모니카에게 윙크했다. "좋겠다, 모니카. 애비는 팀원들한테 너무 잘해줘. 네가 내 비서였으면 지금 바닥에 굴러다니는 플라스틱 컵부터 줍고 있었을 걸?"

나는 방을 한 번 둘러봤다. …와, 바닥에 플라스틱 컵이 엄청 많았다. 스튜어트 직원들은 지저분하기로는 단체로 우승할 기세였다. 데니스가 쓰레기 얘길 한 것도 이해가 됐다. 그래도 회사엔 청소 직원이 따로 있고, 모니카는 내 개인 비서지, 청소 담당이 아니었다.

"그럼… 잠깐만 있을게요. 바로 가서 일해야 돼서요." 모니카가 방 안을 둘러보며 말했다. 짙은 갈색 눈이 이리저리 움직였다. 가끔 저 눈을 보고 있으면 거울을 보는 것 같았다. 머리색도 비슷했다. 다만 모니카는 곧은 생머리인데, 나는 제멋대로 웨이브가 져 얼굴을 감쌌다. 어쨌든 우리는 꽤 닮은 편이었다. 나보다 열 살 넘게 어린데도. 닮았다는 말이 싫진 않았지만, 크리에이티브 부서의 잭이 모니카를 '애비 2.0'이라고 부를 때는 기분이 별로였다.

솔직히 말하면…, 이번 입양이 잘 안되면 차라리 모니카를 데려오고 싶을 지경이었다.

"커들스가 기저귀를 이렇게 많이 보내주다니, 정말 친절하네요." 모니카가 말했다. "기저귀가 생각보다 엄청 비싸다던데요."

"아, 애비는 그런 걱정 안 해도 돼." 셸리가 킥킥 웃었다. "애비네 집안이 엄청 부자거든. 할아버지가 진짜 큰 회사에 초창기부터 투자해서 대박이 나셨어."

한숨이 절로 났다. 셸리가 우리 집 돈 얘기를 꺼내는 게 정말 싫었다. 민망하고, 솔직히 좀 촌스럽다 싶을 때가 많았다.

"셸리…"

"애비가 회사 이름은 말하지 말라고 했지만," 셸리가 말을 이었다. "힌트는 줄게. 아마 네 가방 안에 그 회사 물건이 하나쯤은 있을 거야."

"셸리…."

"또 힌트. 오렌지는 아니야…."

"셸리!"

셸리는 깔깔 웃었다. "알았어, 알았어. 애비. 네 비밀 안 떠들게." 그러더니 모니카를 향해 씩 웃었다. "어쨌든 애비한텐 든든한 신탁기금이 있으니까, 기저귀 값 걱정 같은 건 안 해도 돼. 진짜로."

완전히 틀린 말은 아니었다. 나에겐 신탁기금이 조금 있긴 했다. 그 덕에 힘들 때 숨통이 트였던 적도 있었다. 하지만 그렇다고 돈이 무한정 나오는 건 아니었다. 넉넉하긴 해도 셸리가 말하는 '초부자'까진 아니었다. 그래도 기저귀 값은 확실히 스트레스 받을 항목은 아니긴 했다.

모니카는 샌드위치를 가지러 갔고, 셸리는 내 옆에 그대로 있었다. 표정이 이상하게 가라앉아 있었다. 그녀를 안 지도 벌써 10년이었다. 우리 둘 다 말단 비서였던 시절부터 알고 지냈지만, 아직도 가끔은 그녀가 무슨 생각을 하는지 읽기 어려웠다. "애비, 긴장돼?" 셸리가 물었다.

나는 어이없다는 듯 그녀를 봤다. "무슨 소리야? 오늘 커들스 발표 완전 성공했는데."

"그거 말고." 셸리가 고개를 갸웃했다. "아기 말이야. B-A-B-Y. 그거 때문에 긴장되냐고."

나는 고개를 저었다. "아니. 우린 잘 해낼 거야."

"샘은 어때? 그 사람은 잘 버티고 있어?"

피식 웃음이 새어 나왔다. "엄청 신나 있어. 정말 귀엽다니까. 어제 하루 종일 아기 침대 조립했어.”

“아, 맞다. 깜빡했네. 샘은 완벽한 남자잖아.”

“완벽하진—”

“아니, 완벽해.” 셸리가 젖병을 한 모금 들이켰다. 대체 저 병 안에는 뭐가 든 걸까. “쓰레기도 잘 버리지, 청소하지, 빨래하지. 화장실 휴지 갈아 끼우는 것도 가끔은 하겠지. 요즘은 요리까지 한다며?”

“요리는 그 정도는 아니야.” 내가 딱 잘랐다. 최근 몇 달 동안 샘은 “이제 곧 아기가 오니까”라며 요리를 배우겠다고 나섰다. 결과는 솔직히 처참했다. 레시피를 그대로 따라 하면 최소한 평균은 할 줄 알았는데, 샘은 그런 상식의 영역 밖에 있었다.

“요리 못 하는 게 뭐가 중요해?” 셸리가 어깨를 으쓱했다. “중요한 건, 너희가 결혼한 지 오래됐는데도 샘이 여전히 너한테 미친 듯이 빠져 있다는 거지. 그리고 제일 좋은 건, 아직도 엄청 잘생겼다는 거고. 머리카락 한 올도 안 빠졌잖아. 릭은 거의 대머리인데.”

셸리의 표정이 너무 진지해서 웃음이 터질 뻔했다. “릭 대머리 아니거든?”

“대머리가 아니고 ‘거의’ 대머리. 차라리 완전 대머리면 낫겠어. 얼마 안 남은 몇 가닥에 목숨 걸고 매달리는 게 너무 불쌍하잖아.” 셸리는 턱에 힘을 줬다. “언젠가 진짜…, 자는 동안 내가 밀어 버릴 거야.”

“샘이 대머리가 돼도 내 눈엔 똑같이 잘생겼을 거야.”

“그만해, 애비. 토할 것 같아.”

“그래, 미안.”

셸리는 늘 나를 부러워하는 척했지만, 사실 릭도 정말 괜찮은 사람이었다. 남편으로도 아빠로도 꽤 훌륭한 편이었다. 적어도 내가 보기엔 그렇다. 그래도 인정할 건 인정해야 했다. 샘이 더 잘생겼고 머리숱도 더 멀쩡했다. 하지만 그게 늘 좋은 것만은 아니었다. 잘생긴 남편이 있다는 건 기분 좋은 일이다. 하지만 그 남편이…, 매일 어린 여대생들 사이에서 지내는 수학 교수라면 얘기가 달라진다.

샘이 바람피울 거라곤 생각하지 않았다.

그래, 샘은 그럴 사람이 아니었다. 그래도 가끔은 남자들만 있는 대학에서 일했으면 좋겠다는 생각이 들었다.

셸리와 수다를 떨다 보니 어깨에 들어갔던 긴장이 조금씩 풀렸다. 그래, 오늘은 15분만 있다 갈 게 아니라 좀 더 있어야겠다. 지난 3개월 동안 나는 커들스 캠페인에 노예처럼 매달렸고, 이건 내 이름으로 열리는 파티였다. 오늘은 최소 20분은 즐길 자격이 있었다. 베이비 샤워가 내게 자주 있는 이벤트도 아니고.

나는 손에 든 젖병을 들어 꼭지로 길게 들이켰다. 젠장. 진짜 사과주스였다. 아, 그럼 그렇지. 이 파티가 그렇게까지 즐겁진 않겠다는 생각이 들었다.

셸리에게 퇴근하고 한잔하자고 말하려던 순간, 회의실 문이 살짝 열렸다. 문틈 사이로 낯익은 얼굴이 보이자 입이 그대로 벌어졌다. 샘이었다. 뜻밖의 곳에서 그를 마주치면 늘 가슴이 따뜻해졌다. 이번에도 딱 그랬다. 셸리가 그를 초대하다니, 정말 최고였다.

"오, 아빠 왔다!" 셸리가 문 쪽을 보며 외쳤다. "샘! 젖병 하나 받아요!"

샘이 어색하게 한쪽 입꼬리만 올리며 웃었다. 그가 불쑥 나타날 때마다 느꼈다. 아, 이 사람 진짜 잘생겼다. 샘 같은 남자는 젊을 때 좀 놀았어도 전혀 이상하지 않은데, 실제로는 꽤 수줍은 편이었고 여자들의 반응에 당황하는 타입이었다. 학생들이 그를 '핫한 교수님'이라고 부를 때처럼 말이다. 샘은 콘택트렌즈는 "쓸데없다"며 안 끼고 안경을 쓰고 다녔다. 태어나서 헤어젤을 사본 적도 없고, 아르마니 매장에 발을 들여놓은 적도 없었다. 그런데도 이상하게 그는 늘 사람들의 시선을 끌었다.

"여보." 나는 입꼬리가 너무 올라가 얼굴이 아플 지경으로 웃으며 말했다. "여기 어떻게 왔어? 오늘 오후에 강의 있지 않았어?"

"어, 있었지." 샘은 턱에 난 수염을 긁적였다. 그는 이틀에 한 번씩만 면도하는데, 사실은 매일 해야 했다. 그런데 웃기게도 면도 안 한 날이 더 말도 안 되게 섹시하다. "근데, 어…, 애비…"

샘이 갈색 눈을 들어 나를 봤다. 샘의 눈은 참 다정했다. 눈이 영혼의 창이라던데, 그 말이 사실이라면 내 남편만큼 좋은 영혼을 가진 사람은 없을 거라고 늘 생각했다. 샘에게는 좋은 점이 정말 많았지만, 내가 이 사람을 사랑하게 된 건 결국 그 다정한 눈 때문이었다.

그리고 그 눈을 보는 순간, 나는 무언가 끔찍한 일이 벌어졌다는 걸 알아챘다.

"무슨 일 있어?" 나는 물었다. '괜찮다'는 말이 나올 리 없다는 걸 알면서도.

샘은 방 안을 슬쩍 둘러보더니 귀 끝이 빨개졌다. "애비, 얘기 좀 할 수 있을까? 밖에서."

회의실이 순식간에 조용해졌다. 진짜 심각한 일이 터진 게 분명했다. 샘이 무슨 말을 하려는지도 모르겠고 알고 싶지도 않았다. 5분 전으로 돌아가고 싶었다. 처음이자 어쩌면 마지막일 내 베이비 샤워에서, 그래도 꽤 즐거운 시간을 보내고 있던 그때로. 남편이 나타나서 모든 게 무너지기 전으로.

3

내가 문가로 따라 나가자마자 샘이 내 손을 잡았다. 크고 따뜻한 손이 내 손을 감싸더니 나를 이끌었다. 커다란 잎이 무성한 화분과 정수기 옆을 스쳐 지나 복도로 나갔다.

"샘." 내가 말했다. "무슨 일이야?"

"네 사무실에서 얘기하자."

나는 샘의 손을 뿌리치고 그의 팔꿈치를 붙잡아 복사기 옆 좁은 공간으로 거의 끌다시피 데려갔다. "아니, 여기서 얘기해. 지금."

"그래. 그데…," 샘이 주위를 두리번거렸다. "일단 앉아. 의자 좀 가져올게."

나를 앉히려고 한다. 아, 젠장. 진짜 토할 것 같다.

"샘." 나는 최대한 차분하게 말했다. "대체 무슨 일이야. 지금 당장 말해."

샘이 갈색 눈을 다시 내 얼굴에 고정했다. 미간에 깊은 주름이 패였다. "자넬이 마음을 바꿨어."

"뭐라고?"

"방금 스티브한테 전화가 왔어." 샘이 떨리는 손으로 연갈색 머리를 쓸어 올렸다. "자넬이 마음이 바뀌었대. 아기를…, 자기가 키우겠대."

"뭐?"

다리에 힘이 풀리며 주저앉았다. 샘 말이 맞았다. 사무실로 갔어야 했다. 아니면 의자라도 찾았어야 했다.

"엄마가 도와주기로 했다나? 나도 정확히는 모르겠어." 샘이 길게 한숨을 내쉬었다. "결국 같은 말이지. 아이를 자기가 키운대."

"그게…, 그게 가능한 일이야?" 목이 메어 말끝이 흐려졌다. "계약서에 분명—"

"철회할 수 있대." 샘은 잠깐 눈을 감았다가 다시 떴다. 그제야 나는 그의 눈이 살짝 충혈돼 있다는 걸 알아챘다. "법정에서 싸울 수도 없어. 친모가 아이를 키우겠다는 걸 우리가 막을 수는 없잖아. 이길 수도 없고."

시야가 점점 좁아졌다. 세상이 사라지고 눈앞엔 샘의 얼굴만 남았다. 목구멍에 뜨거운 덩어리가 걸린 듯했다. 금방이라도 울음이 터질 것만 같았다.

"애비?" 샘의 목소리가 멀리서 들리는 것처럼 흐릿했다. "…괜찮아?"

"아니." 나는 속삭였다. "괜찮을 리가 없잖아."

나는 그의 품으로 무너져 들어갔다. 아직 칸막이 너머 사람들이 우리를 볼지도 모르는데, 그냥 눈물이 쏟아지게 놔뒀다. 아니, 놔

둔 게 아니지. 멈출 수가 없었다. 나는 속수무책이었다.

그래도 샘이 곁에 있어서 다행이었다. 샘은 그 소식을 혼자 들었겠지. 얼마나 끔찍했을지 상상조차 안 됐다. 샘도 나만큼이나, 아니 어쩌면 나보다 더 이 아이를 원했다. 그의 눈에는 그 절망이 고스란히 비쳤다.

"내가 집에 데려다줄게, 알겠지?" 샘이 말했다. "차 가져왔어."

집. 우리가 결국 품지 못하게 된 아기를 위해 아기방까지 다 꾸며놓은 그 집. 어떻게 거길 다시 갈 수 있을까. 견딜 수가 없었다. 게다가….

"베이비 샤워…," 거대한 기저귀 케이크가 있는 그 방으로 다시 들어가야 한다는 생각만으로도 가슴이 칼에 찔리는 것 같았다. "…사람들한테 말해야 해."

"내가 얘기할게." 샘이 말했다. "너는 여기 있어. 알았지?"

샘은 정말 좋은 남편이다.

우리가 임신을 못 하는 건 다 내 탓이다. 샘은 멀쩡하다. 아니, 멀쩡한 정도가 아니라 완벽하다. 정자도 완벽. 올스타급이다. 문제는 나다. 고장 난 쪽은 나다.

"굳이… 그렇게까지 안 해도…." 내가 웅얼거렸다.

"내가 할게." 샘이 다시 말했다. 이번엔 더 단호한 목소리였다. "근데 나 없이 가지 마. 약속해."

나는 말없이 고개만 끄덕였다. 지금 그와 다투고 싶지 않았다. 아니, 다툴 힘도 없었다.

"괜찮아질 거야." 샘이 말했다. "분명 그럴 거야."

하지만 그 말이 나한테 하는 건지, 자기 자신한테 하는 건지 알 수 없었다.

집으로 가는 차 안에서 샘과 나는 한마디도 하지 않았다. 샘이 아기 때문에 일부러 바꾼 이 차에 앉아 있으니, 우리가 놓쳐 버린 모든 게 더 선명하게 아파왔다. 샘은 내가 그를 처음 만났을 때부터 1997년식 혼다 시빅을 몰고 다녔다. 그 차는 그가 중고로 샀을 때도 이미 낡아 있었고, 시간이 지나면서 시동을 걸 때마다 기도해야 하는 지경에 이르렀다. 나는 더 안전하고 믿을 만한 차로 바꾸라고 애원했다. 돈은 충분하니 원하는 걸 사자고 설득했지만, 샘은 그 차만큼은 고집을 꺾지 않았다.

그러다 우리가 '이번에는 정말 아기가 온다'는 사실을 확정했을 때, 샘은 내가 말하지도 않았는데 스스로 시빅을 정리하고 새 토요타 하이랜더를 샀다. 크고 안전한 SUV. 뒷좌석에는 카시트까지 단단히 고정돼 있었다. 아마 영원히 쓰지 못할 카시트. 그걸 보기만 해도 눈물이 터질 것 같았다.

지하철을 타고 올 걸 그랬다.

아파트에 도착할 즈음에는 눈이 퉁퉁 부었고 뺨은 눈물로 끈적거렸다. 샘은 차를 세워야 해서 나를 입구에서 먼저 내리게 했다. 그는 내가 건물 지하 주차장의 터무니없는 요금을 내는 걸 절대 허락하지 않았다. 그래서 한참을 동네를 돌며 빈자리를 찾았다. 쉬는 날에도 아침 6시에 억지로 일어나 차를 옮겨 놓고, 딱지라도 떼일까 전전긍긍했다. 나는 아기가 태어나면 그땐 내가 주차장 요금을 내겠다고 우기려고 했다. 이젠 그럴 일도 없겠지만.

혼자 아파트로 올라가면서, 주차장 문제로 고집부리던 샘에게 불쑥 짜증이 치밀어 올랐다. 지금 이 계단을 혼자 올라가야 하는 것도, 아기방 문을 혼자 마주해야 하는 것도 모든 게 다 서러웠다. 아기방 문 앞에서 한순간 망설였다. 열려 있는 문틈으로 연한 갈색 나무로 된 아기 침대와 노란 벽이 잠깐 보였다. 그걸 보자마자 숨이 턱 막혀 문을 쾅 닫아버렸다.

그때 가방 안에서 휴대폰이 울렸다. 지금은 누구와도 말하고 싶지 않았지만, 아마 셸리가 위로하려고 보낸 거겠지 싶어 폰을 꺼냈다. 화면을 가득 채운 문자를 보는 순간 피가 거꾸로 솟았다. 내가 세상에서 제일 좋아하는 상사, 데니즈였다.

'네 얘기 들었어. 그럼 12주 출산 휴가는 취소해도 되겠지? 그리고 내일 개인 휴가 필요하면 최대한 빨리 알려줘.'

세상에. 이 여자는 내가 슬퍼할 시간을 한 시간조차 안 주는구나. 데니즈는 한때 내가 이 우주에서 제일 존경하던 사람이었다. 그런데 지금은, 그녀가 싫었다. 아니, '싫다'로는 부족했다. 증오도, 혐오도, 경멸도 모자랐다. 지금 내가 데니즈 홀트에게 느끼는 감정을 표현할 단어는 세상에 없었다. 누군가 새로 만들어야 했다.

하지만 이 모든 게 그녀 탓만은 아니었다. 한 시간 전까지만 해도 데니즈는 그냥 성가신 존재였지, 이렇게 속이 끓어오를 만큼 미워할 대상은 아니었다. 그러니까 지금은 답장을 하면 안 된다. 감정대로 쏘아붙였다가 상사한테 찍힐 순 없다. 이제 내게 남은 건 일뿐이라고 스스로를 다독였다.

나는 시계를 흘끗 봤다. 대체 차 하나 주차하는 데 얼마나 걸리는 거야?

그때 소파 옆에 있는 유선전화가 울리기 시작했다. 집에 왜 이걸 두고 사는지도 모르겠다. 중요한 전화는 다 휴대폰으로 오는데. 유선전화로 오는 건 죄다 광고 전화뿐이었다. 그런데 지금은 광고 전화라면 오히려 좋을지도 모른다. 누군가에게 소리라도 지르면 기분이 좀 나아질 것 같았다.

거실을 가로질러 전화를 받으러 가다가, 바닥에 놓인 무언가에 발이 걸렸다. 균형을 잃고 넘어지며 커피 테이블 모서리에 무릎을 세게 부딪쳤다. 우리 테이블은 대리석으로 된, 탄력이라고는 눈곱만큼도 없는 묵직한 놈이라 정말 미친 듯이 아팠다. 나는 붉게 달아오르는 무릎을 문지르며 대체 뭐에 걸린 건지 내려다봤다.

요람이었다. 오늘 아침 도착한 그 요람.

…그렇지. 하필 이 타이밍에.

나는 수화기를 홱 집어 들었다. 지금이라면 AT&T든 버라이즌이든, 보험 광고든 상관없었다. 누구든 붙잡고 소리 지를 준비가 돼 있었다.

그런데 전화기 너머 목소리는 광고 전화 같지 않았다. 젊은 여자 목소리였다. 약간 머뭇거리는 듯한. "여보세요?"

"네?" 나는 신경질적으로 받아쳤다. 무릎이 이제 본격적으로 욱신거렸다. 얼음팩을 가져와야 할까? 걸어서 냉동실까지 걸 수만 있다면 말이지. "무슨 일이시죠?"

"여기가…, 샘 애들러 교수님 댁 맞나요?"

나는 미간을 찌푸렸다. "네, 맞는데요…."

"아, 다행이다." 여자가 작게 웃었다. "저는 에이프릴이라고 하고요, 애들러 교수님 미적분 수업 듣는 학생인데요. 금요일 시험 관련해서 질문이 좀 있어서요. 교수님…, 혹시 계세요?"

놀랍지드 않았다. 몇 년 전에도 이런 일이 반복돼서 결국 번호를 비공개로 돌려놨었다. 샘 수업을 듣는 여자애들 중 일부가 잘생긴 교수님 집 전화번호를 어떻게든 알아내 전화를 걸곤 했으니까. 대체 뭘 기대하는 걸까? 뭐…, 뻔하지. 샘이 유부남인 건 알지만, 그래도 가벼운 일탈 정도는 가능하지 않을까 기대하는 거겠지. 그런데 그런 걸 노린다면 왜 하필 집으로 전화를 하는 걸까? 대학생들은 정말, 생각이 없는 건가?

집으로 걸려 오는 전화만 봐도 이 정도인데 학교에선 대체 무슨 일이 벌어질지 상상도 하기 싫다. 그래도 나는 샘을 믿는다. 그건 확실하다.

"지금은 없어요." 나는 무뚝뚝하게 대답했다.

"아…, 아쉽네요." 에이프릴이 또 킥킥 웃었다. "그럼 혹시 따로 만나서 더 얘기할 수 있을까요? 예를 들면 토요일 밤이라든지…."

이 애, 지금 장난하나? 이런 전화가 처음도 아니고, 평소라면 웃어넘길 수 있었을 거다. 샘이랑 같이 농담거리로 삼기도 하고. 하지만 지금은 웃음이 하나도 안 나왔다.

"에이프릴." 나는 전화기에 대고 날카롭게 말했다. "난 애들러 교수님 아내예요. 앞으론 집으로 절대 전화하지 말아줬으면 좋겠어요."

"아…," 여자의 장난스러운 톤이 싹 사라졌다. "죄송해요. 몰랐─"

그 순간 현관문 잠금장치가 '철컥' 돌아갔다. 샘이 드디어 그 빌어먹을 차를 주차하고 돌아온 거다.

"그리고" 샘이 들어와 나를 말리기 전에 말을 이었다. "앞으로 애들러 교수님을 두 번 다시 귀찮게 하지 마요. 집이든 학교든, 당신이 교수님께 연락했다는 얘기가 또 들리면, 그땐 학장한테 직접 신고해서 괴롭힘으로 처리해 달라고 할 거예요. 알아들었어요?"

샘은 내 말이 끝나기도 전에 들어왔다. 내가 퍼부은 말을 어디까지 들었는지는 모르겠지만, 그의 갈색 눈이 크게 휘둥그레진 걸 보니 꽤 많이 들은 모양이었다.

"알겠어요." 여자애가 낮게 말했다. "죄송해요."

"그래요." 나는 그렇게 말하고 수화기를 탁 내려놓았다.

유선전화의 제일 좋은 점이 바로 그거였다. '쾅' 하고 내려놓는 맛. 휴대폰으로는 그 맛이 없다. 기껏해야 '통화 종료'를 세게 누르는 게 전부다.

샘은 머리를 쓸어 올리다 말고, 습관처럼 손을 멈췄다. 그 바람에 머리카락이 여기저기 삐죽 서 버렸다. "어…, 방금 누구였어?"

"당신 학생."

샘의 입이 벌어졌다. "내 학생한테 그렇게 얘기했어?"

"응."

나는 그를 똑바로 바라봤다. 더 할 말 있으면 해 보라는 듯이. 지금 당장 싸우고 싶진 않았지만 마음만 먹으면 바로 싸움을 시작할 수 있을 만큼, 속에 화가 가득 차 있었다.

하지만 샘은 그 미끼를 물지 않았다. 그저 방을 가로질러 와 내 옆에 털썩 앉더니, 내 손을 끌어당겼다. 그 순간 내 안에 남아 있던 분노가 스르르 빠져나갔다. 남은 건 슬픔, 그리고 텅 빈 느낌뿐이었다.

우리가 아기를 못 갖게 됐다는 사실이 믿기지 않았다. 나는 그 아이를 간절히 원했다. 말로 다 못 할 만큼.

아이러니하게도, 처음에 아이를 갖자고 밀어붙인 건 샘이었다. 나는 망설였다. 아이가 싫었던 건 아니었다. 다만 최소한 서른네 살쯤, 커리어가 확실히 자리 잡은 뒤에 갖고 싶었다. 데니즈는 "엄마가 되면 스튜어트에서 네 커리어가 어떻게 흔들릴지"를 끝도 없이 떠들어댔고, 그 말이 내 머릿속에 깊게 박혀 있었다. 나는 기다리고 싶었다. 결혼할 때 샘에게 "서른다섯"이라고 못 박아 말했었다. "상황 봐서 서른넷쯤."

하지만 샘은 생각이 달랐다. 그의 아버지는 샘이 태어났을 때 마흔이었고, 샘이 고등학생이던 시절 갑작스러운 심장마비로 돌아가셨다. 아버지는 샘이 고등학교를 졸업하는 것도, 대학교를 졸업하는 것도, 교수가 되는 것도 못 봤다. 결혼식에도 참석하지 못했다. 샘은 자기 아버지보다 건강관리도 더 잘하고 몸도 훨씬 좋았다. 그런데도 그는 '늙은 아빠'가 되는 걸 두려워했다. 아이들이 커가는 중요한 시간을 놓칠까 봐.

"적어도 아이들이 아직 학교 다닐 때는 죽고 싶지 않아." 샘의 목소리가 가늘게 떨렸다.

그래서 결혼하자마자 샘은 조심스럽게, 하지만 꾸준히 "아기 갖자"는 얘길 꺼내기 시작했다. 그때 나는 스물일곱이었다. 내겐 너무 먼 얘기처럼 느껴졌다. 하지만 샘이 서른이 되자 그 부탁은 점점 더 간절해졌다. 마침 셸리와 릭도 아이를 가지려고 시도하기 시작했고, 결국 나는 마음을 바꿨다.

처음 피임약을 끊었을 때는 긴장되면서도 설렜다. 샘에게 농담도 했다. "한두 달 만에 바로 생기진 않았으면 좋겠다." 그러다 첫 임신 테스트기가 음성으로 떴을 때, 나는 제법 놀랐다. 건강한 스물아홉 살 여자라면 약을 한 번만 빼먹어도 바로 임신할 거라고 당연히 믿고 있었으니까. 그래도 한편으론 안도했다. 엄마가 될 책임을 당장 짊어지지 않아도 되는, 한 달쯤의 유예를 받은 느낌이었다. 샘과 나는 대수롭지 않게 웃어넘기며 "이러면 더 재밌게 시도할 수 있겠네"하고 농담했다.

하지만 6개월이 지나자 우리는 더는 웃지 못했다.

샘은 정자 검사를 받으러 갔고, 결과는 완벽했다. 의사는 우리가 아직 비교적 젊으니 너무 걱정하지 말고 6개월만 더 시도해 보자고 했다. 그렇게 다시 반년이 흘렀다. 셸리는 첫 아이를 낳았다. 그런데 나는 여전히 한 번도 양성 반응을 보지 못했다. 이제는 더 알아봐야 했다.

그리고 그때부터 모든 게 내리막이었다.

의사는 내가 예전에 앓았던 감염 때문에 자궁 안쪽과 특히 나팔관에 깊은 흉터가 남아 있을 가능성이 크다고 했다. 자연임신은 불가능하다는 말이 떨어지자마자, 우리는 곧바로 시험관(IVF)으로 넘어갔다. 자궁 환경이 '배아가 착상하기 힘든 상태'라 성공 가능성이 낮다는 경고를 들었지만, 다른 길이 없었다. 샘은 집에서 난자 생성을 돕는 호르몬 주사를 내게 놔줬다. 하지만 난자를 채취하고 보니, 그것들마저 "질이 썩 좋지 않다"는 판정을 받았다.

나는 여자로서 완전히 실패한 기분이었다. 자궁은 망가졌고 난자는 상태가 나빴고, 우리가 시도한 모든 시험관 시술은 비싸기만 한 참패로 끝났다. '정상'인 남편이 그토록 바라던 아이를 결국 내 탓에 못 갖는다는 죄책감이 나를 짓눌렀다. 샘은 몇 번이고 "네 잘못 아니야, 난 널 탓하지 않아"라고 말해줬지만, 그 말이 내 안의 죄책감을 지우진 못했다. 그 와중에 내 상사 데니즈는 내가 난임 전문의 예약 때문에 급히 자리를 비우거나, 겨우 한 번 성공했던 임신이 3주 만에 유산되면서 미팅을 다시 잡아야 했을 때조차, 일말의 동정심도 보이지 않았다.

한동안 나는 임신에 집착했다. 일에서 성공하게 만든 그 독한 집중력을 그대로 임신에 쏟아부었다. 채식도 해봤고 먼지 맛 나는 '임신차' 같은 걸 마시기도 했다. 전국의 난임 커뮤니티를 죄다 들락거리다 보니 그들만의 용어까지 달달 외우게 됐다. TTC는 '임신 시도 중'이라는 뜻이다. '3년째 TTC인데 소식이 없다' 같은 식으로 쓴다. AF는 '월경', 매달 찾아오는 그 피를 가리키는 말이다. 또 한 번의 실패를 뜻하는 끔찍한 신호다. DPT는 배아 이식 후 며칠째인지 날짜를 세는 걸 말하는데, 다음 임신 테스트까지의 카운트다운인 셈이다. 그리고 임신 테스트는 '스틱에 오줌 누기'를 줄여서 POAS라고 쓴다.

게시판에서 누군가 임신 소식을 올리면 우리는 다 같이 축하해줬다. 그러면서도 마음 한구석이 얼어붙었다. 나에게는 그런 일이 영원히 없을 것 같아서.

솔직히 내가 원했으면 가진 돈이 바닥날 때까지 시험관을 계속했을지도 모른다. 하지만 입양 얘기를 꺼낸 건 샘이었다. "그래도 우리 아이잖아." 그가 말했다. 나는 난임 커뮤니티에서 들은 끔찍한 입양 실패 사례들 때문에 끝까지 망설였다. 하지만 샘은 포기하지 않고 계속 나를 설득했고, 결국 나는 고개를 끄덕였다. 샘 말이 맞았다. 우리는 부모가 되고 싶었고, 방법은 이것뿐이었다.

입양 절차에 본격적으로 들어가자 나는 조심스럽게 희망을 품기 시작했다. 아이를 기다리던 시간이 너무 길어서, 마침내 꿈이 현실이 되는구나 싶었다. 그런데 입양은 뭐 하나 빨리 진행되는 게 없었다. 먼저 입양기관을 신중하게 고른 다음, 홈스터디를 해야 했다. 홈스터디는 입양 과정에서 부모가 될 자격을 확인하는 심사 같은 단계였다. 기관의 사회복지사가 여러 번 집에 와서, 우리가 살아오며 발급받은 법적 서류란 서류는 모조리 내놓으라고 했다. 나는 왜 그들이 그냥 나와 샘을 보고 '이 사람들은 좋은 부모가 될 거다'라고 판단하지 못하는지 이해가 안 됐지만, 규정은 규정이겠지 생각했다.

승인이 떨어지자 우리와 맞는 아이를 찾는 과정이 시작됐다. 샘은 어느 정도 큰 아이도 괜찮다고 했지만, 나는 신생아를 원했다. 임신을 시도하던 그 오랜 시간 동안 내가 꿈꿔온 건 작은 아기였다. 그걸 포기할 수가 없었다. 가끔은 죄책감이 들었다. 분명 가족이 필요한 큰 아이들도 많으니까. 그래서 우리는 두 번째 입양부터는 좀 더 큰 아이를 받기로 합의했다. 세 번째가 된다 해도 마찬가지고. 하지만 첫 번째만큼은 나도 신생아를 안아보고 싶었다. 딱 한 번만이라도. 그 고집 때문에 우리는 1년을 더 기다려야 했다. 여러 임신부들에게 거절당하면서. 그러다 마침내 자넬이 나타나 우리의 꿈을 이뤘다.

…거의.

정말 거의.

그리고 이제 잠깐이나마 손에 쥐었다고 믿었던 걸 다시 잃고 말았다. 우리에게는 또다시 아무것도 없었다.

"이제 어떡해?" 나는 남편에게 거의 속삭이듯 물었다.

샘은 소파 등받이에 머리를 기대고 천장을 멍하니 바라봤다. 눈이 텅 비어 있었다. 내 고통에만 빠져 있어서 이 일이 그에게도 똑같이, 아니 어쩌면 더 큰 의미였다는 걸 자주 잊는다. 샘은 나보다 먼저, 그리고 더 오래 아이를 원했던 사람이다. 지금 이 일은 샘도 산산이 두너뜨리고 있었다. 그게 그의 눈에 고스란히 드러났다.

"이제는…, 좀 큰 아이를 입양하는 쪽을 알아보는 게 어떨까." 샘이 한참 뒤에 입을 열었다.

나는 숨을 들이켰다. "샘…"

"알아." 그가 굳은 목소리로 말했다. "네가 신생아를 원했던 거 알아. 정말 알아. 하지만 애비, 세상에 가족이 필요한 어린 아이들이 정말 많아."

나는 아까 내 무릎을 거의 박살 낼 뻔했던 작은 요람을 바라봤다. 노란 리본과 작은 분홍 꽃 장식이 달린 요람. 어제만 해도 우리가 부모가 될 거라고 믿고 그 안에 조그만 옷을 가지런히 놓아뒀다. 내 손바닥만 한 파란 보디슈트. 그리고 그 옆에 아주 작은 노란 양말 한 켤레. 나는 그 양말 하나를 손바닥 위에 올려놓고, 얼마나 작고 가벼운지 한참을 멍하니 바라봤었다. 어떻게 사람 발이 저기에 들어갈 만큼 작을 수 있을까 싶어서. 나는 그 양말에 살짝 입을 맞췄다. 곧 우리 아들의 조그만 발을 따뜻하게 감싸줄 거라고 믿으면서.

바보 같은 소리처럼 들릴지도 모르지만 나는 아직도 신생아를 품에 안는 꿈을 놓을 준비가 안 됐다. 그 작은 발에 양말을 신겨주는 꿈을.

“우리 신생아용 물건만 잔뜩 샀잖아.” 내가 말했다. “옷도 그렇고…, 침대, 요람, 카시트까지….”

“그래서?” 샘이 고개를 돌려 나를 봤다. “새로 사면 돼. 그냥 물건일 뿐이야, 애비.”

맞다. 물건일 뿐이다. 내가 망설이는 이유도 사실 물건 때문은 아니다.

“다들 신생아를 원하지.” 샘이 말했다. “근데 보육원에 있는 아이들은 정말 부모가 절실해. 나 그거 하고 싶어, 애비. 이제 신생아 기다리는 건 지쳤어. 그냥…, 우리를 필요로 하는 아이의 부모가 되고 싶어.”

그 말이 맞다는 건 나도 안다. 임신 시도하던 시절부터 붙잡고 있던 내 유치한 환상도 이제 내려놓아야 한다. 게다가 솔직히 말해 샘이 그렇게 아이가 간절하다면 나 같은 사람 말고 에이프릴 같은 여자랑 새로 시작할 수도 있을 거다. 샘 정자는 멀쩡하다. 문제는 나다.

하지만 샘은 그럴 사람이 아니다.

절대.

“그래.” 나는 힘겹게 말했다. “하자. 그렇게 하자.”

4

다음 날 아침 출근길에서 제일 끔찍했던 건 사람들을 마주쳐야 한다는 사실이었다. 아무도 안 마주치고 그냥 마법처럼 내 사무실에 '툭' 떨어질 수만 있다면 훨씬 나았을 텐데.

지하철역에서 회사 건물까지는 걸어서 2분 남짓인데, 그 짧은 사이에 유모차를 밀고 가는 여자들을 수도 없이 스쳐 지나쳤다. 다들 이렇게 이른 아침부터 왜 돌아다니는지 모르겠다. 안 보려고 애써도 눈에 들어왔다. 그중 한 아기는 아직 태어난 지 한두 달밖에 안 돼 보였다. 눈을 가늘게 감은 채 태아 같은 얼굴을 하고 있었고, 조디작은 손은 주먹을 꼭 쥐고 있었다. 모자가 머리에서 벗겨져 있었는데, 나도 모르게 손을 뻗어 다시 씌워 주고 싶었다.

저 애가 내 아기였다면, 모자가 벗겨지게 두지 않았을 거다. 그 작은 머리가 단 한순간이라도 차가워지게 만들지 않았을 거다. 나라면 절대 모자 챙기는 역할을 소홀히 하지 않았을 텐데.

대체 왜 나는 아기를 잃어야 했을까?

사무실에 들어서는 순간, 주변이 숨죽인 듯 고요해졌다. 만약 음악이라도 틀어놓고 있었다면 지금쯤 날카롭게 긁히는 소리를 내며 멈췄을 것이다. 나는 최대한 빨리 내 자리로 가려 했지만, 모두의 시선이 내게 꽂혔다. 그 시선만으로도 '차라리 개인 휴가를 쓸 걸 그랬나' 하는 생각이 들었다.

거의 내 자리에 다 왔다 싶었을 때, 셸리와 하마터면 부딪칠 뻔했다. 셸리는 회사 동료 두 명과 함께 서 있었다. 그 셋은 모두 지난 5년 동안 내가 베이비 샤워에 참석해 줬던 사람들이었다. 그리고 그들 중 누구의 베이비 샤워도 어제처럼 비극으로 끝난 적은 없었다.

"애비, 괜찮아?" 셸리가 나를 붙잡고 물었다.

"괜찮아." 나는 억지로 미소를 지었다. "진짜 괜찮아."

그리고 그 말은 절반은 진심이었다. 엄밀히 말하면 '완전히' 괜찮은 건 아니었지만, 그래도 어젯밤 샘이랑 입양기관 사회복지사에게 연락했다. 우리는 입양 대상을 더 넓혀서 보겠다고 말했다. 샘은 "우울해하며 가만히 앉아 있다고 달라질 건 없어. 다음 아이를 찾는 절차를 다시 시작하는 게 우리한테도 나을 거야"라고 했다. 그 말을 들을 땐 솔직히 '무슨 소리야' 싶었는데, 막상 연락해 보니 샘 말이 맞았다.

당연히 상처가 사라진 건 아니었다. 그래도 가슴을 찌르던 고통이 날카로운 칼끝처럼 쑤시기보다는 묵직한 통증으로 가라앉은 느낌이었다.

그래도 셸리는 나를 꼭 안아줬고, 옆에 있던 다른 두 여자도 나를 끌어안았다. 둘 다 잘 모르는 사이였는데도.

"언젠가는 꼭 생길 거야." 셸리가 약속하듯 말했다.

나는 그녀의 눈을 피했다. 지금은 위로랍시고 하는 뻔한 응원에 호응할 기분이 아니었다. "…응." 나는 건성으로 대답했다.

"솔직히 말하면 지금이 오히려 나을 수도 있어." 잰이 말했다. "애 키우는 건 할 일이 태산이거든. 넌 지금은 원하면 언제든 저녁 먹으러 나갈 수 있잖아. 베이비시터 생각 안 해도 되고."

"아기 생기면 잠도 못 자." 옆에 있던 시드니가 맞장구쳤다. "1년 내내 좀비처럼 돌아다닌다니까. 아니, 1년이 뭐야. 5년이지!"

"18년이야, 18년!" 잰이 웃으며 대꾸했다.

시드니가 내게 윙크했다. "원하면 우리 애들 너 줄게, 애비."

나는 셸리를 바라봤다. 셸리는 그 말들이 내게 얼마나 상처가 되는지 이미 알아챈 눈치였다. 데니즈 홀트가 나타나지 않았더라면 저 입바른 말만 늘어놓는 여자들은 내가 얼마나 '운이 좋은지' 한참을 더 떠들었을 것이다. 입양이 코앞에서 깨져버린 게 얼마나 '다행'인지 말해 주면서. 그때였다. 크리스찬 루부탱 굽이 바닥을 또각또각 울렸다. 데니즈 홀트였다.

그녀는 우리 앞까지 곧장 걸어오더니, 얼음처럼 차가운 파란 눈으로 나를 쳐다봤다. 혹시 입양을 못 하게 된 게 속으로는 고소했을까? 그런데도 이상하게, 그 차가운 시선이 지금은 고마웠다. 적어도 한 사람은 나를 어제와 똑같이 대하고 있으니까.

"애비게일." 그녀가 팔짱을 낀 채 날 선 목소리로 말했다. "개인 휴가 써도 된다고 했잖아. 그래도 출근했으면 직원들 업무 흐름은 흐트러뜨리지 말아줘."

“애비가 속상해해서요.” 잰이 끼어들었다. “그래서 좀 위로해 주려고….”

“아니에요, 괜찮아요.” 나는 얼른 말을 잘랐다. “저 진짜 멀쩡해요. 죄송해요, 데니즈. 전 그냥…, 들어갈게요.”

데니즈 덕분에 더 이상의 측은한 눈빛이나 포옹을 피할 수 있었다. 나는 사무실로 미끄러지듯 들어가 문을 ‘쾅’ 하고 닫았다. 드디어 내 안전지대다.

그런데 사무실 한쪽 구석에 베이비 샤워 선물이 산처럼 쌓여 있었다.

적어도 기저귀 케이크까지 갖다 놓는 무신경한 짓까지는 안 했다는 게 그나마 다행이었다. 대체 왜 내가 이 선물 더미를 보고 싶어 할 거라 생각한 걸까? 파스텔색 포장지로 둘둘 감긴 상자들이 층층이 쌓여 있었다. 열어보지 않아도 알 수 있었다. 조그만 옷, 턱받이, 딸랑이 같은 것들이 들어 있겠지. 우리가 품지도 못할 아기를 위한 것들.

나는 맨 위에 있던 선물 하나를 집어 들었다. 파란 포장지에는 곰돌이, 야구방망이, 농구공 그림이 여기저기 흩어져 있었고, 그 사이사이에 ‘IT’S A BOY’라는 글자가 찍혀 있었다. 카드에 적힌 이름을 보니 보낸 사람은 전임 비서 거티였다. 그녀는 고관절 수술을 받는 날이라 어제 베이비 샤워에 참석하지 못했었다. 상자 안에는 분명 작고 귀여운 무언가가 들어 있을 텐데 그게 내 마음을 갈기갈기 찢을 게 뻔했다.

그때는 선물을 보내준 게 그렇게 고마웠는데, 지금은 차라리 안 보냈으면 싶었다. 아니, 애초에 아무도 선물을 준비하지 않았으면 좋았을 텐데.

이제는 선물 받은 기저귀를 어떻게든 처분할 방법을 찾아야 할 판이었다. 기가 막힐 노릇이었다.

나는 인체공학적으로 설계된 가죽 팔걸이의자에 깊숙이 기대앉았다. 사무실을 처음 배정받았을 땐, 이 호화로운 의자까지 덤으로 딸려 온 기분이었다. 하지만 지금은 그런 게 아무 의미 없었다. 자넬이 가음만 다시 돌려준다면, 이 모든 걸 기꺼이 내놓을 텐데.

나는 그 생각을 억지로 밀어내고 휴대폰 메시지를 확인했다. 어젯밤 내가 엄마의 전화를 음성사서함으로 넘겨버리자, 엄마는 회사 유선으로 전화를 다시 걸어 왔다. 엄마는 매주 수요일 밤마다 꼭 전화를 한다. 책 모임과 사교댄스 사이, 애매하게 비는 시간에. 하지만 어제는 엄마 목소리를 들을 자신이 없었다. 엄마는 원래 위로를 잘하는 사람이 아니었고, 입양에도 처음부터 반대했다. 샘과 내가 자연임신을 못 하면 그냥 아이 없이 사는 게 낫다고 생각했다. 남의 아이는 남의 문제라는 식으로. 어제 내가 엄마랑 통화했다면, 분명 "차라리 잘 된 거야" 같은 말을 했을 거다. 나는 그런 말을 들을 준비가 전혀 돼 있지 않았다.

메시지를 대충 훑고 나니 조금은 일상으로 돌아온 기분이 들었다. 그때 모니카가 커피 한 잔을 들고 조심스럽게 사무실로 들어왔다. 그녀의 미간에도 다른 사람들처럼 깊은 주름이 잡혀 있었다. 다들 내가 정신과에 실려 가기 직전이라고 생각하는 모양이다.

"괜찮으세요?" 모니카가 커피잔을 책상 위에 살짝 내려놓으며 물었다.

"응, 괜찮아." 내가 말했다. "근데, 저 선물들 좀 밖으로 치워줄래?"

"아!" 모니카가 뒤돌아 선물 더미를 보고 눈을 동그랗게 떴다. "죄송해요! 저걸 어떻게 해야 할지 모르겠더라고요. 아무도 자기 선물을 다시 가져가겠다는 말은 안 해서, 그냥 제가…."

"괜찮아." 나는 억지로 웃었다. "그냥…, 저걸 보고 싶지가 않아서."

"네, 알겠어요. 제가 바로 치울게요."

커피라도 마셔 볼까 싶어 머그잔을 집어 들었다. 그런데 그 순간, 셸리가 지난주에 미리 주면서 "베이비 샤워 선물 1호야"라고 했던 바로 그 머그라는 걸 알아챘다. '엄마를 위한 연료.' 머그에 적힌 그 문구를 보는 순간 가슴이 다시 찌르듯 아팠다. 아까 가라앉았던 통증이 한순간에 날카롭게 되살아났다.

모니카도 내가 머그를 멍하니 보고 있다는 걸 알아채고 눈이 커졌다. 그러고는 손으로 입을 덥석 막았다. "어머, 세상에. 진짜 죄송해요!"

"괜찮아." 목이 메어 겨우 대답했다.

"아니요, 안 괜찮죠." 모니카는 얼굴이 붉어지며 머그를 내 책상에서 홱 치웠다. "제가 미쳤나 봐요. 이걸 왜 들고 왔지…. 전 진짜 바보예요."

그녀가 입술을 너무 세게 깨물고 있어서 피가 날까 봐 걱정될 정도였다. 이건 모니카 잘못이 아니다. 머그가 수십 개나 있으니 아무 생각 없이 집어 온 거겠지. 차라리 내가 어제 그 머그를 깨버렸어야 했다.

"정말 괜찮아." 내가 다시 말했다. 하지만 그 짧은 순간에 내 기분은 확실히 바닥으로 곤두박질쳤다. "근데…, 그 머그는 치워 줘. 아니, 아예 없애버려."

"네, 알겠어요." 모니카가 미간을 찌푸렸다. "혹시 집에 가고 싶으시면…, 다들 이해할 거예요."

"아니, 여기 있는 게 나아."

"그럼…, 오늘 일정표는 메일로 보내드렸어요. 괜찮으시면 그대로 진행하시면 돼요." 그녀가 조심스럽게 미소 지었다. "할 일이 많아요."

과장이 아니었다. 커들스가 새 광고 캠페인을 확정해 준 이상, 해야 할 일이 산더미였다. 점심은 꿈도 못 꿀 지경이었다. 아마 이번 주에만 벌써 세 번째로 샐러드를 시켜 모니카와 사무실에서 먹게 되겠지.

평소라면 이런 바쁜 날이 좋았다. 일이 술술 풀리고, 고객들이 나를 인정하는 게 느껴질 때의 그 쾌감. 하지만 오늘은 어떤 의욕도 나지 않았다. "뭐…, 어차피 달리 할 것도 없잖아." 나도 모르게 중얼거렸다.

"애비…" 모니카가 눈을 내리깔았다. "그 일은…, 정말 유감이에요. 그러니까…, 어제 일이요."

나는 고개만 끄덕였다. "그게 인생이지 뭐."

모니카는 어색하게 발을 옮기며 방 안을 힐끗힐끗 살폈다. 내 스무 살 때 모습이 떠올랐다. 그때의 나는 어리고, 과하게 열심이었고, 데니즈의 마음에 들기 위해 늘 허둥댔다. 그리고 혹시라도 실수하면 혼자 미친 듯이 자책하곤 했다. 예를 들어 '부적절한 문구'가 적힌 머그에 커피를 담아 가져왔다든가. 물론 데니즈 홀트는 머그에 뭐가 적혀 있든 상처받을 인간이 아니지만. 그 시절을 지나왔다는 게 한편으론 다행이었다.

그런데 다른 한편으로는 저렇게 젊고 걱정 없이 살아가는 모니카가 질투 나서 미칠 지경이었다.

"그래도 입양을 생각하고 계시다니 정말 의미 있는 일이에요." 모니카가 말했다. "가족이 필요한 아이들이 너무 많잖아요. 분명 두 분한테 맞는 아이를 찾게 되실 거예요. 굳이 새 생명을 더 만들기보다는, 지금 가족이 필요한 아이를 품는 게 더 의미 있는 거 아닐까요?"

"그렇지." 나는 잠깐 망설였다. 모니카는 이미 어디서 들었을지도 모른다. 아니면 내가 먼저 말해줘야 할까. 에라, 모르겠다. "사실은…, 샘이랑 나도 아이를 갖고 싶어서 한동안 시도했었어." 내가 입을 열었다. "근데…, 잘 안됐어."

"아…;" 모니카가 숨을 들이켰다. "몰랐어요. 혹시 시험관도 해보셨어요? 제 사촌도 했었거든요."

나는 고개를 끄덕였다. 그 길고 아픈 이야기를 다시 꺼내고 싶진 않았다. "응…. 해봤는데, 안됐지."

"너무 힘드셨겠어요…."

나는 아무렇지도 않은 척 어깨를 으쓱했다. 임신 테스트기에 음성이 뜰 때마다 울어댔던 적이 없었던 것처럼.

"대신 낳아줄 사람은 없어요?" 모니카가 조심스럽게 물었다. "언니가 동생 대신 임신해 주는 얘기 같은 거…, 들은 적 있거든요. 그런 건 안 되나요?"

나는 고개를 저었다. "그럴 자매가 없어."

"그럼…, 자매 말고 다른 사람은요?"

대리모는, 사실 나도 잠깐 생각해 본 적이 있었다. 하지만 그걸 반대한 건 샘이었다.

"누군가한테 너무 큰 부탁이잖아. 그 사람 난자랑 자궁을 쓰는 거고…. 결국 자기 아이를 낳아 우리한테 넘기라는 말이니까." 나는 목을 가다듬었다. "이제 우리는 입양으로 마음을 정했어. 입양 쪽에 기대가 커. 이미 지나간 얘기야."

그래. 나는 아마 신생아를 직접 품에 안을 일은 없을 거다. 하지만 샘 말대로 그게 제일 중요한 건 아니다. 우리는 부모가 되고 싶다. 어떤 아이가 우리 집에 오든, 나는 그 아이를 사랑하게 될 거란 확신이 있었다.

"아무튼." 나는 컴퓨터 쪽으로 몸을 돌렸다. "10시 미팅 준비해야겠다. 제대로 준비해서 들어가야지. 내가 보낸 시안, 복사해 둔 거 있지?"

"네, 열다섯 부요."

"프로젝터 세팅됐고?"

"네, 발표 자료도 다 올려놨어요."

나는 오늘 처음으로 진짜 미소가 나왔다. 모니카는 정말 대단하다. 솔직히 말해 내가 그 나이였을 때보다 한 수 위다. 효율의 여왕. 모니카는 뭐 하나 놓치는 게 없다. 이런 비서를 둔 게 얼마나 행운인지 새삼 느꼈다.

그리고 샘도. 이 직업도.

내 삶엔 아직 좋은 게 많다. 아이도 언젠가는 생길 거고.

"모니카, 넌 진짜 최고야." 내가 말하자 모니카가 바로 덧붙였다.

"커피도 새로 가져다드릴게요!"

순간 "괜찮아, 그냥 그 머그에 든 거 마실게"라고 할 뻔했다. 하지만 지금 내게 필요한 건 새 머그였다. 아기와 관련된 건 단 하나도 보고 싶지 않았다. 포근하게 안아 주고, 트림시키고, 밤새 돌보고, 이앓이하고, 첫 옹알이와 첫걸음, 유치원….

더는 생각하지 말자.

진짜로.

모니카는 김이 모락모락 나는 새하얀 머그를 들고 돌아왔다. 그런데 표정이 어딘가 이상했다. 커피를 내 책상에 내려놓고 똑바로 서더니, 나가지 않고 그냥 그 자리에 서 있었다.

나는 뜨거운 커피를 조심스레 한 모금 마시며 눈썹을 치켜올렸다. 커피는 늘 그렇듯 완벽했다. 쓰고, 깔끔한 블랙커피. "무슨 할 말 있어?" 내가 물었다.

모니카는 입술을 깨물며 머뭇거렸다. "제가…, 할게요."

"뭘?"

"대리모요. 제가 해드릴게요."

나는 커피를 마시다 그대로 사레가 들려 기침을 터뜨렸다. 정말 드라마처럼. 커피 방울이 튀어 내 앞 서류 위에 점점이 떨어졌다. 스테이크를 씹고 있던 게 아니라 다행이었다. 안 그랬으면 모니카가 하임리히를 해야 했을 테니까. 물론 모니카라면 그것도 기가 막히게 해냈겠지만.

"뭐…, 뭐라고?" 간신히 말을 뱉어냈다.

모니카의 하얀 뺨이 붉어졌다. "죄송해요. 그냥…, 생각해 봤는데…, 우리가 서로 도울 수 있을 것 같아서요."

"모니카." 나는 민망해져서 책상 위에 튄 커피를 손으로 슥슥 닦았다. "마음은 고마운데, 네가 나한테 그런 일을 해주는 건 너무 부적절해. 우리는 같이 일하잖아."

모니카가 두 주먹을 꼭 쥐는 순간, 예전의 내 모습이 겹쳐 보였다. 마치 예전으로 돌아간 것처럼. "그러니까…," 모니카가 말했다. "사실 전 대학원에 가서 그래픽 아트 석사를 따고 싶거든요. 크리에이티브 디렉터가 되는 게 제 꿈이에요."

나는 눈썹을 치켜올렸다. "카피라이터 쪽은?"

"좋긴 한데요, 제가 정말 하고 싶은 건 그래픽이에요."

이상하게 놀랍진 않았다. 모니카는 우리 광고 아이디어에 스케치를 종종 해줬다. 볼 때마다 확실히 재능이 느껴졌다. "그럼 일하면서 야간 과정으로 다니면 되잖아."

"비싸요. 그리고 학부 때 빚이 아직 산더미예요." 모니카가 고개를 저었다. "게다가 여기 스케줄 아시잖아요. 공부랑 일 둘 다 병행하는 건 절대 못 해요."

맞는 말이다.

"그러니까요, 팀장님." 그녀의 눈이 반짝였다. "좋은 방법이잖아요. 팀장님이 원하시는 아기는 제가 낳고, 팀장님은 제 석사 학비를 도와주시는 거죠. 신탁기금도 있으시잖아요. 팀장님께 그 정도는 솔직히 큰돈도 아닐 거고요. 서로 윈윈이죠."

듣기엔 그럴싸했다. 하지만 현실적으로 생각해 보면 말도 안 되는 소리였다.

"모니카, 네가 지금 무슨 말을 하는지 제대로 생각해 본 거야?" 나는 말했다. "네가 뭘 제안하는 건지 잘 생각해봐. 이건 네 아기잖아. 네 아기를 낳아서 그냥 넘길 수 있겠어?"

"저는 아직 엄마가 될 준비가 안 됐어요." 모니카의 시선이 잠깐 멀어졌다. "아이에게 발이 묶이기 전에 해보고 싶은 게 너무 많거든요. 근데 팀장님은…, 진짜 멋진 엄마가 되실 거예요. 어떤 아기든 팀장님 같은 엄마를 만나면 정말 운 좋은 거예요."

"하…."

나는 눈가를 문질렀다. "네 마음은 알겠는데, 이건 진짜 안 좋은 생각이야. 우린 같이 일하고 있고…."

"그럼 제가 그만둘게요."

나는 입이 벌어졌다. "뭐?"

"배가 나오기 시작하면요." 모니카가 담담하게 말했다. "어색한 상황 되는 거 싫으니까 그때 바로 나갈게요. 대신 그 기간 동안 제 월세는 좀 도와주실 수 있을까요?"

"근데 너 크리에이티브 디렉터 되고 싶다며…."

"그렇죠." 모니카가 고개를 끄덕였다. "근데 꼭 여기서가 아니어도 되잖아요. 석사 따고, 팀장님이 추천서를 써주시면 다른 회사에서도 좋은 자리 충분히 구할 수 있을 거예요."

아니. 이건 너무 말이 안 된다. 샘과 나는 입양을 할 거다. 모니카의 제안이 아무리 달콤해 보여도, 이건 최악의 선택이다.

"그리고 우린 닮았잖아요." 모니카가 덧붙였다. "아기도 팀장님이랑 똑같이 생길 거예요."

"그건 상관없어."

"…진짜요?"

내가 자세를 고쳐 앉자 의자가 길게 끼익 소리를 냈다. "난 그냥 네가 너무 쉽게 생각하는 것 같아. 내가 불쌍해서 그러는 거잖아."

"아니에요." 모니카가 단호하게 말했다. "불쌍해서가 아니라…, 제가 원래 문제 해결하는 걸 좋아하거든요. 우리 둘 다 꿈을 이룰 방법을 찾은 거고요."

모니카 말이 맞다. 이건 내가 그토록 꿈꿔왔던 '신생아'를 품에 안을 수 있는 길이다. 영영 사라진 줄 알았던 꿈을 다시 붙잡을 기회였다.

내가 지금 이걸 진짜로 고민하고 있는 건가? 세상에. 이 말도 안 되는 제안을 고려하고 있다니.

"그러면…, 변호사 끼고 계약서부터 제대로 써야 해." 나는 최대한 조심스럽게 말했다. "그리고 네 의료 기록도 전부 확인해야 하고. 과거 병력까지. 그래도 괜찮겠어?"

모니카의 눈이 환하게 빛났다. "당연하죠. 필요한 건 다 보셔도 돼요. 뭐든지요."

나는 머그 안의 새까만 커피를 천천히 휘저었다. "이건…, 샘하고 먼저 얘기해 봐야 해."

모니카가 치아를 환하게 드러내며 웃었다. 치아가 참 예쁘다. 하얗고 가지런하다. 교정한 걸까? 그걸 물어보는 건 부적절하겠지?

그래. 그건 선을 넘는 거다.

5

"아니. 절대 안 돼. 말도 안 돼. 너 제정신이야?"

샘은 모니카가 우리 대리모가 되겠다는 얘기 자체를 들을 생각도 없어 보였다.

나는 이 얘기를 꺼내려고 나름 타이밍을 재고 또 재봤다. 그래서 샘이 제일 좋아하는 저녁을 차렸다. 팬에 구운 치킨과 크림 시금치를 곁들였다. 이 정도면 샘도 조금은 풀리겠지 싶었다. 어젯밤 내 상태를 생각하면 샘이 음식을 보고 놀라는 게 당연했지만, 그는 이걸 '입양을 다시 알아보려는 의욕' 정도로 받아들이는 눈치였다. 굳이 바로잡진 않았다. 그리고 그가 접시를 싹 비우고 배부른 얼굴로 기대앉았을 때, 모니카의 제안을 꺼냈다.

"진짜…, 생각해 볼 마음 없어?" 내가 물었다.

샘이 안경을 코 위로 밀어 올렸다. "내가 '다리에서 뛰어내리고 싶냐?'고 물었을 때 네가 '아니'라고 하면, '좀 더 생각해봐야 하는 거 아냐?'라고 되묻겠어?"

"과장 좀 하지 마."

"과장? 지금 이 집에서 제정신인 건 나 하나야."

처음엔 나도 망설였지만, 시간이 지나자 그녀의 제안이 점점 더 그럴듯하게 느껴지기 시작했다. 생각하면 할수록 이게 우리가 기도해 오던 답이라는 확신이 들었다.

"당신도 모니카 봤잖아." 내가 말했다. "정말 괜찮은 애야. 난자를 기증받을 상대로는 모니카보다 나은 사람은 없을 것 같아."

샘이 눈을 찡그렸다. "모니카가 누구였지? 주근깨 있는 금발?"

"아니." 답답해서 숨을 삼켰다. "검은 머리에 눈도 어두운색이고…. 그러니까, 나랑 좀 닮았어."

"글쎄." 샘이 고개를 저었다. "제대로 본 적이 있는지도 잘 기억 안 나. 근데 상관없어. 어쨌든 최악의 생각이야."

"그럼 하나라도 제대로 된 이유를 대봐."

"하나?" 샘이 발끈하며 말했다. 귀가 빨개졌다. 이런 상황인데도 샘은 화낼 때 묘하게 섹시하다. 그래서 학생들이 자꾸 우리 집으로 전화해 대는 거겠지. "다섯 가지 말해 줄게."

"좋아. 말해봐."

"첫째.' 그가 손가락 하나를 들었다. 다행히 가운데 손가락은 아니었다. "네 아기를 배에 품고 있는 여자를 매일 회사에서 마주치는 게 안 어색하겠어?"

"배 나오기 시작하면 그만둔다고 했어."

샘은 내 말을 못 들은 척했다. "둘째. 대학원 학비가 그렇게 싼 돈이 아니야."

"입양보다 싸. 그리고 우린 감당할 수 있어."

"너야 감당할 수 있겠지."

"아니, 우리가 감당할 수 있어."

샘이 눈을 굴렸지만 더는 꼬투리를 잡지 않았다. "셋째." 그가 계속했다. "만약 모니카가 마음을 바꾸면 어떡해?"

"일반 입양 계약이랑은 다르잖아. 당신 정자를 쓰는 거니까, 법적으로 당신도 부모 권리가 있어."

샘의 목이 붉게 달아올랐다. "그래, 그게 또 문제야. 솔직히 난 내 정자를 쓰는 것도 별로 내키지 않아."

"그렇다고 당신이 그 애랑 잠자리해야 하는 것도 아니잖아…."

"정말 그럴까?"

"샘, 내 말 좀 들어봐." 내가 말했다. "당신이 원하던 게 그거 아니야? 생물학적 아이를 갖는 거."

샘이 시선을 내렸다. "내가 원했던 건…, 너랑 나 사이에서 태어나는 아이였어, 애비. 이건 좀 이상해. 하고 싶지 않아."

"나랑은 생물학적 아이 못 가져." 나는 팔짱을 꼈다. "내가 고장 났으니까."

"그만해. 너 고장 안 났어."

"아니, 난 망가졌어." 차오르는 눈물을 꾹 눌렀다. "그러니까 당신이 생물학적 아이를 원한다면, 이게 유일한 방법이야."

"하…." 샘은 머리를 쓸어 올리다 말고 버릇대로 중간에서 멈췄다. 머리가 삐죽삐죽 섰다. "이건 진짜 안 좋은 생각이야. 우리 입양하기로 했잖아. 그냥 원래 계획대로 가자."

"더는 실망하고 싶지 않아, 샘." 눈물이 결국 넘쳐 뺨을 타고 흘러내렸다. "모니카는 진짜 좋은 애야. 우릴 실망시키지 않을 거야. 난 알아."

샘은 여전히 고개를 저었다. "애비…."

"1년이면 우리 아기가 생길 수도 있어." 나는 숨을 크게 들이쉰 뒤 말했다. "입양기관을 통해서는 아무리 빨라도 그만큼 빨라질 수 없잖아."

이 말이 샘을 처음으로 흔들어 놓았다. '늙은 아빠'가 되는 것에 대한 그의 두려움이 다시 고개를 든 거다. 우리가 처음 임신을 시도했을 때 그는 서른이었지만, 이제는 마흔이 코앞이었다. 원하든 원치 않든 샘은 결국 '늙은 아빠'가 될 거다. 문제는 얼마나 늙은 아빠가 되느냐였다.

"나도 모르겠다, 애비." 샘이 한숨을 쉬었다. 늘 하던 대로 말없이 접시들을 챙겨 식기세척기로 가져갔다. 매일 밤, 내가 시키지도 않았는게 혼자 하는 일. "난 진짜 이건 아닌 것 같아."

"모니카를 한 번만 만나봐 줘." 나는 거의 애원했다. "얘기라도 들어줘."

샘이 망설였다. 그리고 그 순간, 나는 확신했다.

그는 이미 넘어왔다.

6

모니카는 꼭 면접 보러 나온 사람 같았다. 회색 정장 재킷에 같은 색 치마를 맞춰 입었고, 셔츠는 눈부실 만큼 새하얗게 빛났다. 화장을 하긴 했는데 너무 자연스럽게 해서 거의 맨얼굴처럼 보였다. 짙은 머리카락은 단정하게 틀어 올렸고, 식당 테이블 위에 모아 둔 손가락에 힘이 들어가 하얗게 질릴 정도였다.

반면 샘은 진짜 면접관이라도 된 것처럼 굴었다. 바삭하게 다린 흰 셔츠에 초록 넥타이를 맸고, 노란 법률용 메모장을 앞에 두고 고개를 숙인 채 메모할 준비를 하고 있었다. 안경이 코끝으로 자꾸 흘러내리는 것도 모른 채 메모장을 들여다보고 있었다. 이 식사 자리에서까지 메모를 하겠다는 거다. 모니카를 편하게 해주겠다는 건 애초에 기대도 하지 말아야 했다.

내 인생이 걸린 일이 아니었다면 이 상황이 꽤 웃겼을지도 모른다.

샘은 원래 이런 사람이다. 뭐든 너무 진지하게 받아들인다. 귀엽기도 한데, 지금처럼 짜증 날 때도 있다. 그리고 이상하게도, 샘의 이런 모습은 우리가 처음 만났던 날을 떠올리게 했다. 그때 나는 스튜어트 광고대행사에서 여전히 데니즈의 개인 비서로 일하고 있었고, 샘이 대학원생으로 있던 대학의 홍보 캠페인을 준비 중이었다. 내가 맡은 일은 각 학과 대학원생들을 만나 홍보물에 쓸 만한 내용들을 취합해 오는 거였다.

대체로 재미있었다. 미대 대학원생은 동기들이 그린 멋진 그림들을 보여줬고, 화학과 대학원생은 실험실에서 실험을 시연해 줬다. 영문과 대학원생은 캠퍼스를 한 바퀴 안내해 주더니, 자기 연구실에서 마리화나를 한 대 피우자고 했다.

샘은 우리 약속에 정장 셔츠에 넥타이를 매고 나타났다. 그러고는 다음 30분 동안 나에게 수학을 가르치기 시작했다. 미분방정식의 급수해가 어쩌고 했던 것 같은데, 솔직히 기억도 안 난다. 셔츠와 넥타이까지 맨 샘이 귀엽지 않았다면, 나는 그 자리에서 그대로 졸았을지도 모른다. 지금도 그 장면이 생생하다. 샘은 화이트보드에 빽빽하게 적힌 그리스 문자들을 가리키며 아주 진지하게 말했다. "이건 팸플릿에 꼭 들어가야 해요."

"네." 나는 고개를 끄덕이며 적는 척했다. "당연하죠."

무례하지 않을 타이밍이 오자마자 나는 자리에서 벌떡 일어나 그의 쪽으로 손을 내밀었다. "감사합니다, 애들러 씨. 정말…, 도움이 됐어요."

그렇게 악수하는데, 이상하게도 손이 쉽사리 떨어지지 않았다. 샘의 다정한 갈색 눈이 내 눈을 마주쳤고, 입가에는 긴장한 듯

한 미소가 살짝 걸려 있었다. "저, 혹시…, 같이 저녁이라도 드실래요?"

나는 잠깐 망설였다. 마리화나를 피우고 나서 갑자기 들이대던 영문과 대학원생은 이미 거절한 상태였다. 그는 덥수룩한 수염에 땀 냄새까지 났다. 그런데 샘은 좋은 냄새가 났다. 그때도 그랬고, 지금도 나는 샘이 매일 바르는 애프터셰이브 향을 좋아한다.

샘이 덧붙였다. "아, 그리고 아직 미분방정식 푸는 방법을 다 설명 못 했어요."

"그럼 이렇게 하죠." 내가 말했다. "저녁은 같이 먹을게요. 대신 오늘 밤 남은 시간 동안은 미분방정식 얘기는 금지. 아니, 방정식 얘기는 아예 꺼내지 마요."

나는 샘이 가슴을 부여잡고 경악하며 "그럼 무슨 얘길 하죠?"라고 할 줄 알았다. 그런데 샘은 그냥 웃더니 말했다. "좋아요. 약속"

그날 밤 우리는 끝도 없이 떠들었다. 너무 정신없이 떠들어서 자정이 훌쩍 넘도록 식당을 나서지 못할 정도였다. 내가 한창 말하던 도중에 샘이 몸을 기울여 처음으로 내게 키스했을 때조차 문장이 끝나지 않았을 정도였다.

그리고 이제 십 년도 더 지난 뒤에 우리는 이렇게 앉아 있다. 어떤 여자를 만나 아홉 달 동안 우리 아이를 자기 몸에 품어달라고 부탁하려고. 세상에, 이런 미래를 누가 상상이나 했을까.

샘은 이 일에 마음이 썩 내키지 않는다는 걸 숨기지 않았다. 그래도 모니카를 만나서 얘기해 보는 데까지는 동의했다. 조건이 마음에 들면…. 글쎄, 샘은 그 어떤 약속도 하지 않았다. 그는 가끔 정말 고집이 세다.

우리는 한 번도 가본 적 없는 이탈리안 레스토랑을 골랐다. 단 골집 직원들한테 '자기 자궁을 빌려줄 사람을 찾고 있다'는 얘기가 새어 나가는 건 죽어도 싫었으니까. 식당은 작고 어두웠고, 샘은 테이블 위 촛불 빛에 눈을 찡그리며 노란 메모장을 들여다보고 있었다.

"좀 어색한 거 알아." 내가 분위기를 풀어보려고 말했다. "그래도 우리 셋이 서로를 좀 더 알아가면 좋잖아."

"음, 그래. 당연하지." 샘이 펜 끝으로 메모장을 톡톡 두드렸다. "모니카 씨, 맨해튼에 사시죠?"

모니카가 힘주어 고개를 끄덕였다. "네. 룸메이트랑 다운타운에 살아요.'

"룸메이트분 성함이 어떻게 되세요?"

"첼시 윌리엄스요."

샘은 그걸 적더니, 첼시의 전화번호까지 받아 적었다. 나는 당장이라도 그 펜을 낚아채고 싶었다.

"샘." 내가 낮게 중얼거렸다. "좀 무례하잖아."

"아니에요, 괜찮아요." 모니카가 서둘러 말했다. "저도 이게 두 분께 정말 중요한 결정이라는 거 알아요. 궁금하신 거 있으면 뭐든 물어보세요. 전 다 말씀드릴 수 있어요."

모니카는 셔츠 맨 위 단추를 만지작거리다 살짝 잡아당겼다. 평소처럼 목까지 단단히 잠그고 있었다. 모니카는 예쁜 편인데도 직장에서는 일부러 자기 매력을 드러내지 않으려는 사람처럼 보였다. 늘 무릎 아래로 내려오는 치마나 슬랙스를 입었고, 몸매가 강조되는 옷은 입지 않았다. 가슴이 있긴 하겠지만, 일할 땐 그 존재

감이 거의 느껴지지 않았다. 나는 그런 점이 마음에 들었다. 원하는 걸 얻겠다고 조금이라도 더 드러내려는 여자들이 너무 많은데, 모니카는 그런 식으로 굴지 않았다. 자기만의 원칙이 있어 보였다.

마침 웨이터가 다가와 음료 주문을 받았다. 나는 레드와인 한 잔을 시켰다. 지금은 정말 그게 필요했다. 샘은 물을 주문했고, 웨이터가 모니카에게 시선을 돌렸다. "뭐로 하시겠어요?"

모니카가 메뉴를 내려다봤다. 나는 속으로 간절히 빌었다. 술 시키지 마. 제발, 술은 안 돼.

"저도 물로 주세요. 감사합니다." 모니카가 말했다.

샘이 말없이 고개를 끄덕였다. 샘도 술을 즐기긴 하지만, 오늘만큼은 모니카가 흠 잡힐 틈 없이 굴어야 했다.

웨이터가 음료를 가지러 자리를 뜨자, 샘이 다시 입을 열었다. "가족에 대해서 몇 가지 여쭤봐도 괜찮을까요?"

"물론이에요." 모니카가 말했다. "아까도 말씀드렸지만, 궁금하신 건 뭐든 물어보세요. 저도 이 일이 잘됐으면 좋겠어요."

샘은 펜을 내려놓고 테이블 너머로 그녀를 똑바로 바라봤다. "왜요?"

모니카가 눈을 몇 번 깜빡였다. "네?"

"모니카 씨가 애비를 존중하고, 애비가 아기를 갖길 바란다는 건 이해해요." 샘이 말했다. "그런데 솔직히 말씀드리면, 이 일이 성사되길 너무 간절히 바라시는 것처럼 보여서요. 그 이유가 저는 잘 이해가 안 돼요."

나는 테이블 아래에서 샘의 정강이를 툭 걷어찼다. "샘."

"아니, 난 충분히 할 만한 질문이라고 생각해." 샘은 모니카의 얼굴에서 시선을 떼지 않은 채 말했다. "모니카 씨도 그렇게 생각하시죠?"

모니카의 눈이 잠깐 내 쪽으로 흔들렸다가, 이내 고개를 끄덕였다. "네. 당연히 하실 수 있는 질문이라고 생각해요."

그때 웨이터가 음료를 내려놓았다. 샘과 모니카 앞에는 물, 내 앞에는 와인. 나는 한 모금 크게 들이켰다.

"애들러 교수님." 모니카가 말했다. "팀장님한테 박사님이 수학 교수시타고 들었어요."

샘이 잠깐 망설이다가 고개를 끄덕였다.

"그럼 수학을 정말 좋아하시겠네요?" 모니카가 덧붙였다.

"그렇죠." 샘이 짧게 대답했다.

나는 코웃음을 쳤다. 좋아하는 정도가 아니지.

"그러면요." 모니카가 말을 이었다. "예를 들어 박사님이 대학을 졸업했는데 수학을 더 배우고 싶어도 학교에 다닐 수 없는 상황이라고 해봐요." 그녀는 물을 한 모금 마셨다. "더 배우려면 돈이 너무 많이 들어서 현실적으로는 도저히 감당할 수 없는 수준이라면요. 그럴 땐 어떻게 하시겠어요?"

"대출을 받겠죠." 샘이 말했다.

"대출 상환액이 이미 월세보다 더 많아도요?"

샘은 잠시 말이 없었다. "그래도 방법은 있겠죠."

"그렇죠." 모니카가 그의 눈을 똑바로 바라봤다. "항상 방법은 있으니까요."

샘이 미간을 찌푸렸다. 그는 물잔에 꽂혀 있던 빨대를 집어, 얼음이 둥둥 떠 있는 잔을 천천히 저었다. 잠깐의 침묵이 흐른 뒤,

샘이 다시 펜을 들었다. "그럼 마지막으로 건강검진 받으신 건 언제였어요?"

나는 속으로 웃었다. 모니카는 모르겠지만, 샘은 이미 흔들렸다. 우리는 아기에게 한 걸음 더 가까워지고 있었다.

7

"1부터 10까지로 치면," 셸리가 말했다. "데니즈가 얼마나 미워?"

"12." 내가 말했다.

"참고로 1부터 10까지의 척도야."

"그럼 100."

"너 지금 이 질문의 조건을 전혀 진지하게 안 받아들이는 것 같은데."

나는 웨이터에게 주문할 준비가 됐다고 손짓했다. 오늘 점심은 오래 끌 수 없었다. 데니즈가 우리가 나가는 걸 봤고, 어디 가냐고 아주 노골적으로 캐물었기 때문이다. 셸리가 "점심 먹으려요"라고 대답하자 데니즈는 경악한 표정을 지었다. 그녀가 실제로 '경악했다'라는 말을 써본 적이 있는지는 모르겠지만, 표정은 딱 그 말 그대로였다.

그때 웨이터가 테이블로 다가오더니 진한 붉은색 와인이 담긴 잔을 내 앞에 내려놓았다. 나는 눈을 굴리고 싶은 충동을 꾹 참았다. 서비스가 엉망인 건 질색이다.

"이거 주문 안 했는데요." 내가 말했다.

"알아요." 웨이터가 바 쪽으로 턱짓했다. "저기 계신 신사분이 피노 누아 한 잔을 가져다드리라고 하셨어요."

나는 바 쪽을 흘끗 봤다. 금발 머리 남자가 잔을 들어 보이며 우리 쪽으로 윙크했다. 자신만만한 미소에 회색 정장을 입고 있었다. 브룩스 브라더스일 거다. 아마도.

셸리가 킥킥 웃었다. "작업 거는 것 같은데?"

나는 잔을 내 쪽에서 밀어냈다. "너한테 준 거겠지."

"아뇨." 앳된 얼굴의 젊은 웨이터가 말했다. "흰 원피스에 검은 머리 여자분'께 드리는 거라고 했어요. 점심 끝나면 합석해달라고요."

셸리가 더 크게 웃었다. "거 봐. 너한테 대시하는 거라니까."

얼굴이 확 달아올라 잔을 좀 더 세게 밀어냈다. "저 결혼했어요. 남편도 있고요. 치워 주세요."

"게다가 그 남편이 엄청 잘생겼거든요." 셸리가 웨이터에게 덧붙였다. 웨이터가 그걸 신경 쓸 리도 없는데.

이 어색한 해프닝이 마냥 싫지만은 않았다. 묘하게 자존감에 도움이 됐다. 샘은 나이가 들수록 더 멋있어지는 것 같은데, 나는 반대로 점점 시들어 가는 기분이 들 때가 있다. 예전처럼 노골적으로 들이대는 사람도 줄었다. 그런데 멕시칸 레스토랑에서 잘생긴 낯선 남자가 멀리서 나를 보고 매력적이라고 생각했다는 사실이 이상하게 위로가 됐다.

나는 시계를 내려다보며 아까 주문도 안 받고 사라진 웨이터를 떠올렸다. 셸리가 눈썹을 치켜올렸다. "미팅이 몇 시랬지?"

"1시 반. 근데 괜찮아. 모니카가 다 세팅해 놓고 있을 거야."

셸리가 고개를 끄덕였다. "좋네. 모니카 진짜 일 잘하더라."

"그냥 잘하는 정도가 아니야." 내가 말했다. "진짜 대단해. 나 개정말 좋아해."

"나도."

나는 셸리의 얼굴을 유심히 보며 말을 이었다. "그래서 말인데, 모니카한테 대리모가 돼달라고 부탁하려고 해."

셸리가 웃었다. 내가 농담하는 줄 아는 거다. 입양이 깨진 뒤 좀 더 큰 아이도 입양해 보기로 했다고 그녀에게 말했었다. 그러니 이 얘기가 농담처럼 들릴 수밖에 없었다. 말을 하면서도 스스로가 믿기지 않았다. 누가 자기 비서한테 자기 아이를 대신 품어달라고 부탁할까. 지난달만 해도 '비서에게 세탁 같은 개인 심부름은 시키지 말라'는 공지가 내려왔는데.

나는 헛기침을 했다. "농담 아니야."

"그래, 그래." 셸리가 킥킥 웃었다.

나는 아무 말도 하지 않았다.

셸리의 입이 서서히 벌어졌다. "잠깐. 너 진짜야?"

"응."

셸리는 고개를 흔들며 나를 빤히 바라봤다. "난…, 난 이해가 안돼."

나는 지금까지 있었던 일을 짧게 얘기해줬다. 모니카가 먼저 제안해 온 얘기, 계약 조건이 어떻게 될지, 그리고 샘이 마지못해 "생각해 보겠다"고 한 것까지.

"샘이 이걸 받아들였다는 게 믿기지 않아." 셸리가 중얼거렸다. "샘이 이 정도로 판단력 없는 사람인 줄 몰랐는데."

"그럼 내가 판단력 없다는 말이야?"

"당연하지!"

얼굴이 확 달아올랐다. 셸리는 정말 모른다. 우리가 둘 다 여기서 비서로 처음 일하기 시작했을 땐, 우리 둘 다 싱글이었고 그게 좋다고 생각했다. 그러다 내가 샘을 만나고, 셸리가 릭을 만나면서 모든 게 달라졌다. 샘이 나를 설득해 아기를 갖자고 했을 때, 셸리도 함께 임신을 시도하기 시작했다. 우리는 농담처럼 "비슷한 시기에 낳으면 애들이 친구 하겠다"는 말을 주고받곤 했다. 셸리가 나보다 먼저 임신했을 때 "네 딸이 우리 애 누나 해주겠네" 하고 웃었다. 그러다 셸리가 둘째까지 가졌고, 내가 가진 난자는 쓸모없다는 진단을 받았다.

셸리와 나는 여전히 가장 친한 친구지만, 그녀는 내 앞에서 아이들 얘기를 최대한 피했다. 우리는 일 얘기, 남편 얘기, 최신 영화 얘기는 해도 아이 얘기는 꺼내지 않았다. 이번 입양이 성사될 거라는 희망이 생겼을 때만 잠깐, 그 벽이 무너졌을 뿐이다. 그리고 그 희망은 이제 깨져버렸다. 셸리는 내가 얼마나 이걸 원하는지 알고 있었다. 이게 나한테 얼마나 큰 의미인지도.

"넌 진짜 몰라." 내가 결국 말했다.

셸리는 한숨을 내쉬고 다이어트 콜라를 한 모금 마셨다. "나도 네가 얼마나 아기 갖길 원하는지 알아, 애비. 잘 알아. 근데…, 너 정말 이게 왜 안 좋은 생각인지 모르겠어?”

“난 정말 모르겠어.”

“샘 정자 쓰는 거 맞지?”

“응, 맞아.”

“그럼 말이야.” 셸리가 말했다. “너보다 열 살도 더 어리고, 예쁘고 싹싹한 네 비서가 네 남편 아이를 품는 거잖아. 그게 진짜 아무렇지도 않아?”

“우리 아이야. 샘이랑 내 아이.”

“모니카가 마음을 바꿔서 자기가 키우겠다고 하면?” 셸리가 날카로운 시선을 던졌다. “그럼 샘은 양육비를 대야 해. 아니, 그보다 더 골치 아픈 일이 생길 수도 있고.”

“아니.” 나는 단호하게 고개를 저었다. “마음 바꿀 수 있다는 조건이면 계약하지 않을 거야.”

“그게 가능해?”

“왜 안 돼?”

셸리는 계속 고개를 저었다. 못마땅한 건 알지만, 그래도 이번엔 내 편을 들어줬으면 했다. 셸리한텐 이미 아이가 둘이나 있다. 이젠 내 차례다.

“그렇게 보지 마.” 내가 말했다. “나쁜 생각 아니야.”

“잘 들어, 애비.” 셸리가 팔짱을 꼈다. “내가 최대한 쉽게 설명해 볼게.” 그녀는 잠깐 말을 고르더니 덧붙였다. “샘이, 여자들이 보기엔 꽤 매력적이라는 건 너도 알지?”

알고말고. 몇 년 전 수학과에서 여학생을 더 끌어보겠다고 난리를 치던 적이 있었다. 그때 그쪽에서 내놓은 ‘대책’이라는 게 뭐였

냐면, 홍보 브로셔에 샘 사진을 큼지막하게 싣고 "저희 학과 교수진에 이런 분도 있습니다" 같은 문구를 넣는 거였다. 샘은 그게 무슨 소리냐며 어리둥절해했지만, 결국 시키는 대로 했다. 효과는 엄청났다. 샘 덕분에 여학생 지원자가 세 배로 늘었으니까.

그리고 샘은 단순히 얼굴로만 먹고사는 사람이 아니다. 학생들 후기를 몇 개 슬쩍 본 적이 있는데, 거기엔 외모보다도 수업에 대한 샘의 열정이 더 매력적이라는 말이 줄줄이 적혀 있었다. 샘은 신입생 미적분을 가르칠 때나 대학원 고급 과정을 가르칠 대나 똑같이 신이 나서 달려들었고, 그게 학생들 눈에도 그대로 보였던 모양이다. 어떤 학생은 "애들러 교수님처럼 수학 가르치는 걸 그렇게 즐거워하는 교수는 처음 봤다"고 써놓기도 했다. 그다음에 그의 엉덩이 얘기가 나왔는지 안 나왔는지는, 넘어가자.

솔직히 말하면, 내 남편 엉덩이는 진짜 괜찮다.

"알고 있어." 내가 말했다.

"그럼 모니카도 그걸 알아챘다고 생각 안 해?"

나는 움찔했다. "걔는 그런 애 아니야."

"여자잖아." 셸리가 말했다. "레즈비언이 아닌 이상, 당연히 알아챘지."

"그래서?"

"그래서." 셸리가 나를 똑바로 봤다. "그 애가 샘을 원하게 되면 어떡할 건데?"

"셸리…"

"끝까지 들어." 셸리가 손가락 하나를 들었다. "일단 시작할 땐 의도가 좋았다고 치자."

“좋아.” 내가 바로 말했다.

셸리가 눈을 굴렸다. “그래, 그럼 그렇게 가정하자. 처음엔 순수한 마음이었다고 해도, 몇 달 뒤에 임신한 모니카가 어떤 상태일지 생각해봐. 호르몬은 널뛰고, 배 속에 뭔가가 자라면서 몸은 붓고 살은 찌고. 그런데 그 애는 알고 있잖아. 아이 아빠가 샘이라는 걸. 쭉 이어져 있다는 걸. 게다가 샘이 얼마나 괜찮은 남자인지도 매일 보게 될 거고. 설거지도 하고 빨래도 하고, 키스도 진짜 잘하고…”

이 부분은 반박할 수가 없다. 샘은 설거지도 하고 빨래도 한다. 그리고 키스도 정말 잘한다.

“난 샘을 믿어.” 내가 고집스럽게 말했다. “모니카도 믿고.”

“샘이야 그렇지. 그 사람은 바람피울 사람이 아니야.” 셸리가 말했다. “근데 모니카는 네가 얼마나 아는데?”

“진짜 잘 알아.” 나는 물러서지 않았다. “내 비서로 벌써 6개월이나 있었어.”

“그래. 6개월.” 셸리가 말했다. “그게 그렇게 긴 시간은 아니잖아.”

“난 걜 믿어.” 모니카를 처음 마주했을 때 느꼈던 그 묘한 확신은 말로 설명하기가 어렵다. 그녀 안에서 옛날 내 모습을 많이 봤고, 그래서 자연스럽게 내 울타리 안에 두고 싶었다. 모니카는 왠지 나 자신만큼 믿을 수 있을 것 같았다.

셸리는 다이어트 콜라 잔 너머로 나를 가만히 바라봤다. 잠깐 생각에 잠긴 얼굴이었다가, 조용히 입을 열었다. “근데 있잖아. 나 모니카가 네 사무실 문밖에서 몰래 듣고 있는 걸 본 적 있어.”

심장이 툭 내려앉았다. "뭐?"

"내가 분명히 봤어." 셸리가 말했다. "네 사무실 문이 닫혀 있을 때 문밖에 서서 안에서 무슨 얘기하는지 엿듣는 것 같더라."

"그건…." 갑자기 입안이 바싹 말랐다. 모니카는 믿을 만한 애다. 확실하다. 그런데 내 가장 친한 친구가 굳이 이런 말도 안 되는 얘길 꺼내는 이유가 뭘까.

"그냥 내가 바쁜지, 노크해도 되는 타이밍인지 보려고 그랬던 걸 수도 있잖아."

"근데 그럴 땐 노크하는 거 아니야? 안 바쁜지 확인하려고."

나는 셸리를 날카롭게 노려봤다. "그래서 뭐? 모니카가 날 염탐하고 있다는 거야? 그런 뜻이야?"

"아니!" 셸리의 볼이 붉어졌다. "내가 하고 싶은 말은 그게 아니고, 애비, 그냥 조심하라는 거야. 사람은 백 퍼센트 믿을 수 없어. 특히 이런 일에선 더더욱."

"그래…." 나는 작게 중얼거렸다.

셸리 말이 틀린 건 아니었다. 그래서 나도 모니카에 대해 검증한 다음 진행할 생각이다. 실수하지 않을 거다. 셸리가 뭐라 하든 상관없다. 나는 모니카를 안다. 그녀를 믿을 수 있다. 이번엔 정말 잘 될 거다.

8

"네, 진 존슨입니다. 누구시죠?"

"안녕하세요." 휴대폰을 너무 세게 쥐고 있었는지 손끝이 저릿했다. "제 이름은 애비게일 애들러예요. 따님 모니카가…."

그다음 말을 어떻게 이어야 할지 모르겠다. '따님 모니카가 제 남편의 아이를 대신 품어 주고 저에게 넘기기로 했어요.' 그렇게 말하려니 좀 이상하게 들린다.

다행히 진 존슨은 내가 무슨 얘길 하려는지 정확히 알고 있었다. "애들러 부인! 네, 모니카한테 얘기 들었어요."

그리고 어색한 침묵이 흘렀다.

수화기 너머로 휘익 하는 소리가 들렸다. "아, 죄송해요." 존슨 부인이 말했다. 목소리가 기분 좋게 허스키했다. 마치 옛날 영화배우 같은 목소리였다. "아까 물을 올려뒀거든요. 스토브 끄고 올게요. 죄송해요, 애들러 부인."

"애비라고 불러주세요." 내가 정정했다.

"애비." 그녀가 따라 말했다. 전화 너머로 뭔가를 옮기는 기척이 났고, 곧 끓는 물을 컵에 따르는 소리가 들렸다. "그러니까…, 뉴욕에서 모니카랑 같이 일하신다고 했죠?"

"네." 나는 목을 가다듬었다. "부인께서는…, 인디애나폴리스에 계시죠?"

"맞아요. 여기서 태어나서 쭉 살았죠."

"모니카가 멀리 이사 갔을 때 많이 힘드셨겠어요."

"그랬죠, 뭐…." 그녀가 코웃음을 섞어 숨을 들이켰다. "애들은 결국 자기 하고 싶은 대로 하더라고요. 당신도 언젠가 알게 될 거예요."

나는 그 말투를 곱씹으며 혹시 빈정거림이 섞인 건 아닌지 가늠했다. 하지만 그런 것 같진 않았다.

"모니카가 제게 해주려는 일은…, 저한텐 정말 전부나 다름없어요."

잠깐 침묵이 흐른 뒤, 존슨 부인이 말했다. "모니카가 원러 그래요. 항상 남을 도우려고 하죠."

"정말요?"

"그럼요. 지나칠 정도로요." 그녀가 한숨을 내쉬었다. "누가 자기 고민을 털어놓으면 그걸 그냥 못 넘겨요. 모니카는 사람들이 괜히 속 얘기하고 싶어지는 애거든요. 꼭 어떻게든 해결해 주려고 해요."

가슴 한쪽이 콕 찔렸다. 모니카는 내가 세상에서 제일 원하는 걸 주겠다고 나섰는데, 나는 지금 이렇게 그녀를 캐고 있다. 하지만 이건 샘이 내건 단호한 조건이었다. 모든 걸 확인하지 않으면 절대 진행하지 않겠다고 했다. 샘은 옆에서 모니카의 의료 기록을 훑고 있었고, 나는 전화를 돌렸다. 샘은 사설탐정을 쓰자고까지 했지만, 그건 끝까지 반대했다.

"저희도 당연히 보상할 거예요." 나는 우리가 그녀를 이용하는 것처럼 들리지 않으려고 애썼다. "그래픽 아트 대학원 학비를 지원하기로 했어요."

"그럴 수야 있죠. 하지만 애비, 이것만은 알아두셔야 해요." 존슨 부인이 말했다. "모니카는 돈 한 푼 안 준다 해도 똑같이 했을 거예요."

"네." 내가 맞장구쳤다. "저도 그랬을 것 같아요."

"아무튼." 존슨 부인이 숨을 한번 내쉬었다. "그래서 우리 모니카에 대해 뭘 알고 싶으신데요?"

나는 샘이 거의 알아볼 수 없는 글씨로 휘갈겨 준 목록을 내려다봤다. "음…, 혹시 집안에 큰 병력이 있는지 여쭤보고 싶었어요."

"저희 엄마가 당뇨가 있어요." 존슨 부인이 잠시 생각하듯 말했다. "그래도 아직 잘 지내시고요. 모니카 아빠는 건강해요. 아, 아니지. 혈압이 좀 높긴 한데, 그 정도는 뭐, 모니카는 어릴 때부터 말짱했어요. 진짜 웬만해선 아픈 적이 없었고요."

"정신적인…," 나는 다음 질문을 보다가 얼굴이 찌푸려졌다. "…질환 이력은요? 가족 중에요."

"정신질환요?" 존슨 부인이 되물었다. "미쳤냐는 말이에요? 아니죠, 당연히. 도대체 우리를 어떤 집안으로 보시는 거예요?"

"아, 그게 아니라…"

"우리 모니카는 아주 착한 애예요." 그녀가 말했다. "학교에서도 늘 잘했고, 누구한테나 친절했고요. 솔직히 말하면요, 애비." 그녀는 잠깐 숨을 골랐다. "저는 모니카한테 이 일 하지 말라고 했어요. 대학원 학비는 다른 방법으로도 마련할 수 있다고요. 그런데도 애가 하겠다잖아요. 그런데 이제 와서 이것저것 캐묻는 걸 보니까…, 그게 뭐였더라, 표현이…."

그녀가 잠시 말을 고르더니 조용히 덧붙였다. "물에 빠진 사람 구해줬더니 보따리 내놓으라 한다는 그런 말 있잖아요."

나는 샘이 적어 준 메모를 반으로 접어 책상 위로 밀어놓았다. "맞아요, 존슨 부인. 제가 괜히 예민했네요. 시간 내주셔서 정말 감사해요."

나는 다시 한번 고맙다고 말하고 전화를 끊었다. 그런데 폰을 내려놓는 순간, 머릿속 한구석이 찜찜했다. 뭔가가 딱 맞지 않는 느낌. 그런데 그럴 리가 있나? 존슨 부인은 내내 친절했고, 우리가 모니카에게 부탁한 일을 생각하면 오히려 놀랄 만큼 호의적이었다. 그녀가 한 말 중에 이상한 대목은 하나도 없었다.

그런데 왜…, 내가 뭔가 놓치고 있다는 기분이 드는 걸까?

내 옆 테이블에는 아기용 부스터 시트에 앉은 아기가 있었다. 금발 곱슬머리의 사랑스러운 여자아기였다. 트레이 위에는 치리오 시리얼 조각이 잔뜩 흩어져 있었고, 아기는 그걸 서툰 손으로 하나씩 집어 입에 넣느라 바빴다. 나는 가슴속에서 자꾸 커져가는 통증을 애써 외면하며 그 모습을 바라봤다. 이번엔 거의 아기를 가질 뻔했다. 정말 코앞까지 갔었다.

“치-오.” 아기가 뿌듯한 얼굴로 말했다.

나는 웃어 보였다. 아이들은 왜 이렇게 귀여운 걸까. 데니즈라면 이런 아기를 보고도 어깨만 으쓱하고는 다시 휴대폰에 매달렸을 거다.

“치-오!” 아기가 다시 말했다. 이번엔 침이 뚝뚝 흐르는 통통한 손으로 시리얼 하나를 내게 내밀었다. 먹을 걸 나눠 주겠다는 거다. 세상에, 이렇게 착하고 후한 아기라니. 저 엄마는 얼마나 운이 좋은 걸까. 그걸 아는지 모르는지, 아기는 쳐다보지도 않은 채 옆자리 친구랑 수다만 떨고 있다. 너무 불공평했다.

안 되겠다. 자리를 옮겨야 할 것 같다.

“애비?”

나는 시선을 들었다. 앞에 서 있는 여자는 딱 봐도 ‘착한 애’ 같은 분위기를 풍겼다. 예쁘고 동그란 얼굴에 금발 머리를 높게 묶었고, 검은색 반팔 블라우스는 딱 봐도 가게 유니폼이었다. 말끔하고 단정한, 전형적인 모범생 인상이었다. 아이를 맡길 사람을 찾는다면, 이런 사람을 고르겠지 싶었다.

“첼시?” 내가 물었다.

그녀가 끄덕였다.

첼시 윌리엄스. 모니카의 룸메이트다. 둘은 몇 년째 같이 살고 있고, 모니카가 ‘정말 흠잡을 데 없는 사람’이라는 걸 샘에게 확신시켜 주기 전에 내가 마지막으로 확인해야 할 상대였다. 그런데 첼시 얼굴에 걸린 무난하고 친절한 미소를 보자마자, 나는 이 만남이 예상대로 흘러가겠구나 싶었다.

“앉으세요.” 내가 말했다.

첼시는 내 맞은편 의자에 미끄러지듯 앉았다. "저 늦은 거 아니죠?"

나는 고개를 저었다. "아니에요. 제가 좀 일찍 왔어요."

"모니카 같네요." 첼시가 웃었다. "걔는 늘 일찍 오거든요."

그건 나도 이미 알고 있다. 나는 직원이 시간을 잘 지키는 걸 중요하게 보는데, 모니카는 그런 면에서도 늘 나를 만족시켜 왔다.

"모니카랑 같이 산 지는 얼마나 됐어요?" 내가 물었다.

"대학 때 만났어요." 첼시는 앞에 놓인 메뉴를 펼쳤다. "그때도 2년 같이 살았고, 도시로 나온 뒤에 다시 1년째 같이 살고 있어요. 아마 제일 친한 친구일 거예요."

"그럼 모니카를 꽤 잘 알겠네요?"

첼시는 신나게 고개를 끄덕였다. "그럼요. 뭐가 궁금하세요?"

이번엔 샘이 적어 준 메모가 없었다. 사실 내가 진짜로 알고 싶은 건 딱 하나였다. 모니카가 마음을 바꿔 아이를 지키려고 싸울 가능성이 있는지.

하지만 그걸 대놓고 물을 순 없다.

"모니카는 책임감 있는 편인가요?" 대신 그렇게 물었다.

"그럼요!" 첼시가 킥킥 웃었다. "솔직히 모니카 없었으면 저흰 진작 월세 깜빡해서 쫓겨났을걸요."

나는 잠깐 망설였다. "남자친구는…, 있나요?"

"지금은 없어요." 첼시가 눈썹을 치켜올렸다. "남자친구가 있으면 이런 걸 괜찮아하겠어요?"

"아마 아니겠죠."

"그렇죠."

나는 커피잔을 내려다봤다. 그냥 블랙커피였다. 대학 때는 크림을 잔뜩 부어 마셨는데, 데니즈가 늘 블랙으로 마시는 걸 보고 따라 하기 시작했다. 그 후로는 줄곧 블랙만 마셨다. 그리고 데니즈처럼 나도 누가 커피에 크림 붓는 걸 보면 괜히 평가가 한 단계쯤 떨어진다.

"모니카는 몸 관리는 잘하나요?" 내가 물었다.

첼시는 미간을 찌푸렸다. "몸 관리라는 게 어떤 걸 말씀하시는 거예요? 매일 샤워하고 그런 거요?"

"그러니까, 약을 한다든지 술을 과하게 마신다든지요."

그 말에 첼시가 웃음을 터뜨렸다. "모니카가요? 말도 안 돼요. 걔 완전 모범생이에요. 술자리 가도 항상 대리운전 맡는 애고요."

역시나. 내가 지금까지 만난 사람들은 한 명도 빠짐없이 모니카 존슨이 '흠 하나 없는 사람'이라고 확인해 줬다. 성녀가 되려면 머리 위에 후광만 얹으면 될 정도다.

"근데요." 첼시가 입가에 묻은 하얀 거품을 닦으며 말했다. "저는 팀장님이랑 모니카가 하기로 한 그거…, 되게 멋지다고 생각해요."

나는 눈썹을 치켜올렸다. "그래요?"

"네!" 첼시가 힘주어 고개를 끄덕였다. "나이가 좀 있다고 해도 좋은 부모가 못 되는 건 아니잖아요."

'나이가 좀 있다고 해도'라니. 난 서른여섯이다. 폐경까지 한참 남았고, 난자만 멀쩡했으면 지금도 얼마든지 임신할 수 있었을 나이다.

하지만 첼시는 스물셋이다. 이 애가 내 나이를 얼마나 많게 보고 있는지 상상하고 싶지도 않았다. 굳이 물어서 이 자리를 더 우울하게 만들 필요가 있나.

"고마워요." 내가 말했다.

첼시가 활짝 웃었다. "그럼 진짜 하실 거예요?"

"네." 나는 천천히 말했다. "아마…, 하게 되겠죠."

9

퇴근하고 집에 돌아오니 샘이 저녁을 차려서 나를 맞이했다.

부엌에서 나오는데, 불 앞에 오래 서 있었는지 얼굴이 발그레했다. 티셔츠엔 레드와인이 얼룩처럼 튀어 있었고, 머리카락 여기저기에 하얀 밀가루가 묻어 있었다. 대체 뭘 만든 건지 감이 안 왔다. 레드와인 비스킷이라도 구운 걸까?

나는 부엌을 힐끗 봤다가 난장판을 보고 흠칫했다. 그래도 샘은 그런 건 알아서 했다. 시키지 않아도 늘 부엌을 말끔히 치워놓는 사람이니까. "뭐 도와줄까?"

"아니야." 샘이 말했다. "너 오늘 하루 종일 일했잖아. 맛있게 먹고 쉬어. 와인 마실래?"

나는 그의 티셔츠에 번진 와인 얼룩을 보고 씩 웃었다. "옷에서 짜서 마실까?"

"하하. 정말 웃겨."

샘은 레드와인을 한 잔 따라줬다. 솔직히 고마웠다. 유난히 길고 힘든 하루였다. 샘은 내 근무 시간에 대해 불평한 적이 없었다. 오히려 "우리 와이프가 잘나가는 광고대행사 임원이라니 멋지다" 같은 소리를 하곤 했다. 딱히 임원은 아니었지만, 굳이 정정하진 않았다. 내 자랑하는 걸 우연히 들은 적도 있어서, 그냥 하는 소리는 아니라는 걸 알 수 있었다.

몇 분 뒤, 샘이 접시 두 개를 들고나오더니 내 앞에 하나를 내려놓으며 말했다. "짜잔! 치킨 마살라 라이스야."

나는 접시 위에 놓인 닭고기를 내려다봤다. 입술을 살짝 깨물었다. "근데…, 닭이 원래 이렇게 빨개?"

"레드와인을 썼거든."

"그래도…. 너무 빨간데."

샘은 자기 접시를 내려다보며 잠깐 생각하더니 말했다. "뭐, 중요한 건 보기보다 맛이지."

그게 바로 문제였다.

샘이 빤히 지켜보는 가운데 닭고기 끝을 조금 잘라냈다. 적어도 겉보기엔 익어 보였다. 다만 칼이 잘 안 들어가는 걸 보니, 너무 익힌 건 아닐까 걱정됐다.

"이번엔 안에 핏기 없어." 샘이 으쓱했다. "잘했지?"

나는 애써 웃었다. "대단하다."

좋아. 이제 먹어보자.

기도하듯 속으로 중얼거리고 닭고기 조각을 입에 넣었다. 레드와인 맛, 탄 밀가루 맛, 그리고 닭고기가 뒤섞인 맛이 한꺼번에 혀를 덮쳤다. 샘은 기대에 찬 얼굴로 나를 보고 있었다. 얼른 삼키고 싫었지만 너무 질겨서 안 넘어갔다. 오늘 밤 내내 이걸 씹고 있겠구나 싶었다.

"맛있네." 나는 계속 씹으면서 간신히 말했다.

샘이 미간을 찌푸렸다. "근데 표정이 왜 그래?"

"무슨 표정. 나 아무 표정도 안 했거든."

샘은 잠깐 나를 보더니 결국 닭고기 한 조각을 잘라 자기 입에 넣었다. 두어 번 씹는가 싶더니, 곧바로 콜록거리며 냅킨에 뱉어냈다.

"아, 전장!" 샘이 소리쳤다. "이거 너무 심한데? 왜 말 안 했어?"

나는 어깨를 으쓱했다. "그래도 이번엔 생닭은 아니잖아. 그럼 됐지 뭐."

샘이 한쪽 입꼬리를 올리며 웃었다. "맛있는 척해 줘서 고마워."

"그거 다 안 먹게 해 줘서 내가 더 고마워."

그가 몸을 기울여 내게 키스했다. "아직 배우는 중인 거 이해해 줘서 고마워."

"당신이 부엌 치워줄 거니까…. 그건 미리 고맙고."

샘이 웃더니 다시 키스했다. 그냥 가볍게 입맞춤하려던 거였겠지만, 금세 그 이상으로 번졌다. 그는 내 등을 감싸 쥐고 나를 끌어당겼고, 나는 온몸이 간질간질해졌다. 샘은 정말 키스를 잘했다. 연애할 때는 그가 키스만 해도 다리에 힘이 풀리곤 했다. 뻔한 말이지만, 진짜 그랬다.

결혼한 지 좀 되면서 매일 그렇게까지 되지는 않았지만, 그래도 우리 키스는 여전히 꽤 섹시하다고 생각했다. 샘을 만나기 전에 해 봤던 어떤 키스보다도 여전히 좋았다.

"난 어차피 배도 별로 안 고파." 그가 내 귀에 대고 숨결 섞인 목소리로 말했다.

"나도."

그리고 그는 나를 일으켜 세워 끌었다. 처음엔 비틀거리며 침실로 향하는가 싶더니, 결국 소파까지밖에 못 갔다.

아이 없는 삶의 좋은 점이 하나 있다면 이런 거다. 소파에서 하는 섹스 같은 것.

끝나고 나서야, 우리는 소파 위에 반쯤 벗은 채로, 아니, 사실 거의 다 벗고 엉켜 누워 있었다. 그때서야 모니카의 제안이 떠올랐다. 명단에 있던 사람들은 전부 만나봤다. 모니카 존슨에 대해서는 의심할 만한 게 아무것도 나오지 않았다. 이 일을 밀어붙이지 않을 이유가 없었다.

내가 샘의 맨가슴에 파고들어 기대 있는 동안, 그는 내 검은 머리칼 한 가닥을 손가락으로 만지작거렸다. 샘은 몇 년 전에 "헬스장 다니면 보험료도 깎아준대"라며 대학 체육관 회원권을 끊었는데, 말로만 그런 게 아니라 진짜로 다니기 시작했다. 거의 매일 가서 러닝을 하고, 근력 운동은 일주일에 두 번쯤 하는 것 같았다. 그가 자기 몸을 더 챙기려 애쓰는 게 기특하기도 했지만, 솔직히 말해 근력 운동으로 다져진 상체 근육이 정말 마음에 들었다.

"네 머리는 어떻게 이렇게 부드러워?" 샘이 물었다.

"부드러워?"

"응. 솔직히 좀 이상할 정도로 부드러워."

"마음에 든다니 다행이네."

"마음에 든다고는 안 했어. 그냥 물리적으로 그렇다는 거지."

나는 팔꿈치로 그를 툭 쳤다. 샘이 웃으면서 나를 더 끌어안았다. 내 난소가 날 배신했는지는 모르지만, 적어도 사랑에 있어서는 운이 좋았다. 이보다 더 좋은 남자는 없었다.

"사랑해, 애비." 그가 내 머리칼에 대고 중얼거렸다.

나는 씩 웃으며 고개를 들었다. "나도 사랑해."

"생각 좀 해봤는데…," 샘이 다시 내 머리를 만지작거리며 나를 바라봤다. "우리…, 신생아 말고, 걸음마 뗀 애를 부탁하면 어때?"

그 순간, 분위기는 완전히 끝났다.

나는 그의 가슴에서 머리를 떼고 그를 똑바로 봤다. "뭐라고?"

샘이 콜을 세워 앉았다. "그러니까, 애비. 내가 대리모 얘기는…, 생각해 보겠다고 했잖아. 근데…, 난 좀 불편해. 그냥 입양하고 싶어."

섹스 뒤의 황홀함이 채 가시기도 전에, 이렇게 울게 될 줄은 몰랐다. 어쨌든 그렇게 됐다. 눈물이 한번 터지자 도무지 멈출 수가 없었다. 샘이 그날 갑자기 내 베이비 샤워에 들이닥쳐 자넬이 우리와의 약속을 깼다고 말한 이후로, 애써 눌러왔던 고통이 한꺼번에 되살아났다. 샘이 아기 침대를 옷장에 쑤셔 넣고, 원래 아기방으로 쓰려던 방의 문을 닫아버렸는데도 그 고통은 사라지지 않았다. 거의 품에 안을 뻔했던 아기였다. 우리는 정말 코앞까지 갔었다.

그런데 지금은 그게 어느 때보다도 멀게 느껴졌다.

"애비?" 샘이 이마를 구겼다. 내 눈물에 완전히 당황한 얼굴이었다. "왜 울어?"

"왜 우냐고?" 왜 이런 뻔한 걸 묻는 거지? "왜 우냐면…," 나는 얼굴을 타고 흐르는 눈물을 손등으로 훔쳤다. "우리한텐 아기가 오지 않을 것 같아서. 그냥 그런 예감이 들어. 다음 입양도 또 엄청 오래 걸릴 거고, 그러다 또 뭔가가 어긋날 거고…. 그리고…, 그리고 우리가 아기를 갖게 될 때쯤이면 오십은 됐을 거야!"

나는 더는 말을 잇지 못했다. 너무 울어서 콧물이 왼쪽 콧구멍에서 툭 튀어나왔는데도, 닦을 생각조차 들지 않았다.

"애비." 샘이 조심스럽게 말했다. "나도 너만큼 원한다는 거 알잖아…."

"아니, 당신은 아니야." 나는 그를 노려봤다. "진짜 그랬다면 지금 눈앞에 있는 이 기회를 잡으려 했겠지. '불편하다'는 이유로 밀어내지 않고."

샘은 고개를 숙인 채 자기 손만 내려다봤다. 솔직히 말해, 방금 내 말이 그에겐 억울했을 거라는 걸 나도 알고 있었다. 샘이 얼마나 아빠가 되고 싶어 하는지도 안다. 가끔은 멀쩡한 난소를 가진 여자한테 가지 않은 게 이상할 정도다. 그래, 샘이 그런 사람이 아니라는 것도 알고 있다. 그래도 사람 마음이란 게 가끔은 흔들릴 수도 있잖아.

"미안." 내가 중얼거렸다. "그냥…, 내가 너무 흥분했어. 당신이 불편하면 안 해도 돼." 나는 퉁퉁 부은 눈가를 훔치고 그의 손 위에 조심스레 내 손을 올렸다. "우리 입양 다시 알아보자. 괜찮아."

샘은 여전히 손만 내려다보고 있었다. 이마의 주름이 더 깊어졌다.

"샘?" 내가 불렀다.

그는 바로 대답하지 않았다. 그 침묵이 무슨 뜻인지 알 수 없었다. 샘은 가끔 이렇게 말없이 생각에 잠기곤 했다. 그럴 때면 '아,

86

또 수학 같은 걸 생각하나 보다' 하고 넘겼다. 그런데 지금은 아니다. 뭐, 그럴 수도 있겠지만, 아마 아닐 거다.

"우리 모니카한테 대리모 부탁하자." 샘이 마침내 말했다.

나는 숨을 들이켰다. "샘, 그럴 필요 없어."

"알아. 꼭 그럴 필요는 없지." 그가 고개를 들었다. "근데 네 말이 맞아. 우린 너무 오래 기다렸잖아. 아기방 문을 못 여는 것도…, 너무 가슴 아프고. 기저귀 광고만 봐도 기분이 엉망이 되는데, 네가 그걸 직접 팔아야 한다는 게 얼마나 힘들지 상상도 안 돼."

그는 길게 한숨을 내쉬었다. "이게 완벽한 방법은 아닐 수도 있어. 그래도 난 아빠가 되고 싶어. 너도 엄마가 됐으면 좋겠고. 우리…, 이제 준비됐잖아."

샘이 손을 뻗어 내 손을 꼭 쥐었다. 그가 나를 보며 웃는 순간, 가슴이 벅차올랐다. 그때 불현듯, 머릿속에서 무언가가 번쩍 맞물렸다.

존슨 부인은 인디애나에 산다. 전화번호도 인디애나 지역번호였고, 그녀는 인디애나폴리스에서 "태어나고 자랐다"고 했다.

'전 레드삭스 팬이라서요. 어릴 때 거의 모든 경기를 보러 다녔거든요. 양키스 모자를 쓸 순 없죠. 그럼 집에 못 들어가요!'

내가 베이비 샤워에서 모니카에게 아기용 양키스 모자를 씌우려 했을 때 그녀가 했던 말이었다.

그런데 레드삭스는 보스턴 팀이다. 야구팬이라면 누구나 아는 사실이다. 메이저 리그 야구팀이 없는 인디애나에서 양키스 팬이라고 해서 누가 그렇게까지 뭐라 할 것 같지는 않다. 물론 그럴 수도 있겠지만. 나도 인디애나에 가본 적은 없으니까.

하지만 그렇다면 더 이상하다. 인디애나 출신인 모니카가 왜 그렇게 열혈 레드삭스 팬인 걸까?

도무지 말이 안 된다.

나는 방금 떠오른 생각을 샘에게 말하려고 고개를 돌렸다가, 입을 다물었다. 샘은 이미 마음이 흔들리고 있었다. "모니카가 거짓말한 것 같아" 같은 말을 꺼내는 순간, 이 일은 정말로 끝장날지도 모른다. 게다가 내가 잘못 기억하는 걸 수도 있다. 레드삭스 얘길 한 사람이 모니카가 아니라 다른 사람이었을지도. 회계팀 릴리였나?

어쨌든 이건 사소한 일이다. 중요한 일일 리가 없다.

10

내 책상 위엔 플라스틱 이유식 용기 다섯 개가 늘어서 있었다. 사과, 배, 복숭아 코블러, 고구마, 그리고 '가을 채소 칠면조' 맛.

최근 커들스가 이유식 시장에도 뛰어들기로 했다. 나는 그들이 새로 만들고 있는 웹사이트에 올릴 문구를 맡았다. 특히 사람들 귀에 뚝 꽂힐 만한 슬로건을 만들어야 했다. 문제는 내가 이유식에 대해 아는 게 거의 없다는 거였다. 그래서 몇 개를 사서 직접 먹어봤다. 뭐라도 떠오르지 않을까 해서.

그렇게 해서 이유식에 대해 중요한 사실 하나를 알아냈다.

맛이 정말 끔찍하다는 것.

이런 걸 아무것도 모르는 갓난아기들한테 먹인다는 게 믿기지 않았다. 그래도 사과랑 배는 그럭저럭 괜찮았다. 먹을 만한 정도는 됐다. 복숭아 코블러는 이름만 들으면 꽤 그럴싸했는데, 막상 먹어 보니 너무 달았다. 고구마는 한 입 넣자마자 헛구역질이 났지만, 어쨌든 한 숟갈은 겨우 삼켰다. 하지만 '가을 채소 칠면조'는, '역겹다'는 말을 잘 안 쓰는데, 이건…, 와, 진짜 역겨웠다. 여태껏 살면서 입에 넣어본 것 중 최악이라고 해도 과장이 아닐 정도였다.

아, 그리고 이유식에 대해 또 하나 알게 된 사실이 있다.

이유식은 아주 강력한 변비약이라는 것.

심지어 아기들 변비에 좋다는 자두 이유식은 아직 손도 안 댔다.

혹시 여기서 괜찮은 슬로건을 찾을 수 있지 않을까. '커들스 이유식—영혼만큼이나 장에도 좋은 맛.'

아니다. 그건 아무래도 아닌 것 같다.

그때 누군가 내 사무실 문을 톡톡 두드렸다. 문 앞에 모니카가 서 있었다. 검은 슬랙스에 목까지 단정하게 잠근 하얀 블라우스. 수수하고 깔끔했다. 그녀는 나를 보자 미소를 지었다.

한 달 전, 우리는 모니카가 대리모를 맡기로 한 계약을 마무리했다. 샘은 변호사와 함께 계약서를 꼼꼼하게 검토하느라 한참을 보냈고, 조건도 꽤 까다로웠다. 우리는 모니카의 대학원 등록금을 전액 부담하는 대신, 모니카는 임신이 되는 순간부터 아이에 대한 모든 권리를 포기해야 했다. 임신한 이후에는, 어떤 경우에도 되돌릴 수 없었다. 조건이 너무 빡빡해서 모니카가 겁먹는 건 아닐까 걱정했는데, 아니었다. 모니카는 망설임 없이 서명하고는 계약서를 덮었다.

그리고 몇 주 전, 샘은 병원에 가서 정자 샘플을 냈다. 모니카와 내가 워낙 가까운 사이였으니 굳이 병원을 거칠 필요는 없었다. 우리끼리 준비해서 모니카에게 건네도 됐을 텐데, 샘은 끝까지 그 방법을 고집했다.

이제…, 우리는 기다리는 중이었다. 첫 시도인 만큼 임신 확률이 아주 높진 않겠지만, 그래도 나는 기대감에 차 있었다. 이번 달에 안 되면 다음 달, 아니면 그다음 달에라도 될 테니까. 모니카는 스물셋이고, 담당 의사도 건강 상태가 아주 좋다고 했다. 안 될 이유가 없었다.

"이유식 먹어본 적 있어?" 내가 모니카에게 물었다.

모니카가 얼굴을 살짝 찌푸렸다. "아니요. 먹어봤어야 하나요?"

"아니. 절대 먹지 마."

그때 모니카가 팔 밑에 가방을 꼭 끼고 있는 게 눈에 들어왔다. "무슨 일 있어? 괜찮아?"

"음…." 모니카가 잠시 망설이다가 말했다. "그냥…, 좀 그래요."

"좀 그렇다고?"

모니카가 가방 안을 한참 뒤적였다. 그러더니 투명 지퍼백에 든 하얀 플라스틱 막대를 꺼내, 내가 똑똑히 볼 수 있게 책상 위에 내려놓았다.

막대기 위엔 파란 두 줄이 선명하게 떠 있었다.

"임신했어?" 나는 숨을 들이마시듯 속삭였다.

모니카가 고개를 끄덕였다. 눈이 반짝였다. "이건 가짜 양성이 나올 일이 없어요."

모니카가 임신했다.

샘의 정자가 내 비서를, 그것도 첫 시도에 바로 임신시켰다. 우리는 그렇게 오랫동안 애를 쓰면서도 한 번도 성공하지 못했는데. 불임의 원인이 결국 나였다는 걸 의심해 본 적은 없었지만, 이렇게까지 눈앞에서 확인당할 줄은 몰랐다.

첫 시도. 임신.

잠깐 자책하고 싶은 마음이 밀려왔다가 금세 가라앉았다. 모니카가 임신했다는 사실이 이제야 실감이 났다. 그 말은 아홉 달도 채 안 돼서 모니카가 아이를 낳는다는 뜻이었다. 나는 엄마가 될 거다. 기다리고, 애쓰고, 바라기만 했던 시간이 끝나고―드디어 내게도 이 일이 현실이 되는 거였다.

믿기지가 않았다.

"대박이다!" 내가 소리쳤다.

모니카도 환하게 웃으며 고개를 끄덕였다. "이렇게 빨리 될 줄은 몰랐어요. 제가 임신이 잘되는 체질인가 봐요, 그렇죠?"

그 말이 가슴을 쿡 찔렀다. 하지만 나는 얼른 그 느낌을 밀어냈다. 모니카는 날 위해 이걸 해주는 거고, 그저 일이 너무 빨리 풀려서 들뜬 것뿐이니까. "그러게. 나 샘한테 문자 좀 보내도 되지?"

"그럼요."

나는 아이폰을 집어 들었다. 이유식 때문에 손가락이 끈적거려서 지문 인식이 잘 안됐다. 결국 비밀번호를 눌렀다. 내 생일. 나도 안다. 보안으로는 최악이다. 그래도 누가 내 폰을 털까봐 걱정할 필요는 없을 거다. 안에 있는 것 절반은 직장 동료들과 주고받은 문자였고, 그중 대부분은 셸리랑 내가 데니즈 욕하는 내용이었으니까.

나는 샘에게 급히 문자를 보냈다. '모니카 임신했어!'

단어를 치자마자 아이폰이 임산부 이모지를 추천해 줬다. 샘이 이런 이모지를 별로 안 좋아하는 줄 알면서도, 그냥 하나 붙였다. 뭐, 어때.

"뭐래요?" 모니카가 아무렇지 않게 책상에 기대며 내 휴대폰 화면을 힐끗 들여다봤다.

샘의 답장은 거의 바로 왔다. '잘됐네.'

묘하게 빈정대는 느낌이었다. 샘은 이 과정에 동의하긴 했지만, 끝까지 망설이는 기색이었다. 정자 샘플을 내러 병원에 가기 전에도 샘은 나를 의미심장한 표정으로 바라보며 "그럼…, 다녀올게"라고 말했다. 그리고 잠깐 멈춰 섰다. 마치 내가 "그냥 그만두자"라고 말해 주길 바라는 사람처럼. 나는 그러지 않았다.

"잘됐게!" 내가 말했다.

모니카가 활짝 웃었다. 느낌표는 내가 알아서 붙인 거니까, 굳이 말하진 않았다.

나는 모니카의 배를 내려다봤다. 판자처럼 평평했다. 배가 나오기 전까진 계속 일하기로 했지만, 그날이 금방 올 것 같진 않았다. 적어도 지금은.

"몸은 어때?"

"좋아요!"

"입덧은?"

"전혀 없어요."

"피곤하진 않고?"

"음… 조금요." 모니카가 손가락을 살짝 벌려 보였다. "근데 심하진 않아요."

모니카는 피곤하거나 메스꺼워 보이지 않았다. 오히려 얼굴이 환하게 빛났다.

"산전 비타민은 챙겨 먹고 있지?" 내가 물었다.

모니카가 끄덕였다.

"하루에 두 알이야." 내가 다시 확인하듯 말했다. "권장량이 그렇대."

모니카가 미소 지었다. "알고 있어요."

나는 두 손을 꼭 맞잡았다. "그리고 햄 같은 가공육은 피해야 하고. 초밥도 안 되고. 음…, 술은 적당히 마시는 건 괜찮다고는 하지만—"

"걱정 마세요, 애비." 모니카가 특유의 차분한 목소리로 말했다. "술은 한 모금도 안 마실게요. 약속드릴게요."

그때 문을 두드리는 소리가 나더니, 대답할 틈도 없이 데니즈가 들어왔다. 그녀는 늘 그랬다. 대답을 기다리는 법 없이 그냥 들이닥쳤다. 데니즈는 굳은 얼굴로 나를 훑어봤다. 입가에 미소라고는 없었지만, 새삼스러울 것도 없었다. 그녀는 모니카를 힐끗 보더니 인사 한마디 없이 그대로 지나쳤다.

"애비게일." 데니즈가 말했다. "커들스 슬로건은 생각해 봤어? 방금 그쪽에서 전화 왔어."

"어…"

'커들스 이유식. 다른 대표 브랜드보다 덜 역겨운 맛, 50% 할인.'

"아직요." 내가 말했다.

데니즈는 내 책상 위 이유식 통들로 시선을 옮겼다. 그제야 나는 모니카가 가져온 임신 테스트기가 아직도 거기에 놓여 있다는 걸 알아챘다. 이미 늦었다. 나는 아무렇지 않은 척 팔꿈치로 테스트기 쪽을 슬쩍 가렸다. 셸리 말고는 아무에게도 모니카와의 계약을 말하지 않았다. 앞으로도 그럴 생각은 없다. 알아서 좋을 게 하나도 없으니까. 모니카는 배가 나오기 전에 회사를 그만둘 테고, 그러면 다른 사람들이 상관할 일도 아니었다.

"내일 그쪽이랑 미팅하는 거 알지?" 데니즈가 다시 말했다. "그때까지는 뭐라도 들고 와."

"네, 그럼요."

데니즈가 나를 똑바로 노려봤다. "실망시키지 마, 애비게일. 중요한 클라이언트야."

나도 안다. 기저귀 캠페인으로 한번 잘 해냈다고 끝이 아니었다. 여기선 늘 마지막 결과로만 평가받는다. 이번에 삐끗하면 끝장이다. 그러니까 내가 지금 여기 앉아서 이 끔찍한 이유식을 억지로 먹고 있는 거겠지.

"걱정 마세요." 내가 말했다. "잘 준비할게요."

데니즈가 나가고 나서야 나는 숨을 길게 내쉬었다. 출산 휴가를 12주 쓴다고 말할 생각만 해도 벌써부터 속이 서늘해졌다. 그래도 어쩌겠어.

와…, 진짜로 아기가 생기겠구나.

내가 엄마가 된다니.

믿기지가 않았다.

"미팅 준비 좀 해야겠다." 데니즈에게 혼나는 내내 고개를 숙이고 있던 모니카를 보며 내가 말했다. "근데…, 이 말 예전에도 했지만, 아무리 해도 모자라. 고마워. 진짜…, 믿기지가 않아."

모니카가 반짝이는 치아를 드러내며 웃었다. "도울 수 있어서 저도 기뻐요."

그녀는 책상 위에 놓인 임신 테스트기를 힐끗 내려다보더니 손을 뻗었다. 나는 고개를 저었다. "내가 버려줄게."

"아, 아니요." 모니카가 얼른 그걸 내 책상에서 집어 들더니, 파란 줄 두 개를 한참 들여다보며 흐뭇해했다. "이건 가지고 있으려고요. 기념으로요."

가지고 있겠다고? 기념품이라니. 대학원 등록금 때문에 하는 임신인데, 저걸 기념하고 싶을 일이 있나. 나만 이상하게 느끼는 걸까. 어딘가 찜찜했다.

사실 이런 걸 간직하고 싶어 할 사람은 나여야 했다. 그런데 나는 전혀 그러고 싶지 않았다. 아니, 소변 묻은 막대기잖아. 그래도 괜히 일을 키우고 싶진 않았다. 그래서 나는 모니카가 임신 테스트기를 조심스레 가방에 넣는 걸 말없이 지켜봤다.

11

샘이랑 결혼한 지 오늘로 8년이 됐다.

기념일이라 오늘 밤은 오랜만에 외식을 하기로 했다. 미드타운에 있는 스페인 레스토랑인데, 파에야를 정말 잘한다. 평소에는 내가 워낙 바빠서 집에서 해 먹거나 테이크아웃으로 때우는 편이지만, 결혼기념일만큼은 늘 밖에 나가서 먹는다.

샘은 레스토랑에서 몇 블록 떨어진 곳에 주차할 자리를 찾아냈다. 기적에 가까웠다. 주차장 정기권을 끝내 안 끊겠다고 버티더니, 뜻밖의 장점이 생겼다. 평행주차만큼은 달인이 됐다는 거다. 나는 그 작은 틈에 하이랜더를 절대 못 욱여넣을 거라고 확신했지만, 샘은 할 수 있다며 고집을 피웠다. 그가 차를 넣으려고 이리저리 조작하는 동안, 지나가던 사람들이 슬금슬금 모여들어 구경하기 시작했다.

"거기 절대 못 넣어, 친구!" 어떤 남자가 소리쳤다.

“두고 봐!” 샘이 맞받아쳤다.

샘이 끝내 차를 자리에 밀어 넣는 순간, 여기저기서 박수가 터졌다. 애초에 의심했던 내가 우스울 정도였다. 아직도 어떻게 했는지 모르겠다. 앞뒤로 남은 공간이 고작 몇 센티밖에 안 됐다. 샘은 언제나 “앞뒤로 공간이 ‘0’이 되는 게 평행주차의 영원한 목표”라고 말하곤 했다.

스페인 레스토랑까지 짧은 거리를 걸어가는 동안 샘이 내 손을 잡았다. 샘은 사귀던 때도, 결혼한 지 8년이 지난 지금도 걸을 때면 늘 다정하게 내 손을 잡는다.

“너랑 결혼해서 참 좋아.” 샘이 내 손을 꼭 쥐며 말했다.

나는 웃었다. “그래? 다행이네.”

기념일이라서 하는 말이 아니다. 샘은 정말로 결혼한 게 기쁜 사람이다. 결혼한 지 얼마 안 됐을 때, 불임 문제가 꼬이기 전까지만 해도 그는 그 말을 입에 달고 살았다. “우리가 결혼해서 참 좋아.” 혹은 “아내가 있어서 너무 좋아!” 가끔은 “드디어 결혼해서 진짜 다행이야, 하느님 감사합니다” 같은 말도 했다. 샘은 아마 연애라는 걸 별로 즐기지 못했던 것 같다. 피곤하다나 뭐라나.

아마 그게 우리가 비교적 빨리 결혼한 이유일 거다. 셸리는 내가 샘을 만날 때쯤 남편 릭을 사귀기 시작했는데, 릭은 결혼 얘기만 나오면 늘 주저했다. 샘은 정반대였다. 우리는 금세 진지한 사이가 됐다. 토요일 밤은 당연히 데이트였고, 평일에도 몇 번씩 자연스럽게 만났다. 릭은 셸리가 자기 집에 칫솔을 두고 간 걸 보고 기겁했었다. 하지만 샘은 내가 말도 꺼내기 전에 침실 서랍 하나를 비워 주고, 열쇠까지 복사해 줬다. 그러고는 얼마 안 가서 “그냥 같이 사는 게 더 편하지 않아?"라고 했다. 셸리와 나는 그때 둘 다 20대 후반이었고 결혼을 진지하게 생각하던 시기였다. 그래서 셸리는 질투로 죽을 지경이었다.

같이 살기 시작하자 샘은 '결혼' 얘기를 툭툭 꺼내곤 했다. "결혼하면 세금 합산 신고할 수 있잖아."라든가, "결혼하면 방 두 개짜리로 옮겨야지." 같은 식으로. 솔직히 엄청 로맨틱한 말은 아니었다. "결혼하면 파리로 신혼여행 가자"거나 "밀라노에 별장 사자" 같은 분위기와는 거리가 멀었다. 그래도 샘이 저런 말을 아무렇지 않게 내뱉는 게 좋았다. 우린 결국 결혼할 거라는 전제가 이미 우리 사이에 자연스럽게 깔려 있는 것 같아서. 그러다 보니 나도 어느새 슬쩍 '결혼하면'을 따라 하게 됐다.

어느 날은 손잡고 걷다가 길가에 있는 제일즈Zales 보석 매장을 지나쳤는데, 내가 무심코 툭 던졌다. "프러포즈할 때 티파니에서 반지 사와야 돼. 알았지?"

샘이 순간 이상한 표정을 지었다. 나는 가슴이 철렁 내려앉았다. 그렇게 '결혼하면'을 입에 달고 살았으니, 그 정도 농담은 해도 되는 줄 알았다. 다 샘 때문이다!

어색하게 사과라도 해야 하나 망설이고 있을 때, 샘이 몸을 기울이더니 내 귀에 속삭였다.

"케이즈Kay's에서 사오면 안 돼?"

나는 미간을 찌푸렸다. "뭐?"

그 순간 샘이 주머니에 손을 넣더니 작은 파란 상자를 꺼냈다. 나는 입이 떡 벌어졌다. 사귄 지 고작 일 년 반. 같이 살고 있긴 했지만, 이런 건 전혀 예상 못 했다. "아…," 나는 숨을 삼키듯 말했다. "나 이런 건 생각도 못 했…"

샘이 눈을 깜빡였다. "널 사랑해. 더 기다릴 필요가 없잖아."

그러게. 뭐 하러 기다리겠어.

"잠깐만, 한쪽 무릎은 꿇어야지." 샘이 말하더니 정말로 무릎을 꿇었다. 마치 '프러포즈는 이렇게 해야 한다'는 걸 배워 온 사람처럼. 그는 파란 상자를 열었다. 반지는 솔직히 말해, 작았다. 샘은 박사 과정 막 끝내고 연구원을 시작한 지 얼마 안 돼서 아직 큰돈을 버는 처지도 아니었다. 하지만 이상하게도 그 반지는 완벽했다. "애비, 나랑 결혼해 줄래?"

나는 "싫어"라고 했다.

농담이다. 당연히 "응"이라고 했다. 그것도 단번에. 안 그랬으면 우리가 왜 지금 여기 앉아서 파에야를 기다리며 결혼 9년 차가 됐겠어? 나는 샘 애들러와 결혼하기로 한 내 선택을 단 한 순간도 후회한 적이 없다.

가끔은 샘도 나랑 같은 마음일까 궁금해질 때가 있긴 하지만.

그래도 지금만큼은 샘 얼굴에 후회 같은 건 보이지 않았다. 웨이트리스가 김이 모락모락 나는 커다란 해산물 볶음밥 팬을 내려놓자, 샘은 김 너머로 나를 보며 씨익 입꼬리를 올렸다.

"어떠세요?" 웨이트리스가 물었다.

"아주 좋아 보이네요." 내가 말했다.

웨이트리스는 빨간 손톱이 선명한 하얀 손을 내 남편 어깨에 살짝 얹으며 말했다. "당신은요, 까리뇨(Cariño. 스페인어로 가족, 연인 등 친근한 관계에서 애칭으로 사용된다 - 옮긴이)?"

우리가 들어온 뒤로 웨이트리스는 노골적으로 샘에게 들이대고 있었다. 이런 일은 늘 있었고, 이젠 나도 거의 신경 쓰지 않는다. 샘은 늘 그렇듯 눈치도 못 챘다. 결혼반지를 끼고 있고 옆에 아내가 있는데도 여자들은 전혀 개의치 않는다.

"네, 좋아 보여요." 샘이 말했다. 하지만 그의 미소는 웨이트리스가 아니타 나를 향해 있었다. 여자들이 열심히 들이대는데도 샘이 전혀 눈치채지 못하고 지나치는 모습을 보는 건 묘하게 재미있다. 그 장면은 아무리 봐도 질리지가 않았다.

웨이트리스는 결국 포기하고 물러났다. 우리는 파에야에 집중했다. 정갈 맛있었다. 가격은 어마어마했지만, 나는 원래 돈 걱정을 크게 해본 적이 없었다. 은행에 신탁기금이 있긴 했지만, 그래도 나는 늘 내 힘으로 뭔가 해내고 싶었다. 다만 현실적으로 맨해튼에서 내 월급이랑 샘 월급만으로 버티려면, 그 비상금이 든든한 것도 사실이었다.

"진짜 맛있다." 내가 소시지 한 조각을 입에 넣고 말했다.

샘이 크웃음을 쳤다. "글쎄. 지난달에 내가 만든 파에야도 꽤 괜찮았는데?"

아니었다. 진짜 아니었다. 샘 요리는 조금도 나아질 기미가 안 보였다.

"그건 파에야가 아니었지." 내가 말했다. "소시지랑 새우 몇 개 얹은 스페인식 볶음밥이었잖아."

"그럼 이건 뭐가 다른 거야?" 샘이 팬 바닥의 소카라트(파에야를 먹을 때 생기는 누룽지 - 옮긴이)를 긁어 올렸다. "똑같잖아. 소시지랑 새우 들어간 밥."

"당신 건 바닥에 눌은 게 없잖아."

"있거든."

나는 씩 웃었다. "바닥 태운 거랑 눌은 거랑은 달라."

"아주 살짝 탄 것뿐이야."

"검게 탔었어."

"흠. 내 기억엔 갈색이었는데."

나는 눈을 굴렸다. "그래도 토마토를 생으로 넣은 건 마음에 들어. 토마토는 내가 세상에서 제일 좋아하는 채소거든."

샘이 숨을 들이켰다. "애비! 토마토는 채소가 아니야. 과일이지."

"말도 안 돼."

"돼." 샘이 단호하게 말했다. "안에 씨가 있잖아. 씨가 있으면 과일이야." 그러고는 나한테 윙크했다. "짭짤한 과일인 거지."

"그게 말이 돼?"

"돼. 내 말 믿어."

…아니, 진짜로?

나는 바로 휴대폰을 꺼내서 검색했고, 와…, 토마토는 진짜 과일이었다. 젠장. "말도 안 돼! 토마토가 어떻게 과일이야?"

"네가 그걸 몰랐다는 게 더 말이 안 돼."

"그래, 뭐." 나는 식탁 아래에서 그의 신발을 살짝 찼다. 샘이 피식 웃었다. "당신은 브래드 피트랑 제니퍼 애니스턴이 헤어진 것도 몰랐잖아."

"요즘 연예계 소식은 관심 없으니까."

"요즘이 아니라 십 년도 더 전이야! 그 뒤로 브래드는 안젤리나 졸리랑 결혼했고, 애도 몇 명 입양했다가, 또 헤어졌어! 당신은 연예계 소식이 한참 뒤처져 있다고."

"브래드 피트 연애사에 꽤 밝네." 샘도 식탁 아래로 나를 툭 찼다.

그렇게 우리는 식탁 아래에서 발장난을 시작했다. 나는 신발을 벗고 그의 바지 안쪽으로 슬쩍 발을 밀어 넣었고, 샘은 손을 뻗어 내 먼 종아리를 잡았다. 우리는 테이블 너머로 눈이 마주쳤다. 샘이 지어 보인 그 미소에 온몸이 간질거렸다. 셸리는 남편이 이제 더 이상 "설레지 않는다"고 늘 투덜댔지만, 나는 그 말이 잘 이해가 안 됐다. 샘은 여전히 날 뜨겁게 만들었고, 앞으로도 그럴 것 같았다. 오히려 나이 들어가는 샘을 생각하면 괜히 기대가 됐다. 눈가에 주름이 생기고 머리가 은빛이 되면 더 섹시할 것 같아서.

식사를 마치자마자 샘은 선물 교환을 하자고 했다. 어른이 이렇게까지 들떠도 되나 싶을 만큼 신나 보였다. 나는 그의 선물을 가방에 넣어뒀다. 내 선물은 아마 샘 재킷 주머니에 있겠지. 작다는 뜻이다. 아마…, 보석 아닐까.

보석이면 좋겠다.

역시나 샘은 재킷 주머니에서 직사각형 상자를 꺼내 내 쪽으로 밀어줬다. 그리고 내가 건넨 네모난 상자를 보자 환하게 웃더니 들어 올려 무게를 가늠했다.

"전자제품 같지는 않은데?"

"응, 아니야."

"설마…, 양말?" 샘이 씩 웃었다. "내가 양말 좋아하는 거 알잖아."

물론 농담이었다. 예전에 크리스마스에 우리 부모님 댁에 갔을 때, 부모님이 샘에게 고급 양말 한 켤레를 선물한 적이 있었다. 나는 그게 엄마가 우리 결혼을 탐탁지 않게 여긴다는 걸 돌려 말하는 거라고 확신했다. 그때는 진짜 얼굴이 화끈거렸지만, 샘은 웃어 넘겼다. 심지어 아직도 그 양말을 신는다. 자기 말로는 '크리스마스 양말'이라나.

"응, 근데 좋은 양말이야." 내가 말했다. "프라다 양말."

"오, 프라다 양말? 그건 꼭 봐야지."

샘이 포장지를 사정없이 찢어버리고 상자 뚜껑을 열었다. 안에 든 걸 보자 그의 눈이 동그래졌다. "이거 혹시…, 탱크톱이야?"

"앞치마야!"

"아…." 샘이 그걸 꺼내 들고 불빛에 비춰 봤다. 앞치마에는 수학 기호가 잔뜩 그려져 있었다. 제곱근이니 세제곱이니 시그마니 파이니 하는 것들. 나는 뭐가 뭔지 하나도 모르지만, 사이트 설명에 따르면 이게 '나는 파이를 조금 먹었다(I ate some pie)'라고 읽힌다고 했다. ($\sqrt{-1}$, 2^3, Σ, π를 순서대로 'i eight SUM pi'라고 읽는 수학계 농담 중 하나 – 옮긴이)

나는 함박웃음을 지었다. "멋있지? 당신 그, 요리할 때 쓰라고."

그의 요리를 부추길 생각은 없지만, 그렇다고 말릴 수도 없으니 차라리 앞치마라도 사 주는 게 낫다. 안 그러면 옷장에 있는 옷마다 얼룩투성이가 될 게 뻔하니까.

"와, 정말 좋다." 샘이 말했다. 진심인지 아닌지는 잘 모르겠지만. "유클리드랑 마사 스튜어트가 만난 느낌이겠네."

"맘에 안 드는구나."

"아니야."

"표정이 말해 주는데?"

"아니라니까. 진짜 마음에 들어."

"좋아하는 얼굴이 아닌데?"

"좋아!"

"거짓말."

샘이 억울하다는 듯 말했다. "너무 좋아서 바로 입을 거야. 지금 당장. 기다릴 수가 없네."

"알았어, 알았어…."

"자, 이거 봐." 샘은 벌떡 일어나더니, 식당 한가운데서 앞치마 끈을 머리 위로 씌우고는 요란하게 매듭을 묶기 시작했다. 일부러 과장하는 게 너무 웃겨서 나는 손바닥에 얼굴을 묻고 깔깔댔다. 주변 사람들이 슬슬 우리 쪽을 쳐다보기 시작했지만 상관없었다. "나 어때 보여?"

"완전 섹시해."

"그건 말 안 해도 알지." 샘이 씩 웃었다. "자, 이제 네 것도 열어 봐."

나는 누가 봐도 장신구 상자처럼 생긴 네모난 상자의 뚜껑을 열었다. 샘은 보석을 자주 사 주는 편은 아니었지만, 살 때마다 고르는 센스는 의외로 괜찮았다. 남자치고는.

그런데 이건 보석이 아니었다. 손잡이에 다이아가 박힌, 길고 반짝이는 은색 물건이 들어 있었다. 날에는 'ABBY'라는 이름이 새겨져 있었다.

"편지칼이야." 샘이 말했다. "네가 종이에 베였다고 투덜대는 거 이제 그만 듣고 싶어서."

나는 종이에 베인다고 자주 불평하긴 했다.

"예쁘다." 내가 말했다. 진심이었다. 손잡이가 정말 근사했다. 목걸이였으면 더 좋았을지도 모르지만, 마음이 담긴 선물이었다. 내게 없던 물건이고 필요한 물건이기도 했다. 회사에서 이걸 쓸 때마다 샘이 떠오를 것 같았다. 샘은 늘 이렇게 생각이 깊은 선물을 주는 사람이었다.

"마음에 든다니 다행이네." 샘이 말했다. "손이 상처투성이면 커들스 사람들한테 잘 보일 수가 없잖아."

나는 상자에서 편지칼을 꺼내 한참 들여다봤다. 진짜 예뻤다. 날이 천장 조명에 반짝이며 번뜩였다. 이 정도로 날카로우면 이제 봉투 뜯다가 손을 베일 일도 없겠지.

한 시간쯤 뒤, 우리는 손을 잡고 차 있는 쪽으로 걸어가고 있었다. 샘은 앞치마를 벗었고, 셔츠에 슬랙스 차림이 유난히 근사해 보였다. 그는 운전을 해야 해서 와인을 한 잔만 마셨지만, 나는 두 잔이나 마셨다. 그게 뭐 대단하다고 벌써 살짝 어질어질했다. 뭐 어때. 나는 원래 술에 약한 편이니까. 그래서 손을 잡고 걷다가 금세 샘의 팔에 매달려서 걸었고, 어느새 그가 내 어깨를 감싸 안은 채 걷고 있었다.

나는 보도블록 틈에 발이 걸려 휘청했다. 술 때문이라기보다는 하이힐 탓이 더 컸지만, 샘은 웃겨서 못 참겠다는 얼굴이었다.

"와인 두 잔 마시고 취한 거야, 애비?"

"아니거든."

"딱 봐도 취한 것 같은데?"

"이봐요, 선생님." 내가 그의 팔을 와락 잡았다. 오, 이두 좋네. 고마워요, 헬스장 회원권. "좀 착하게 굴어요."

우리는 잠깐 멈춰 서서 서로를 바라봤다. 샘이 몸을 기울였다. 그의 숨에서 와인과 파에야 냄새가 섞여 났다. 아마 누가 방해만 안 했으면, 샘은 그대로 나에게 키스했을 거다. 그런데 그때, 내 왼쪽에서 누가 불렀다. "애비!"

젠장.

나는 고개를 홱 돌렸다. 그리고 몇 걸음 앞에 서 있는 모니카 존슨을 보고 그 자리에 굳어버렸다. 회사 근처도 아닌데 왜 모니카가 여기 있지?

"어, 안녕, 모니카." 나는 샘에게서 한 발짝 떨어졌다. 샘은 딱 봐도 실망한 얼굴이었다.

모니카는 우리가 방금 어떤 분위기였는지 전혀 눈치채지 못한 것 같았다. 가방을 가슴에 꼭 끌어안은 채 우리 쪽으로 성큼 다가오더니 환하게 말했다. "두 분을 여기서 뵙다니 진짜 신기하네요!"

샘은 모니카를 거의 못 본 척했다. 시계를 힐끗 보고, 가로등을 올려다보더니 시선을 자꾸 다른 데로 돌렸다. 원래도 사교적인 편은 아니었지만, 지금 이 상황이 얼마나 불편한지 숨길 생각도 없어 보였다. 모니카는 지금 샘 DNA 절반을 가진 아이를 품고 있다. 정말 기묘한 상황이다.

"오늘 우리 결혼기념일이라서." 내가 설명했다. "저녁 먹고 이제 가는 길이야."

"아, 정말요? 너무 좋네요!" 모니카가 두 손을 꼭 모았다. 오늘 아침 회사에서 입고 있던 블라우스를 그대로 입고 있었다. 배는 아직 전혀 나오지 않았지만, 가슴은 확실히 커져 있었다. 원래 눈에 띄는 편은 아니었는데, 지금은 확실히 볼륨이 생긴 게 티가 났다.

나는 샘이 그걸 알아챘는지 보려고 그를 힐끗 쳐다봤다. 그런데 그는 두 손을 주머니에 찔러 넣은 채, 모니카를 절대 안 보겠다는 사람처럼 여기저기 시선만 굴리고 있었다. 적어도 폰을 꺼내 들진 않았네. 다행이다.

"여기서 뭐 해?" 내가 물었다.

"친구들이랑 저녁 먹었어요." 모니카가 어깨를 으쓱했다. "근데 금요일 밤이라 택시 잡기가 하늘의 별 따기네요. 다리 좀 드러내면 잘 잡힌다길래 해봤는데, 전혀 안 통하더라고요."

"아." 나는 길 건너에 세워 둔 샘의 하이랜더를 흘끗 봤다. "그럼 우리랑 같이 갈래? 집까지 태워다줄게."

샘의 눈이 휘둥그레졌지만, 다행히 입은 다물고 있었다. 이 여자는 우리 아이를 임신 중이다. 밤늦게 혼자 돌아다니게 두고 싶지 않았다.

모니카의 뺨이 붉어졌다. "아니에요. 괜히 돌아가게 하는 것 같아서…"

"괜찮아." 내가 말했다. "우리 집 근처잖아. 길도 안 돌아가."

나는 샘을 쳐다봤다. '괜찮지?' 하는 눈빛으로. 샘은 마지못해 고개를 끄덕였다.

그래서 결혼기념일 밤에 맨해튼 길거리에서 남편이랑 키스나 실컷 하려던 계획은 날아갔고, 우리는 셋이서 차를 타고 집 쪽으로 향하게 됐다. 뭐, 괜찮다. 그렇다고 치자.

그런데 이상한 건 그다음부터였다. 샘이 차 문을 열자마자 - 모니카가 아무렇지 않게 조수석으로 쏙 올라탄 거다. 우리가 태워주는 거라 해도, 그건 좀 선 넘는 느낌이었다. 샘 옆자리는 원래 내 자리잖아. 물론 명의는 샘 앞으로 돼 있지만 우리 공동자금으로 샀고, 무엇보다 내가 훨씬 많이 버니까 사실상 내 차나 다름없는데. 어쨌든 모니카가 앉을 자리는 아니었다.

대체 왜 앞자리에 앉는 거야?

속으로 부글부글 끓었지만, 어쩔 수 없었다. 운전은 샘이 하니까, 나는 결국 뒷자리에 탈 수밖에 없었다. 사소한 일이었지만, 어쩐지 신경이 쓰였다.

앞자리에 나란히 앉은 샘과 모니카를 보니, 둘이 꽤 그럴듯해 보였다. 게다가 모니카는 샘 아이를 임신 중이다. 그러니 더더욱, 나와 샘보다 모니카와 샘이 더 잘 어울리는 것처럼 느껴졌다. 모니카가 샘보다 열 살 넘게 어리긴 하지만, 그게 뭐 어때서. 남자들이 훨씬 어린 여자랑 결혼하는 건 흔한 일이다.

나는 뒷자리에서 외톨이가 된 기분이었다. 샘이 제발 빨리 몰았으면 좋겠다.

우리는 어색한 침묵 속에서 5분쯤 달렸다. 잡담이라면 자신 있었는데, 우리 아이를 품고 있는 여자와 무슨 얘길 해야 할지 도무지 감이 안 왔다. "아기 이름은 생각해 둔 거 있어?" 같은 걸 물어봐야 하나? 영화관 앞에서 신호에 걸렸을 때, 모니카가 갑자기 외쳤다. "어머, 세상에! 새 쿠엔틴 타란티노 영화 나왔네요!"

샘의 눈썹이 번쩍 올라갔다. 타란티노는 샘이 제일 좋아하는 감독 중 하나였고, 우리는 이번 주말에 그 영화를 보러 가기로 이미 계획을 세워 둔 상태였다. "타란티노 좋아하나 봐요?"

"네!" 모니카가 신나게 끄덕였다. "저는 〈펄프 픽션〉이 제일 좋아요."

〈펄프 픽션〉은 샘의 '절대 최애' 타란티노 영화다. 과장 좀 보태서, 샘은 그 영화를 만 번은 봤을 거다. 그중 상당수는 나랑 같이 본 거고.

샘이 코웃음을 쳤다. "그 영화 나왔을 때 태어나지도 않았을 텐데요."

모니카가 그걸 굳이 반박하지 않는 게 거슬렸다. "그래도 진짜 좋은 영화잖아요. 사무엘 L. 잭슨? 클래식이죠." 모니카가 씨익 웃었다. "파리에서는 쿼터파운더 치즈버거를 뭐라고 부르는지 아세요?"

샘이 피식 웃었다. "로열 위드 치즈."

"맞아요." 모니카가 킥킥 웃었다. "미터법 때문에 파운드를 안 쓰니까요."

그 뒤로 집에 가는 내내 둘은 〈펄프 픽션〉에서 나온 대사를 주거니 받거니 하며 둘만의 세계에 빠져 있었다. 나도 샘만큼은 아니어도 거의 그만큼 많이 봐서 끼어들 수 있었다. 하지만 뒷자리에 있으니 타이밍을 잡기가 쉽지 않았다. 샘은 어느새 꽤 즐거워 보였다. 모니카 아파트 앞에 차를 세웠을 때는 대화가 끝난 게 아쉬운 얼굴이었다.

"그럼 이번 주말에 타란티노 새 영화 보러 가시는 거예요?" 모니카가 물었다.

"네." 샘이 대답하면서 나를 힐끗 봤다. "맞지?"하는 눈치였다. 나는 고개를 끄덕였다.

잠깐 침묵이 흘렀고, 그 짧은 순간 나는 등골이 서늘해졌다. 혹시 샘이 모니카한테도 같이 가자고 할까 봐. 끔찍한 일까진 아니겠지만…, 그래도 나는 모니카가 끼는 게 싫었다. 다행히 샘은 아무 말도 하지 않았고, 모니카도 별말 없이 차에서 내렸다.

그녀가 내리자마자 나는 안전벨트를 풀고 앞자리로 옮겨 앉았다. 샘이 어이없다는 듯 나를 봤다. "굳이 앞으로 안 와도 됐는데."

"당신이 운전기사인 것처럼 가고 싶진 않아서."

"왜? 내가 택시 기사고 너는 공항에서 내가 태운 신비로운 미녀 손님인 그런 롤플레이해도 되잖아."

나는 웃었다. "그런 게 하고 싶어?"

"솔직히 말하면…, 그냥 빨리 집에 가서, 음…, 알지?, 기념하고 싶어."

"난 천성이야."

샘은 시동을 걸고 서드 애비뉴로 들어섰다. 우리 아파트로 돌아가는 길이었다. 달빛에 비친 샘의 옆모습을 보니 턱이 말끔했다. 외출하기 전에 면도를 하고 나온 거다. 나 때문에.

"근데," 내가 말을 꺼냈다. "모니카가 앞자리에 앉은 거…, 좀 이상하지 않았어?"

샘이 안경을 코 위로 밀어 올렸다. "응. 좀 그랬지."

"승객이면 보통 뒤에 앉잖아."

"그러게. 뭐, 그렇긴 하지."

샘이 별로 대수롭지 않게 넘기니, 이 문제를 더 물고 늘어지는 건 그만두는 게 낫겠다 싶었다. 이상하긴 했다. 셀리라면 내 편을 들어줬을 거다. 하지만 샘은 원래 그런 사소한 것에 잘 흔들리지 않는다. 게다가 오늘 차 안에서 모니카랑 영화 얘기하면서 꽤 즐거

위 보이기도 했고.

몇 분쯤 달렸을 때였다. 몇 달 전 회의실 테이블에서 모니카와 나눴던 대화가 불쑥 떠올랐다.

"어제 넷플릭스에서 〈장고: 분노의 추적자〉를 다시 봤어." 내가 말했었다.

테이블에 커피를 내려놓던 모니카가 몸서리를 치며 말했다. "으, 타란티노 영화는 너무 폭력적이에요."

나는 웃었다. "그렇긴 하지. 근데 우리 남편이 그 감독 영화를 엄청 좋아하거든. 특히 〈펄프 픽션〉. 그건 셀 수 없을 만큼 봤어."

나는 눈을 감고 그 뒤에 모니카가 뭐라고 했는지 떠올려 보려 했다. 그 영화를 봤다고 했던가? 기억이 잘 안 난다. 그래도 "타란티노는 너무 폭력적이에요"라는 말은 "최애 감독이에요"랑은 거리가 멀지 않나.

그런데 방금 전 모니카는 타란티노를 정말 좋아한다고 했고, 〈펄프 픽션〉 대사를 줄줄 외우고 있었다.

나는 입술을 아플 만큼 꽉 깨물었다. 샘은 여전히 운전하며 혼자 휘파람을 불고 있었다. 오늘 밤 즐거웠겠지. 내가 지금 무슨 생각을 하고 있는지는 꿈에도 모르고.

내가 너무 예민한 걸까. 그때 나눈 대화를 내가 잘못 기억하고 있는 걸지도 모른다. 모니카는 영화가 폭력적이라고 했지, 싫다고 말한 건 아니었으니까. 어쩌면 "폭력적인데 그게 또 매력이죠" 같은 뜻이었을 수도 있다. 그리고 〈펄프 픽션〉을 안 봤다고 한 적도 없다. 그 영화는 워낙 유명해서 누구나 한 번쯤 봤을 법한 영화니까. 모니카 말대로 클래식이 맞기도 하고.

그때 내 말을 듣고 그 뒤로 다시 찾아봤을지도 모르지.

그래, 내가 지금 너무 과하게 의미를 부여하는 거다. 모니카가 앞자리어 앉은 게 뭐 어때. 내 남편이랑 영화 취향이 겹친다고 달라질 건 없다. 샘이랑 결혼한 사람은 나다. 그리고 모니카 덕분에 우리는 곧 부모가 될 거다. 왜 이렇게 쓸데없이 예민해지는 건지 모르겠다.

12

　모니카가 임신 테스트에서 두 줄이 뜬 뒤 처음 산부인과에 가는 날이었다.

　마지막 생리 날짜로 계산하면 10주, 거의 11주쯤 된다고 했다. 배는 아직 판자처럼 납작한데 가슴은 눈에 띄게 커져 있었다. 모니카는 병원 가운을 걸쳤고, 허리 아래는 아무것도 걸치지 않은 상태였다. 나는 진료실까지 같이 들어와서 그녀가 가운을 갈아입는 동안 밖에서 기다릴까 했는데, 모니카가 "괜찮아요, 별거 아니에요" 하며 그럴 필요 없다고 했다.

　모니카가 옷을 벗을 때 고개를 돌렸지만, 솔직히 아주 잠깐 힐끗 봐버렸다. 그리고…, 안 봤어야 했다. 정말로. 모니카가 딱히 예쁘다고 생각해 본 적은 없었는데, 스물세 살의 몸은 그냥 흠잡을 데가 없었다. 내 몸이 나쁘다는 건 아니지만, 모니카는 모든 게 탱탱하고…, 그러니까, 말도 안 되게 완벽했다.

"기대되네요." 모니카가 말했다.

"응." 나도 고개를 끄덕였다. "나도."

모니카가 하얀 손을 꼭 맞잡았다. "전화로 들었는데요, 오늘은 아기 심장 소리를 들을 수도 있대요."

그 말에 눈물이 핑 돌았다. 샘이랑 나도 한 번은 거의 아기를 가질 뻔했지만, 그때 대리모였던 자넬은 나라 반대편에 살았고 나는 그 어떤 진료에도 같이 갈 수 없었다. 그런 순간을 한 번도 겪어본 적이 없었다.

모니카는 정말…, 잘해주고 있었다. 솔직히 말하면 그날 집에 바래다준 일은 좀 묘했지만, 그 뒤로는 계속 다정했다. 매일 몸 상태가 어떤지 먼저 알려 주고, 아기 이름도 같이 고민해 줬다. 물론 샘이 그 이름들을 죄다 칼같이 잘라버리긴 했지만. 워딩턴이 뭐가 그렇게 문제라는 건지. 게다가 오늘 진료도 같이 가자고 먼저 말해줬다. 내가 부탁한 것도 아닌데 먼저 말해줘서 정말 기뻤다. 그녀는 "팀장님 아기잖아요. 당연히 같이 있어야죠."라고 했다.

지금 생각하면 그때 모니카가 차 조수석에 앉았다고 괜히 심술 부리던 게 얼마나 유치했던지. 그게 뭐라고 그렇게 신경 썼을까. 앞자리에 앉고 싶었을 수도 있지. 입덧이 심해서 앞에 있어야 했던 걸지도 모르고. 아마 그랬을 거다.

"아, 그리고." 내가 모니카한테 말했다. "다음 주에 샘이랑 저녁 한 번 같이 하자고 얘기했거든. 수요일 저녁 시간 괜찮아?"

"괜찮아요." 모니카 얼굴이 환해졌다. "좋죠! 초대해 주셔서 감사해요."

"우리가 더 고맙지. 우리한텐 네가 영웅이야."

모니카가 조심스럽게 배 위에 손을 얹었다. "샘이 오늘 같이 못 와서 아쉽네요."

사실 모니카는 오늘 진료에 나랑 샘 둘 다 초대했다. 그리고 나는 "샘한테 물어볼게"라고 해놓고 결국 물어보지 않았다. 안 올 게 뻔했으니까. 샘이 여기까지 와서 나랑 모니카 사이에 앉아 있는 그림은 생각만 해도 어색했다. 이게 더 편하다.

"다음 진료는 같이 오실지도 모르죠." 모니카가 말했다.

"그럴지도 모르지." 나는 대충 얼버무렸다.

아니면 말고.

셀레나 웡 박사는 평이 정말 좋았다. 내가 임신했었다면 고위험 임신 전문의를 찾아야 했겠지만, 모니카는 그 정도까지는 아니니까. 그래도 닥터 웡이 환하게 웃는 얼굴로, 영리한 눈빛을 반짝이며 진료실로 들어오는 걸 보자 마음이 놓였다. 딱 믿음이 가는 사람이었다. 처음 보는데도 이상하리만큼 바로 믿음이 갔다.

"안녕하세요." 닥터 웡이 모니카 쪽으로 손을 내밀었다. "저는 셀레나 웡입니다. 모니카 존슨 씨 맞으시죠?"

모니카가 고개를 끄덕이며 박사의 손을 잡았다.

닥터 웡이 이번에는 나를 돌아봤다. "그리고 이쪽은…, 모니카 어머님이신가요?"

아, 맙소사. 방금 내가 제대로 들은 게 맞나? 모니카 엄마? 진짜로?

그래, 내가 모니카보다 열세 살 많긴 하다. 그렇다고 엄마라니. 열세 살에 애를 낳았을 수도 있겠지만, 그게 그렇게 흔한 일은 아니잖아. 기분이 확 상했다.

"아뇨, 저는 대리모예요. 애비 씨가 아기를 입양하실 거예요." 내가 너무 당황해서 말을 못 하는 사이, 모니카가 대신 설명했다.

"아…," 닥터 웡의 눈이 동그래졌다. "죄송해요. 두 분이 좀 닮아 보여서 가족인 줄 알았어요."

"괜찮아요." 나는 웅얼거렸다. 닮았다고 가족을 떠올렸으면 '언니'라고도 생각할 수 있잖아?

아니다. 이런 거에 신경 쓰지 말자.

"그럼 애비 씨 난자를 쓰는 건가요?" 닥터 웡이 물었다.

모니카가 고개를 저었다. "아뇨. 애비의 난자가 상태가 안 좋아서요. 제 난자랑 애비의 남편 정자로 하고 있어요."

"아!" 닥터 웡이 나를 힐끔 보더니 잠깐 표정이 굳었다. 뭐, 이해는 된다. 그러니까 모니카는 지금 내 남편이랑 아이를 만드는 거니까. 내가 엄마가 되고 싶어서 이성까지 놓지 않았다면 이런 선택은 상상도 못 했을 거다.

닥터 웡이 어색하게 말을 이었다. "그래요. 음, 좋은 선택이네요."

닥터 웡은 모니카의 병력부터 차근차근 물어봤다. 별다른 게 없는, 정말 무난한 이력이었다. 평생 감기 말고는 특별히 앓아본 적도 없단다. 나도 내가 임신이 안 되기 전까진, 내가 완전히 건강한 줄 알았던 사람인데 말이지.

질문이 끝나자 닥터 웡이 내진을 시작했다. 모니카는 아무렇지도 않은 얼굴이었지만, 나는 그 자리에 끝까지 있기가 좀 그래서 밖으로 나갔다. 그러고 잠시 뒤, 닥터 웡이 나를 다시 불렀다.

"도플러로 심장 소리를 들어볼게요." 닥터 웡이 말했다. "모니카 씨가 애비 씨도 같이 듣고 싶어 하신다고 해서요."

심장이 쿵쾅거렸다. "네, 저도…, 꼭 듣고 싶어요."

모니카는 다시 바지를 입은 상태였다. 가운을 들어 올려도 아래가 보이지 않게 하려는 거겠지. 배는 여전히 완전히 납작했다. 거의 석 달인데도 저렇게 평평할 수 있다니. 솔직히 내가 더 배가 나온 것 같았다.

닥터 웡이 도플러 기기 끝에 젤을 바르고, 모니카 배 위에 조심스럽게 갖다 댔다. 모니카가 몸을 움찔하며 킥킥 웃었다. "차가워요!"

"죄송해요." 닥터 웡이 웃었다. "자, 이제 심장 소리 찾아볼게요. 아직 초기라 안 들릴 수도 있어요. 그럴 땐 너무 걱정하지 마시고, 질초음파로 확인하면 되니까요."

그런데 도플러를 조금 옮기자마자 소리가 들렸다.

두 두 두 두….

빠르게 뛰고 있었다. 태아 심장 박동이 성인보다 훨씬 빠르다는 얘긴 들었다. 정상인지 아닌지는 모르겠지만, 내 귀엔 그저 완벽하게 들렸다.

저게 내 아기 심장이다.

"좋네요." 닥터 웡이 우리를 올려다보며 미소 지었다. "분당 180회. 10주 차에 정상 범위예요. 임신 중기에는 조금 느려질 거고요."

목이 꽉 막히는 느낌이 들면서 눈시울이 뜨거워졌다. 갑자기 샘을 같이 데려오지 않은 게 미안해졌다. 샘도 여기 있었으면 좋았을 텐데. 나랑 같이 이 소리를 들었더라면. 우리 아기 심장 소린데.

모니카는 배를 내려다보며 입을 살짝 벌린 채 멍하니 서 있었다.

"대단해요…." 그녀가 숨을 내쉬듯 말했다.

그러더니 곧 눈가가 촉촉해지기 시작했다. 눈물이 떨어지기 전에 급히 손등으로 훔쳐내긴 했지만, 거의 울기 직전이었다. 왜 저러는 거지?

"이거 녹음할 수 있을까요?" 모니카가 물었다.

녹음? 진짜로? 뭐야, 갑자기?

"휴대폰으로 녹음하시면 돼요." 닥터 웡이 말했다.

모니카는 정말로 폰을 꺼내 심장 소리를 녹음하기 시작했다. 생각보다 오래였다. 거의 1분이나. 10초만 들어도 이미 같은 소리 반복인데 말이지.

그 모습을 보니, 임신 테스트기에 두 줄이 떴을 때 모니카가 그 막대기를 기념으로 갖고 있겠다고 했던 게 떠올랐다. 설마 아직도 그걸 갖고 있는 건 아니겠지? 정말로 버리지 않고 간직했을까?

녹음이 드디어 끝나자, 닥터 웡이 물었다. "임신 1분기 선별검사는 하실 건가요? 혈액검사로 염색체 이상 징후를 보고, 초음파로 목덜미 투명대라고 하는 아기 목 뒤쪽에 있는 액체층의 두께를 확인하는 검사예요. 선천적 이상을 선별하는 데 꽤 정확해서요. 몇 주 뒤에 진행할 수 있습니다."

"아." 모니카가 웃었다. "근데 저는 스물셋이잖아요. 아기는 분명 괜찮을 거예요. 애비 씨 난자를 쓰는 것도 아니잖아요."

와, 고맙다 진짜.

"위험이 낮긴 하지만, 제로는 아니에요." 닥터 웡이 솔직히 말했다. "저는 받으시는 걸 추천해요. 그리고 초음파도 하니까 아기 얼굴도 볼 수 있고요."

모니카의 눈이 커졌다. 나는 당연히 그녀가 내 의견을 물을 줄 알았다. 그런데 그 대신, 모니카는 대수롭지 않게 말했다. '네! 그럼 좋아요."

나한테 한 번쯤은 물어봐야 하는 거 아니야? 내가 이 아이 엄마가 될 사람인데.

하지만 그렇다고 모니카가 틀린 건 아니지. 몸에 아기를 품고 있는 건 모니카니까. 게다가 나도 그 검사를 하길 바랐다. 굳이 끼어들 이유도 없고, 모니카는 지금 내가 원하는 대로 하고 있는 셈이다.

그런데 왜 이렇게 꺼림칙한 기분이 드는 걸까?

13

"그래서 그 여자, 요즘은 어때?"

엄마는 끝까지 모니카 이름을 외우려 하지 않았다. 늘 '그 여자'라고만 불렀다. 당연히 엄마는 모니카를 대리모로 쓰는 걸 썩 반기지 않았다. 엄마가 했던 말은 대충 이런 식이었다. "애비, 너 진짜 상식이란 걸 죄다 잃어버린 거니?"

"아주 잘 지내고 있지!" 나는 전화에 대고, 일부러 들뜬 목소리로 말했다. 억지로 밝은 척하는 티가 나지 않았으면 좋겠다. "임신 과정도 정말 순조롭고, 모든 게 계획대로 잘 흘러가고 있어."

"그 계획이란 게, 젊고 예쁜 여자가 네 남편 아이를 품고 있다는 거잖아."

"맞아." 나는 이를 악물고 대답했다. "그거."

"음."

나도 모르게 오른손이 주먹을 꽉 쥐었다. 엄마랑 통화할 때면 늘 그렇다. "엄마, 판단하지 않겠다며."

"나 판단 안 했어! 그냥 '음'이라고 했지. 그걸 판단으로 듣는 건 네가 불안해서 그래. 젊고 예쁜 여자가 네 남편 아이를 임신하고 있으니까."

주먹이 더 꽉 조여졌다. 언젠가는 엄마랑 통화하다가 벽을 한 대 치고 손목이 나갈지도 모르겠다. "엄마도 알잖아. 샘이랑 난 자연 임신이 안 되고, 입양도 자꾸 무산되고. 이게 유일한 방법이야."

"그래, 네 말로는 그렇지." 엄마가 중얼거렸다. "그래서 샘은 어때? 잘 지내니?"

"잘 지내고 있어."

"그래, 그럴 것 같더라."

엄마는 샘을 처음 만난 순간부터 그를 못마땅해했다. 우리가 사귄 지 석 달쯤 됐을 때 샘이 기꺼이 롱아일랜드까지 차를 몰고 올라가 엄마 아빠를 만나자고 했고, 나는 그게 샘이 나를 진지하게 여긴다는 좋은 신호라고 받아들였다. 잔뜩 긴장한 샘은 그날따라 무척이나 귀여웠다. 그는 정장에 넥타이까지 갖춰 입었고, 꽃이랑 초콜릿도 사 왔다. 거울 앞에서 넥타이 매듭이 완벽해질 때까지 10분이나 들여다보기도 했다.

일이 틀어지기 시작한 건 우리 집 가정부 이멜다가 문을 열어줬을 때였다. 샘은 이멜다를 엄마로 착각했다. 아직도 어떻게 그럴 수 있었는지 모르겠다. 이멜다는 피부가 짙은 멕시코 사람이고, 나는 창백한 편인데. 나중에 내가 왜 그랬냐고 묻자, 샘은 "미안, 애비. 난 집에서 누가 문 열어주는 환경에서 자란 적이 없어서…" 하고 웅얼거렸다.

그 이후는 줄줄이 내리막이었다. 샘은 골프를 "지루하다"고 했다가, 그거 아빠 인생 최고의 취미라는 걸 듣고 굳어버렸다. 식탁에 당근 접시를 들어다 주겠다고 나섰다가 바닥에 다 쏟아버렸고, 결정타는 차를 후진하다가 우체통을 들이받아 넘어뜨린 거였다. "쟤는 잘생겨서 망정이지." 엄마가 다음 날 전화로 내게 말했다.

그래도 엄마는 결국 샘에게 조금은 마음을 열었다. 뭐, 아주 조금. 사실…, 그럭저럭. 나는 되도록 둘이 자주 마주치지 않게 애쓴다. 그래야 모두가 편안해하니까. 적어도 지금까지는 다들 그 전략에 만족하는 듯하다.

"엄마도 알잖아." 내가 말했다. "샘은 이 일 내내 정말 잘해줬어. 세상 모든 남자가 이런 상황에서 그렇게 넓은 마음으로 받아줄 수 있는 건 아니잖아."

"그러니까 네가 임신이 안 된다고 너를 버리지 않은 걸로 내가 감격이라도 해야 한단 말이니?"

나는 짧게 한숨을 내쉬었다. "그런 뜻이 아니잖아, 엄마."

"잘 들어, 애비." 엄마 목소리가 갑자기 진지해졌다. "인생 교훈 하나. 남자는 믿는 게 아니야. 그 어떤 남자도."

"난 샘을 믿어."

"특히 샘은 더더욱 안 되고."

"엄마!"

"그래. 알았어." 엄마가 투덜댔다. "샘도 다른 남자들이랑 똑같아. 못 믿기는 마찬가지지. 됐니?"

전혀. 하지만 이걸로 더 실랑이하고 싶진 않았다.

"내 딸은," 엄마가 이어 말했다. "너, 그 여자랑 샘을 둘만 두면 안 돼. 샘은 남자고, 남자들은 기회가 생기면 못 참고 넘어가게 돼 있거든."

"아, 제발."

"그게 그냥 남자라는 생물의 본성이야."

"샘 짐승 아니거든." 나는 발끈했다. "기회가 있다고 넘어갈 사람이 아니라고."

"정말 그럴까?"

"당연하지! 절대 안 그래!"

그리고 나는 그걸 믿는다. 진짜로.

"그래, 우리 샘은 성자야." 엄마가 콧방귀를 뀌었다. "어쨌든…. 내가 하고 싶은 말은, 조심하라는 거야, 애비. 괜히 운명 시험하지 말고."

엄마한텐 우리가 모니카를 저녁에 초대했다는 말을 안 하는 게 낫겠다. 분명 난리 날 테니까.

14

"우리 이거 꼭 해야 돼?"

샘은 늘 그렇듯 사람 만나는 걸 질색하며, 오늘 저녁 모니카 초대 얘기로 계속 투덜댔다. 내가 만들어 둔 라자냐를 오븐에 넣어 달라고 전화했더니, 그 틈을 타서 불평을 늘어놓는 중이었다. 물론 샘도 이게 괜한 투정이라는 건 알 거다. 샘이 싫어해도 모니카는 올 거니까.

"응, 해야 해." 내가 말했다.

"그럼 옷도 차려 입어야 돼?"

"응."

"차려 입는다는 게…, 어느 정도로?"

"츄리닝 바지에 소매 찢어진 티셔츠 입고 문 열면, 진짜 가만 안 돼!"

"오케이. 그럼 반바지로. 알겠어."

나는 전화기 너머로 눈을 굴렸다. "농담이라고 믿을게."

"진정해, 애비. 나 지금 턱시도 입고 라자냐를 오븐에 넣는 중이거든."

"샘…."

"진짜 이해가 안 돼서 그래." 샘이 한숨을 쉬었다. "우리가 그 애 대학원 학비까지 대주잖아. 회사 관두면 생활비도 대줄 거고. 그런데 왜 굳이 그 애랑 저녁을 같이 먹어야 해?"

"당신은 원래 아무하고도 저녁 먹기 싫어하잖아."

"너랑 먹는 건 좋아해."

그래, 그건 맞다. 샘은 나나 가장 친한 친구들 말고는 웬만하면 약속을 안 잡는다. 자기 엄마랑 저녁 먹는 건 괜찮아하지만, 우리 부모님은 1년에 두어 번만 보기로 한 건 오히려 반기는 편이다.

"6시 15분 전쯤엔 집에 도착할 거야, 알겠지?" 내가 말했다. "그러니까 제발 얌전히 좀 있어 줘."

"노력은 해볼게."

샘이 왜 그렇게 예민한지 모르겠다. 그날 밤 모니카를 집까지 태워다줬을 때만 해도, 샘은 모니카를 꽤 괜찮게 생각하는 것 같았다. 물론 솔직히 말하면, 우리 아이를 임신한 스물세 살 애와 저녁을 먹는다는 데 샘이 별로 내켜 하지 않는다는 사실이 조금은 다행이기도 했다.

오늘 아침 모니카가 가져다준 편지 몇 통이 책상 위에 놓여 있었는데, 바빠서 아직 뜯어보지도 못했다. 나는 샘이 선물해준 'ABBY' 편지칼을 집어 첫 번째 봉투를 그었다. 그런데 편지를 열기도 전에 손가락을 살짝 베었다. 순식간에 피가 맺혀 나오기 시작했다.

젠장. 진짜 날카롭네. 이건 편지칼이지 수술용 메스가 아니라고.

"애비?"

상처 난 손가락에서 시선을 떼고 보니, 모니카가 내 사무실 문가에 서 있었다. 오늘도 검은 슬랙스에 목까지 단추를 채운 하얀 헐렁한 블라우스를 입고 있다. 최근 일주일 사이에 배가 아주 살짝 볼록해진 게 보이긴 했지만, 그래도 허리둘레만큼은 여전히 나보다 더 가늘어 보였다.

"안녕하세요." 모니카가 환하게 웃었다. "오늘 저녁 너무 기대돼요. 6시 맞죠?"

나는 책상 위에서 티슈를 집어 피를 눌렀다. "응, 맞아."

"정말 뭐라도 가져가면 안 돼요?"

"너만 오면 돼."

모니카는 기분 좋게 고개를 끄덕였다. "그럼 저 이제 나가도 될까요? 집에 잠깐 들러야 해서요."

나는 시계를 봤다. 5시. "그래. 6시에 봐."

모니카가 두 손을 꼭 모으며 말했다. "진짜 재밌겠다! 너무 기대돼요!"

모니카가 복도를 쌩 달려가자 나는 혼자 웃음이 났다. 샘이 너무 까칠하지만 않으면 오늘 밤은 꽤 괜찮을 거다. 초대하길 잘했다.

손가락은 이제 피가 멎은 것 같다. 꿰맬 필요도 없고, 반창고도 안 붙여도 되겠다. 나는 다음 15분 동안 이메일 몇 통을 처리한 다음 컴퓨터를 껐다. 이제 막 사무실을 나서려는데, 데니즈와 정면으로 부딪칠 뻔했다. 하루가 다 끝나가는 시간인데도 데니즈의 정장은 아침처럼 빳빳했고, 머리카락 한 올 흐트러진 게 없었다. 대체 어떻게 저럴 수 있는 거지? 아침마다 무슨 코팅 스프레이라도 뿌리는 걸까.

"애비게일." 데니즈의 차갑고 계산적인 파란 눈이 나를 훑었다. 지금 내 꼴은 내 기분만큼이나 엉망일 게 뻔했다.

"커들스 새 웹사이트 카피 아직 안 보냈던데."

"아." 나는 미간을 찌푸렸다. "죄송해요. 보낸 줄 알았는데요."

"안 보냈어." 데니즈가 나를 쏘아보며 말했다. "지금 바로 보고 싶어. 출력해서 갖고 와."

"음…." 나는 꺼진 컴퓨터를 힐끗 봤다. "내일 아침에 드리면 안 될까요? 저 지금 좀…, 가야 할 데가 있어서…."

"절대 안 돼." 데니즈가 팔짱을 꼈다. "커들스 임원들이랑 내일 아침 8시에 미팅이잖아!"

내일? 8시?

나는 보통 이런 미팅 일정은 칼같이 챙기는데, 요즘은 정신이 딴 데 팔려 있었다. 어떻게 그걸 까맣게 잊고 있었지?

"얼른, 애비게일." 데니즈가 한숨을 쉬었다.

"네." 나는 컴퓨터를 다시 켜러 책상으로 갔다. 시계를 봤다. 5시 20분. 모니카랑 저녁 먹기 전에 돌아갈 시간은 충분하다. "지금 출력해 드릴게요."

컴퓨터가 켜지는 동안 가방에서 휴대폰을 꺼내 캘린더를 확인했다. 거기 미팅이 떡 하니 적혀 있었다. 내일 아침 8시, 데니즈 말대로였다. 어떻게 이걸 놓쳤지?

컴퓨터가 켜지고 데니즈가 원하는 문서가 열리는 데 몇 분이나 걸렸다. 관자놀이가 두근거리는 걸 느끼며 문서를 프린터로 전송했다.

"안 나오는데." 데니즈가 말했다.

아, 젠장. 프린터는 모니카가 제일 잘 다루는데. 뭘 어떻게 해야 하지? 다시 출력을 클릭해 봤지만 아무 일도 일어나지 않았다. 나는 미안한 표정으로 데니즈를 봤고, 그녀는 크게 한숨을 내쉬었다.

"그냥 이메일로 보내드리면 안 될까요?"

데니즈가 또 한숨을 쉬었다. "뭐…, 그럼 그렇게 해."

나는 다시 시계를 봤다. 5시 반. 교통만 안 막히면 택시로 집까지 20분이면 간다. 괜찮을 거다. 물론 도로 상황에 따라 다르지만, 그래도 그때까진 샘이 모니카랑 어떻게든 시간을 때우겠지.

데니즈는 내 책상 앞에 서서 휴대폰을 얼굴 가까이 들고 화면을 두드렸다. 내 이메일을 여는 중이었다. 나는 숨을 죽이고 그녀의 얼굴을 살폈다.

"됐어요?" 내가 물었다.

데니즈가 고개를 저었다. "이게 정말 내일 커들스 미팅에서 발표할 자료라는 거야?"

"음…." 솔직히 말하면 완성본은 아니었다. 내일 아침 첫 미팅인 줄도 몰랐으니까. 그래도 그렇게까지 엉망이라고는 생각 안 했는데. 내일 아침 일찍 와서 몇 군데만 마무리하면….

"우리는 이유식의 영양 가치를 강조하기로 했잖아." 데니즈가 말했다.

“강조했어요.”

“난 안 보이는데.”

“여기 있잖아요.” 나는 화면을 짚으며 읽었다. “커들스 이유식은 건강하고 영양가 높은 재료로만 만들었습니다.”

“그래, 그런데 그게 다잖아.” 데니즈가 미간을 찌푸렸다. “‘강조하자’고 했지 ‘한 번 언급하자’고 한 게 아니야, 애비게일. 한 번 언급하는 건 강조가 아니라고.”

“그럼…, 두 번 쓰라는 거예요?”

“문장마다 있어야지!” 데니즈의 볼이 분홍빛으로 달아올랐다. “사과 퓌레는 농약을 한 번도 치지 않은 과수원에서 수확한 사과로 만들어야 하고! 완두콩 오트밀은 자연 완두콩 목장에서 딴 완두콩으로 만들어야 하고!”

완두콩 목장? 대체 그게 뭐야.

“이거 고쳐, 애비게일.”

“내일 아침에 오자마자 고칠게요.” 나는 서둘러 약속했다. “해 뜨기 전에 나와서요.”

“안 돼.” 데니즈가 눈썹을 치켜올렸다. “내일 아침이면 시간이 촉박해. 오늘 퇴근하기 전에 끝내.”

아, 진짜. 몇 시간만 더 일찍 알았어도 아무 문제 없었을 텐데. 내일 아침 미팅이 있다는 걸 깜빡하다니. 내 머리에 무슨 일이 생긴 거지?

“내 사무실에 있을게.” 데니즈가 말했다. “제대로 수정해서 초안 보내. 그다음에 추가로 손봐야 할 게 있는지 같이 보자고.”

나는 데니즈 등 뒤로 눈을 흘겼지만, 그녀는 아무렇지도 않게 내 사무실을 나갔다. 좋아. 15분이면 고칠 수 있다. 그럼 택시 타고 집에 가면 된다. 늦긴 하겠지만 아주 늦진 않겠지.

나는 샘에게 문자를 보냈다.

'데니즈가 뭘 수정하라고 해서. 15분 안에 나갈게.'

샘이 거의 바로 답했다. '뭐????? 걔 곧 도착할 거야! 얼른 집에 와!'

불쌍한 샘. 당황해서 난리 치는 모습이 눈에 선하다. 나는 다시 보냈다.

'미안해. 먼저 식사 시작해. 금방 갈게. 진짜 약속해.'

'빨리 와.'

그때만 해도, 나는 정말로 그럴 거라고 믿었다.

두 시간이 넘도록 붙잡혀 있다가 비틀거리며 집에 도착했을 때, 왼쪽 관자놀이가 지끈거렸다. 미팅용 초안을 15분 만에 고쳐서 데니즈에게 보냈지만, 그것도 "안 된다"는 답이 돌아왔다. 그다음 초안도 마찬가지였다. 그러다 어느 순간 데니즈가 진저리를 치며 나를 보더니 말했다. "솔직히 말해서, 애비게일, 너랑 얘기하다 보면 인턴이랑 얘기하는 기분이 들어."

딱 5분만 더 붙잡혔어도 맨손으로 데니즈 목을 졸라버렸을 거다. 아이를 가지려고 애쓰기 전까진 데니즈가 이렇게 굴지 않았는데.

가방 안에서 열쇠를 더듬는 동안, 머리가 얼음송곳으로 쿡쿡 찔리는 것처럼 아팠다. 두통이 오면 늘 왼쪽 관자놀이가 이렇게 아팠다. 왜 하필 거기일까? 혹시 종양의 신호 아닐까? 아, 젠장. 열쇠는 어디 있는 거야. 너무 늦어서 샘이 날 죽이려고 들 텐데.

그때 들렸다.

웃음소리. 아파트 안에서 새어 나오는 웃음소리였다.

손끝이 열쇠고리에 닿았다. 열쇠를 확 꺼내 문을 잡아당겨 열자 거실에 나란히 앉아 있는 샘과 모니카가 보였다. 커피 테이블 위에 빈 접시가 두 개 놓여 있었다. 둘이 거실에서 밥을 먹은 모양이었다. 내가 꽃무늬 패브릭 소파에 얼룩 묻는 걸 질색한다는 거, 샘도 알 텐데. 테이블에는 마개를 딴 화이트와인 병이 반쯤 비어 있었고, 샘은 술을 좀 과하게 마시면 얼굴이 달아오르는 그 표정을 하고 있었다.

그리고 모니카는….

모니카를 알게 된 이후로, 나는 늘 모니카가 좀 수수한 편이라고 생각해 왔다. 예쁜 구석이 없진 않지만 화장도 안 하고, 옷도 합창단 소녀처럼 단정하게 입어서 전반적으로 평범해 보였으니까. 그런데 오늘 밤 모니카는 완전히 달라 보였다. 짙은 마스카라가 까만 눈을 또렷하게 살려줬고, 짙은 붉은 립스틱은 칠흑 같은 머리색과 어울려서 묘하게 도발적이었다. 게다가 목이 깊게 파인 블라우스는 이제 제법 도드라진 가슴선을 그대로 드러내고 있었다.

모니카는 그냥 예쁜 정도가 아니었다. 엄청나게 섹시했다. 솔직히 말하면, 나보다 훨씬 더. 특히 지금 내가 12시간짜리 근므에 지쳐서 구겨지고 너덜너덜한 상태라 더더욱.

"애비!" 내가 너무 오래 멍하니 서 있었던 모양이다. 샘이 나를 보자마자 외쳤다. "왔네!"

샘이 소파에서 벌떡 일어나 비틀거리며 내 쪽으로 왔다. 카펫에 발이 걸려 넘어질 뻔까지 했다. 세상에, 도대체 얼마나 마신 거야? 샘은 내 얼굴에 축축하고 질척한 키스를 찍었다. "보고 싶었어. 남은 라자냐는 부엌에 있어."

샘이 부엌으로 가서 내 몫을 가져올 줄 알았다. 그런데 그는 그냥 다시 모니카 옆 소파로 가더니, 털썩 주저앉아 버렸다.

"취했어?" 나는 반쯤 비어 있는 와인 병을 흘끗 보며 물었다. 샘은 보통 한 잔 이상 잘 안 마시니까, 저 정도면 이미 한계치를 훌쩍 넘었을 거다. 그리고 모니카가 병을 같이 비워줬을 리도 없고.

"아니!" 샘이 몇 번 눈을 깜박이고는 안경을 다시 밀어 올렸다. "나 거의 안 마셨어. 그냥 재밌게 놀고 있는 거야. 그렇지, 몬?"

"애비." 모니카가 내게 환하게 웃어 보였다. 아직도 모니카가 화장을 이렇게까지 한 게 낯설었다. "샘이 이렇게 웃긴 사람인 줄 몰랐어요."

내가 갈을 안 했던 건 샘이 딱히 웃긴 사람이 아니라서다. 뭐, 가끔 웃기긴 하지만. 그렇다고 평균보다 특별히 더 웃긴 것도 아니고, 굳이 언급할 정도도 아니다. 나는 "아…." 하고 간신히 내뱉었다.

"수학 농담을 해줬는데요." 모니카가 말했다. "진짜 웃겨요."

샘의 수학 농담은 나도 들어본 적 있다. 그리고 하나같이 안 웃기다. 진짜로. 웃긴 건 그 농담들이 믿기지 않을 만큼 안 웃기다는 거다. 너무 구려서 잠깐 웃길 뻔했다가도, 금세 다시 안 웃겨진다.

"모니카가 대학 때 수학 부전공했대." 샘이 내게 말해줬다. "대단하지 않아?"

"그래. 대단하네. 진짜."

모니카가 샘을 보며 활짝 웃었다. "다른 농담도 있어요, 새미?"

새미? 언제부터 새미야? 게다가 샘은 아까부터 모니카를 '몬'이라고 부르고 있었다. 둘이 언제 서로 별명까지 붙였지? 내가 사무실에 있는 동안 대체 무슨 일이 있었던 거야?

샘이 턱을 긁적이며 잠깐 생각하더니 말했다. "음…, 닭이 왜 뫼비우스의 띠를 건넜게?" 모니카가 대답을 못 하자, 샘이 곧바로 말했다. "같은 쪽으로 가려고."

모니카는 뫼비우스의 띠 농담에 필요 이상으로 크게 웃었다. 그리고 웃으면서 샘의 팔을 꼭 붙잡았다. "세상에, 진짜 너무 웃겨요."

내가 멍하니 그 둘을 바라보고 있는 걸 샘이 알아챘다. "애비, 뫼비우스의 띠라는 건 한 면으로 이어진 표면이라서—"

"괜찮아." 내가 급히 말을 잘랐다. "나한테 설명 안 해도 돼."

어색한 침묵이 흘렀다. 모니카의 시선이 이리저리 흔들리다 커피 테이블 위의 빈 접시에 닿았다. 모니카가 접시를 집어 들려고 하자 샘이 손을 뻗어 막았다.

"아니, 안 돼." 샘이 모니카를 살짝 밀어내며 말했다. "너는 손님이고, 또 임신 중이잖아. 이런 건 내가 할게."

내가 시킨 대로 신사 노릇을 하고 있다. 제발 좀 그만했으면.

샘은 접시를 들고 주방으로 들어가며, 갑자기 정신이라도 차린 듯 덜 비틀거렸다. 모니카가 그 뒤를 따라가려 하자, 내가 앞을 막고 섰다. "모니카." 내가 말했다. "내일 아침 8시에 미팅 있는 거 알고 있었어?"

"네." 모니카가 고개를 끄덕였다. "캘린더에 있잖아요. 커들스 쪽이랑 하는 미팅, 맞죠?"

젠장. 모니카도 아는 걸 내가 놓쳤다니. 나 진짜 왜 이러지?

"아, 그 얘기 나온 김에요." 모니카가 말했다. "다음 주에 초음파랑 피검사 받으러 몇 시간 비워야 하거든요. 괜찮죠?"

샘이 식기세척기에 접시를 넣다가 고개를 들었다. "초음파?"

모니카가 눈썹을 치켜올렸다. "애비가 말 안 했어요? 다음 주에 선별검사- 초음파 받거든요."

샘이 미간을 찌푸렸다. "무슨 문제라도 있는 거야?"

"전혀 아니에요!" 모니카가 깜짝 놀란 듯 가슴 쪽에 손을 얹었다. "문제가 있으면 제가 말하죠. 이건 다들 하는 검사예요. 근데 아기 얼굴 볼 수 있는 기회이기도 해서요. 같이 갈래요?"

"어….' 샘이 내 쪽을 힐끗 보더니 다시 모니카를 봤다. 샘의 시선이 모니카 배를 보는 건지, 가슴을 보는 건지 분간이 안 됐다. 뭐, 탓할 생각은 없다. 지금 모니카 가슴은 솔직히 너무 눈에 띄니까. "응. 당연히 같이 가야지. 정말 대단할 것 같아."

모니카 얼굴이 환해졌다. "아, 그리고 지난주 진료 때 심장 소리 녹음해 뒀거든요. 들어볼래요?"

샘이 고개를 힘차게 끄덕였다. "응, 당연하지."

모니카와 샘이 다시 거실로 돌아가 나란히 소파에 앉았고, 나는 맞은편 러브시트에 앉았다. 모니카가 휴대폰을 꺼내 지난주에 녹음해 둔 파일을 찾아 "재생"을 눌렀다.

두 두 두 두….

샘의 눈이 휘둥그레졌다. "이게 심장 소리야?"

모니카가 고개를 끄덕였다.

샘한테서 그런 모습을 볼 줄은 몰랐다. 샘은 원래 감정 표현이 많은 사람이 아니니까. 그런데 진료실에서 나랑 모니카가 그랬던 것처럼, 샘도 눈가가 촉촉해지기 시작했다. 그는 녹음을 끝까지 다 듣더니, 모니카에게 한 번만 더 들려달라고 했다.

"대단하다⋯." 샘이 숨을 내쉬듯 말했다.

모니카가 그를 보고 활짝 웃었다. "우리 아기예요."

그 말이 배를 한 대 얻어맞은 것처럼 들어왔다. 우리 아기. 아니, 이건 '우리' 아기가 아니다. 지금 모니카 몸 안에 있는 이 아이는 내 아기다. 나와 샘의 아기다. 계약도 했는데. 대체 무슨 생각인 거야?

게다가 왜 내 남편 옆에 그렇게 바짝 붙어 앉아 있는 거지? 소파가 이렇게나 넓은데. 늘어져 앉을 자리가 충분했다. 그런데도 둘은 이상할 만큼 가까이 붙어 앉아 있었다. 무릎이 거의 닿을 정도로.

당장 이 애가 우리 집에서 나갔으면 좋겠다.

"아무튼," 내가 말했다. "모니카, 늦어서 정말 미안해. 그래도 와 줘서 고마웠어."

"초대해 줘서 고마워요." 모니카가 말했다. "라자냐 정말 갓있었어요, 애비."

그 말은 그냥 믿어야겠다. 난 입맛이 싹 가셔 버렸다.

"근데 내가 한 것만큼은 아니지." 샘이 씩 웃었다.

모니카가 눈을 동그랗게 떴다. "요리도 하세요?"

"어⋯." 샘이 어정쩡하게 입꼬리를 올렸다. "배우는 중이야."

모니카가 두 손을 마주 잡으며 말했다. "언젠가 당신이 만든 요리도 꼭 먹어보고 싶어요.”

“그래.” 샘이 말했다. “좋지.”

이제 둘이 또 따로 약속을 잡겠다는 거네? 빨리 이 애를 내보내야 한다. 이 집에 눌러앉기 전에.

그런데 내가 뭐라고 하기 전에 샘이 몸을 일으켰다.

“음, 이제 늦었네. 그만 가야겠다.”

어깨가 스르륵 풀렸다. 샘이 모니카를 보내는구나. 다행이다. 그런데 안도할 틈도 없이 샘이 덧붙였다. “내가 집까지 데려다줄게.”

그 전날 밤에는 차 근처에도 못 오게 하더니, 이제는 술까지 마신 상태로 굳이 데려다주겠단다. 샘이 술 한 잔 이상 마시고 운전하려는 걸 나는 한 번도 본 적이 없다. 단 한 번도. 대체 모니카가 샘 머리에 무슨 짓을 한 걸까.

“당신 운전하면 안 돼.” 나는 이를 악물고 말했다. “지금 완전 취했어, 샘.”

샘은 자기가 뭘 하려 했는지 깨닫자 귀가 빨개졌다. “그래…, 애비 말이 맞아.” 샘이 웅얼거렸다. “운전하면 안 되지. 택시 불러줄게.”

“고마워요.” 모니카가 소파 끝에 놓인 가방을 집었다. “그리고 새미, 초음파 예약 시간은 제가 문자로 보내줄게요. 알겠죠?”

샘이 엄지손가락을 번쩍 들어 올렸고, 내 머릿속엔 두 가지 생각만 맴돌았다. ‘둘이 언제 전화번호를 주고받았지? 그리고 왜 자꾸 새미라고 부르는 거야?’

나는 숨을 깊게 들이마셨다. 진정해야 한다. 데니즈 때문에 퇴근이 늦어진 건 모니카 잘못이 아니다. 샘이 술을 과하게 마시고 바보처럼 구는 것도, 모니카 탓은 아니다. 내가 생각했던 것보다 모니카가 훨씬 매력적인 것도, 그리고 샘의 아기를 가진 것도. 그건 전부 그 애 잘못이 아니다.

그건 전적으로 내 잘못이다.

아, 진짜. 빨리 이 임신이 끝나서 모든 게 다시 정상으로 돌아갔으면 좋겠다.

15

세상에 정의라는 게 있다면, 다음 날 아침 샘은 숙취로 녹아내렸어야 했다. 그런데 멀쩡했다. 아니, 멀쩡한 정도가 아니라 면도하면서 휘파람까지 불고 있었다.

대체 뭐가 그렇게 기분 좋은 거야?

샘이 넥타이를 매고 있을 때 그 얘길 꺼내자, 샘은 눈을 몇 번 깜박이며 의외라는 듯 나를 봤다. "어…, 모르겠는데. 그냥 좋은 아침이잖아."

"숙취 있을 줄 알았는데."

샘이 눈을 굴렸다. "그렇게 많이 안 마셨다니까."

"많이 마신 것처럼 굴었잖아."

샘은 그 말엔 대답하지 않았다. 대신 신발을 신으면서 또 휘파람을 불기 시작했다.

내가 아는 샘은 휘파람을 부는 사람이 아니었다. 그런데 어젯밤 모니카와 저녁 한 번 먹더니 갑자기 끓는 주전자처럼 휘파람을 불어댔다. 우리가 처음 사귀었을 때도 이렇게 휘파람을 불었을까?

"당신, 모니카가 예쁘다고 생각해?" 나도 모르게 툭 내뱉었다.

"예쁘냐고?"

"응."

"말도 안 되지." 샘이 비스듬히 웃었다. "하나도 안 예뻐. 오히려 반대야. 보기 끔찍하던데. 괜히 무례하게 굴고 싶진 않았지만, 내내 이렇게 눈을 꼭 감고 있었어." 샘은 시범이라도 보이듯 두 눈을 꼭 감아 보였다. "모니카가 눈치채진 않았겠지."

"하하, 웃긴다, 정말."

"난 여자에 대해 아는 게 많진 않지만, 아내가 '다른 여자가 예쁘냐'고 물어보면 정답이 하나라는 건 알아."

뭐, 그건 그렇지.

"근데 어젯밤엔 되게 즐거워 보이던데."

샘이 질린다는 듯 한숨을 내쉬었다. "애비, 모니카를 저녁에 초대한 것도 너고, 두 시간이나 늦게 온 것도 너잖아. 나한테 '얌전히 굴겠다'고 약속까지 받아냈고. 그래서 걔가 왔길래 친절하게 대해 줬더니, 이제 내가 잘못한 거야?"

"친절에도 정도가 있지."

"키스한 것도 아니잖아, 애비. 그냥 얘기한 거야."

맞는 말이다. 그런데 왜 가슴 한가운데가 조여드는 이 끔찍한 느낌이 사라지지 않는 거지?

"걔가 당신을 '새미'라고 부르더라."

"그래서?"

"좀…, 지나치게 친근해 보였어. 그리고 당신 새미라고 불리는 거 싫어하잖아."

"안 싫어해."

"당신이 나한테 싫다 그랬잖아."

샘이 서랍장 위에서 열쇠를 확 집어 들었다. "그래, 싫어. 싫고, 걔도 싫고, 앞으로 다시는 걔를 우리 집에 초대하지 않았으면 좋겠어. 됐어? 만족해?"

나는 시선을 내렸다. 괜히 트집 잡는다는 걸 알지만 멈출 수가 없었다. 뭔가 느낌이 이상하다. "다음 주 초음파 검사에 갈 거야?"

샘은 망설이지도 않았다. "응. 갈 거야."

나는 입술을 깨물었다.

"애비, 이건 모니카 때문이 아니야." 샘이 말했다. "난 아기를 보고 싶어. 내 아기이기도 하고, 난 그럴 자격이 있다고 생각해." 샘이 나를 보며 미간을 찌푸렸다. "네가 저번 진료 얘기 나한테 안 한 건 그냥 넘어갔지만, 이제부터는 나도 같이 갈 거야."

그 말을 할까 봐 두려웠다. 그리고 샘 말이 맞다. 샘이 함께하는 게 당연하다. 아니, 솔직히 나보다 더. 나는 이 아이를 입양할 거지만, 샘에겐 피가 이어진 친자식이니까. 게다가 나는 샘을 사랑하니까 이 과정을 함께 나누고 싶다. 그냥, 모니카만 거기 없었으면 좋겠는데.

물론 그건 불가능하다. 아기가 말 그대로 모니카 몸 안에 있으니까.

"애비." 샘의 목소리가 누그러졌다. "네가 왜 속상한지는 알겠지만, 그럴 필요 없어. 네가 말했잖아. 이건 우리가 늘 원하던 거라고. 그러니까 너도 기뻐해야지."

샘의 다정한 말에 조금은 마음이 누그러졌지만, 완전히 풀리진 않았다. 나는 깊게 숨을 들이마시며 이 비참함이 어디서 오는 건지 짚어보려 했다.

"모니카가 '우리 아기'라고 했어."

샘이 이마에 주름을 잡았다. "뭐?"

"아기 얘기하면서 그렇게 말했어. '우리 아기'라고."

"그래. 우리 아기 맞잖아."

"맞아, 근데 그 '우리'가 나랑 당신이 아니라…, 자기랑 당신이라는 뜻 같았어."

샘은 고개를 저었다. "그래서 무슨 말이 하고 싶은 거야?"

"혹시…, 그 애가 아기를 안 놓으려고 하면 어떡해?"

"그래서 계약서가 있는 거잖아." 샘이 말했다. "그러면 법정으로 가면 돼."

그런데 아기뿐만 아니라 당신도 갖고 싶어 하면?

샘은 그런 쪽으로는 전혀 생각하지 않는 얼굴이었다. 모니카한테 넘어갈까 봐 걱정하는 기색은 전혀 없었다. 나도 원래는 그런 걱정 따위 안 했을 텐데. 다만 어젯밤 샘이 아기의 심장 소리를 들으면서 지었던 표정이 자꾸 떠올랐다. 그의 아이가 지금 그녀 몸 안에 있다. 그 사실이 샘의 마음을 흔들고 있을지도 모른다.

"이리 와, 애비." 샘이 팔을 벌렸고, 나는 그 품으로 파고들어 그의 어깨에 이마를 기대었다. 이 와중에도 샘 품은 따뜻하고 든든했다. "너무 걱정하지 마. 다 잘될 거야."

만약 그를 잃게 된다면…, 난 정말 어떻게 해야 할지 모르겠다.

16

모니카는 오늘 2시에 초음파 검사를 받는다. 피검사랑 다른 검사도 있어서 결국 개인 휴가를 냈다. 샘도 당연히 같이 오긴 하겠지만, 셋이 각자 와서 병원에서 만나기로 했다. 어색한 상황이긴 하지만 달리 방법이 없다. 샘이 온다니까 나도 초음파는 꼭 같이 있고 싶었다.

시간 맞춰 가려고 점심도 책상에서 대충 먹었다. 1시 반이 되자 가방을 집어 들고 문으로 향했다. 그런데 진짜…, 데니즈는 내 사무실에 카메라라도 달아 둔 게 분명하다. 나가려는 순간마다 딱 나타나니까.

"애비게일." 데니즈가 얼음 같은 푸른 눈을 가늘게 떴다. 저 눈빛은 사람을 단숨에 죄인으로 만든다. "어딜 가는 거야? 설마 퇴근하려는 건 아니겠지?"

"저…." 나는 침을 삼켰다. "병원 예약이 있어서요. 금방 다시 올게요."

오늘도 밤 10시까지 붙잡히겠지. 그런 예감이 들었다.

"어디 아파?" 데니즈가 싸늘하게 물었다.

"아뇨." 나는 시선을 피했다. "그냥…, 예약이 있어요."

이 정도면 충분히 얼버무린 거다. 모니카랑 맺은 이 이상한 계약을 데니즈가 눈치채게 둘 순 없다. 몇 주만 더 지나면 모니카는 배가 티 나기 전에 회사를 그만둘 거다. 만약 데니즈가 우리가 뭘 하고 있는지 알게 되면…, 생각하고 싶지도 않다. 절대 좋을 리 없다.

다행히도 데니즈는 더 캐묻지 않았다. 그리고 내 앞을 가로막지도 않았다. 초음파를 못 가게 하려면, 말 그대로 나를 붙잡고 못 나가게 해야 했을 테니까.

"아, 그리고." 데니즈가 덧붙였다. "돌아오면 그동안 밀린 메일 정리해. 커들스에서 메일이 오면 24시간 안에 답장을 보내는 게 기본이야. 가능하면 한 시간 안에."

"답장은 제때 하고 있어요." 나는 벽시계를 힐끗 봤다. 1시 35분.

"커들스 쪽에서 네가 답을 안 한 메일이 몇 개 있다고 하던데."

뭐? 그럴 리가. 나는 메일 답장만큼은 거의 강박적으로 챙기는 타입이다. 하나 정도 놓치는 건 뭐, 그럴 수도 있겠지. 하지만 몇 개씩이나?

병원에서 기다리는 동안 스팸 메일함부터 확인해 봐야겠다.

"확인해 볼게요." 나는 데니즈를 안심시키듯 말하고는 그녀 옆을 비집고 엘리베이터 쪽으로 향했다. 데니즈 때문에 또 뭔가를 놓칠 순 없다. 지난주 저녁도 그녀 때문에 날려버렸는데.

건물 밖으로 나가자마자 택시를 잡았고, 예상보다 빨리 병원에 도착했다. 시계를 보니 2시까지 아직 10분이나 남아 있었다.

산모·태아 진료 대기실에는 임신 주수도 제각각인 여자들이 여러 명 앉아 있었다. 예전 같았으면 이런 광경을 보는 것만으로도 속이 타들어 갔을 거다. 아마 집에 돌아가 베개에 얼굴을 파묻고 울었겠지. 세상이 왜 이렇게 불공평한지 생각하면서. 하지만 지금은 괜찮다. 나도 이제 그중 하나니까.

모니카랑 샘은 아직 보이지 않았다. 내가 제일 먼저 온 모양이다. 나는 플라스틱 의자에 앉아 기다렸다. 그러자 접수대 직원이 나를 약간 이상하다는 듯 보며 물었다.

"어떤 일로 오셨어요?"

나는 어색한 미소를 지었다. "저…, 여기서 누굴 만나기로 해서요."

직원이 눈썹을 치켜올렸다. "누구를요?"

"제…," 모르는 사람한테 굳이 설명하고 싶지 않았다. "모니카 존슨이요."

"아!" 그녀는 누군지 알았다는 듯 표정이 환해지더니 말했다. "거의 다 끝나셨어요."

거의 다…, 끝났다고?

그 말을 곱씹을 틈도 없이, 안쪽 문이 열리더니 샘과 모니카가 나왔다. 모니카는 흑백 사진 몇 장을 손에 들고 있었고, 샘은 입이 귀에 걸릴 정도로 활짝 웃고 있었다. 나는 입이 떡 벌어졌다. 뭐야 이게 대체.

"애비!' 샘이 나를 보고 손을 흔들었다. "미안, 네가 오는 사이에 끝났어. 그래도 사진은 있어.”

나는 자리에서 벌떡 일어나 둘에게 달려갔다. 대기실에서 난리치고 싶진 않았지만, 속이 뒤집힐 만큼 화가 났다. 어떻게 된 거지? 난 시간 맞춰 왔잖아. 아니, 일찍 왔잖아. 대체 뭐가 어떻게 된 거야?

“어떻게 벌써 끝났어?” 나는 이를 악물고 샘에게 쏘아붙였다. “예약은 2시였잖아!”

“아니.” 샘이 침착하게 말했다. “예약은 1시였어.”

나는 어느새 표정이 굳어버린 모니카를 보며 말했다. “네가 2시라고 했잖아.”

모니카가 미간을 찌푸렸다. “1시라고 했어요, 애비.”

“아니, 2시라고 했어.” 젠장.

모니카가 고개를 저었다. “분명히 1시라고 했어요. 팀장님이 캘린더에 적어놓는 거 봤어요.”

말도 안 돼. 나는 가방을 뒤져 휴대폰을 확 꺼냈다. 캘린더를 열어 확인했다.

‘모니카 초음파 – 오후 1시.’

아, 세상에…. 어떻게 이런 걸 착각할 수 있지? 하루 종일 2시라고 믿고 있었는데. 진짜로 내가 이걸 헷갈린 거야? 나 왜 이러지?

“나한테 문자라도 하지 그랬어.” 나는 이게 내 잘못만은 아니길 바라며 샘에게 따져 물었다.

샘은 어깨를 으쓱했다. “네가 요즘 커들스 이유식 일로 너무 바쁜 것 같아서, 괜히 방해하기 싫었어. 바빠서 못 오는 줄 알았지.”

눈물이 쏟아질 것 같았다. 초음파를 놓치다니. 정말 같이 있고 싶었는데. 그리고 더 최악인 건, 샘도 모니카도 이 일을 별로 대수롭지 않게 여기는 것 같았다. 모니카야 그렇다 쳐도, 샘까지 이렇게 무심할 줄은 몰랐다.

"아무 문제 없대." 샘이 덧붙였다.

그래, 그게 제일 중요한 거겠지. 애초에 이 초음파의 목적은 아기가 괜찮은지 확인하는 거였지, 내가 구경하러 간 게 아니었다. "…그래, 다행이다."

샘이 사진 뭉치를 들어 보였다. "볼래?"

나는 그의 손에서 사진을 홱 낚아챘다. 그걸 보는 순간, 분노가 조금은 가라앉았다. 화면은 거의 까맣고, 그 사이로 하얗게 아기 얼굴 윤곽이 보였다. 조그만 코, 조그만 턱, 그리고 둥글게 휘어진 두개골 선.

샘이 나를 향해 환하게 웃었다. "대박이지?"

"이거…," 나는 두 사람을 올려다보며 물었다. "우리가 가져가도 되는 거야?"

샘과 모니카가 잠깐 눈빛을 주고받았다. "사실 그건 제 거예요." 모니카가 말했다. "근데 병원에서 한 장 더 출력해 주기로 했어요. 프린터가 문제가 좀 있었대요."

"아." 나는 속에서 튀어나오려는 말을 꾹 삼켰다. '한 장뿐이면 왜 네가 갖는 건데.' 어쨌든 그건 우리 아기 사진인데.

다시 화가 치밀어 오르려는데, 접수 직원이 큰 소리로 불렀다. "존슨 부인?"

모니카는 우리에게 미소를 지어 보이더니 접수대로 걸어갔다. 직원은 새로 출력된 사진 세트를 모니카에게 건넸다. "남편분 드릴

추가본이에요."

"감사합니다." 모니카가 말했다.

"즐거운 하루 보내세요! 그리고 축하드려요, 두 분!"

와. 방금 저 직원은 샘을 모니카 남편이라고 불렀다. 그런데 아무도 정정하지 않았다. 샘이 그 말을 못 들었기를 바랄 뿐이었다. 다행히 샘은 아기 사진에 정신이 팔려 고개를 숙이고 있었다. 접수 직원이 자길 모니카 남편이라고 부른 것도 아마 못 들었겠지. 그래도 기분은 영 찝찝했다.

모니카가 우리 둘을 향해 환하게 웃었다. 또 립스틱을 바르고 있다. 요즘 들어 모니카는 화장도 더 자주 하고, 옷도 더 이상 수녀처럼 입지 않는다. 오늘은 몸에 붙는 검은 블라우스를 입었는데, 목선이 깊게 파여 있어서 라인이 그대로 드러났다. 배는 여전히 티가 안 나는데도.

"축하해야죠." 모니카가 말했다. "커피 한 잔 어때요?"

"난 회사로 돌아가야 돼." 나는 툭 내뱉었다.

모니카는 내가 거절해도 놀라거나 불쾌해하는 기색이 전혀 없었다. 그 대신 샘을 돌아보며 말했다. "새미는 어때요?"

아니, 지금 내 앞에서 내 남편한테만 커피 마시자고 한 거야? 그리고 왜 아직도 새미라고 부르는데?

"어…;" 샘이 내 눈치를 보며 말했다. "나도 돌아가 봐야 해."

모니카가 눈썹을 치켜올렸다. "오늘은 일 다 끝났다면서요?"

"수업이 끝난 거지." 샘이 어정쩡하게 웃었다. "연구가 좀 남아서."

"아, 정말요? 어떤 연구요?" 모니카는 진짜로 흥미가 있다는 얼굴이었다.

샘은 누가 자기 연구 얘기만 물어보면 늘 그렇듯, 눈이 반짝이며 밝아졌다. 사회적인 자리에서 샘 연구에 관심 가져주는 사람은 흔치 않으니까. "무작위 정수 행렬이랑 전사성의 보편성, 그리고 코커널에 대해 연구하고 있어."

모니카는 잠깐 생각에 잠긴 표정이었다. 설마 저걸 알아들은 거야? "코커널은 구체적으로 어떤 부분을요?"

"음." 샘이 말했다. "코커널이 특정 유한 아벨군과 동형이 될 확률을 보고 있어."

"그럼 순환군일 때는요?"

샘이 신이 나서 고개를 끄덕였다. "맞아! 그것도."

"와, 진짜 흥미롭네요." 모니카가 말했다. "더 들어보고 싶어요."

샘이 다시 나를 힐끗 봤다. 계속 얘기하고 싶어 안달 난 게 뻔했지만, 나를 불편하게 하긴 싫은 눈치였다. "애비." 샘이 말했다. "정말 커피 한잔할 시간 안 돼?"

목 안이 다시 꽉 막히는 느낌이 올라왔다. "난 안 돼. 가고 싶으면 당신 혼자 가."

"아…." 샘은 우리 둘을 번갈아 보며 어쩔 줄 몰라 했다. 근데 이게 그렇게 어려울 일인가? 예쁘고 젊은 여자가 커피를 마시자고 해도, 남편은 '아니요'라고 해야 하는 거다. 그 정도는 누가 봐도 아는 건데. 하지만 모니카 앞에서 샘을 억지로 말리는 꼴을 보여주고 싶진 않았다. 그러면 마치 내가 그 커피가 순수하지 않다고 확신하는 사람처럼 보일 테니까.

아마도 순수하겠지.

"한 20분만." 샘이 말했다. "그다음엔 진짜 가야 돼."

"좋아요!" 모니카가 활짝 웃었다. "제가 좋은 데 알아요."

우리는 셋이 같이 로비로 나왔다. 샘과 모니카는 나란히 커피숍 쪽으로 걸어가고, 나는 택시를 잡았다. 나는 길을 따라 멀어지는 둘의 모습을 가만히 지켜봤다. 점점 더, 더 멀어졌다. 저렇게 바짝 붙어서 갈 필요가 있나? 같이 걷는 사람끼리는 최소한 그 정도 거리는 지켜야 하는 거 아니야? 아니면 내가 너무 예민한 건가?

됐다. 이제 스스로를 그만 괴롭혀야 한다. 나는 샘을 믿는다. 그걸로 됐다.

17

점심 먹고 회사로 돌아가야 하는 것만 아니었다면, 당장 한잔했을 텐데. 솔직히 지금도 엄청 혹한다. 셸리랑 간신히 짬을 내서 한 블록 아래 멕시칸 식당에 점심을 먹으러 왔는데, 여기 마가리타가 진짜 끝내준다. 하지만 나는 이미 데니즈 눈 밖에 난 상황이다. 조금이라도 흐트러지면 안 된다. 게다가 술 냄새라도 풍기면 그건 진짜 최악이다.

"애비, 너 상태 안 좋아 보여." 셸리가 말했다. "기분 나쁘게 들진 말고."

셸리는 '기분 나쁘게 들진 말고' 멘트의 여왕이다. 늘 똑같다. 먼저 무례한 말을 던진 다음, 끝에 그 한마디를 붙여서 면죄부를 얻는 척한다. 예를 들면 "그 원피스 입으니까 씨월드에서 물고기 점프 쇼 해야 할 것 같아. 기분 나쁘게 들진 말고."라든가, "너 모니카 엄마라고 해도 믿겠어. 기분 나쁘게 들진 말고." 같은 식이다.

근데 이번에는 기분 나빠할 수가 없었다. 맞는 말이니까.

"별로 안 좋아." 나는 중얼거렸다. 다이어트 콜라를 내려다보며, 이게 마법처럼 마가리타로 변하면 좋겠다고 생각했다.

"잘되고 있다고 하지 않았어?" 셸리가 공용 그릇에서 나초칩 하나를 집어 들었다. "모니카가 첫 시도에 바로 임신했고, 초음파도 정상이라고 했잖아. 그러면 좋은 거 아니야?"

나는 아랫입술을 씹었다. 셸리한테 내 불안을 제대로 털어놓은 적이 없었다. 그동안 얼굴 보고 얘기할 틈도 없었고, 문자로 하기엔 너무 무거운 얘기였다. 그리고 솔직히 말하면 그녀가 분명 "내가 뭐랬어"라고 할 게 뻔해서였다. 지금은 "내가 뭐랬어" 같은 말을 들을 기운이 없다.

그렇다고 계속 혼자 끌어안고 있을 수도 없다.

"요즘…, 좀 이상해." 나는 결국 인정했다.

"뭐가 이상한데?"

"그러니까…," 나는 별로 배도 안 고픈데 나초칩을 살사에 푹 찍었다. "샘이랑 모니카가 좀 친해졌어."

셸리가 눈썹을 치켜올렸다. "어디까지 친해졌는데?"

그 말이 끝나자마자, 나는 참아왔던 얘기들을 줄줄이 쏟아냈다. 모니카를 태워다주던 날 밤 그녀가 조수석을 낚아챈 일부터, 내가 늦게 도착했던 저녁 식사에서 둘이 수학 농담으로 급속도로 가까워진 것, 모니카가 샘을 '새미'라고 부르기 시작한 것, 내가 초음파를 놓친 뒤 샘과 모니카가 단둘이 커피를 마신 것까지.

"샘이 20분만 갔다 온다고 했거든." 내가 말했다. "근데 문자 보냈더니 두 시간 동안 답이 없더라."

"와…." 셸리가 숨을 들이마시듯 말했다. "그거 꽤 세다."

"그리고 너도 봤지? 요즘 모니카 화장도 많이 하고 옷도 좀 야하게 입는 거." 내가 덧붙였다. "원래는 교회 다니는 애처럼 단정하더니, 요즘은 묘하게 섹시해."

"모니카가 예쁘긴 하지." 셸리가 고개를 끄덕였다. "난 처음부터 그렇게 생각했어. 게다가 모니카는 샘 취향이기도 하고."

나는 인상을 찌푸렸다. "샘 취향이라고?"

셸리가 피식 웃었다. "음, 걔가 너랑 닮았잖아. 그러니까 그게 샘 취향이겠지."

그 말도 맞는 말이다. 나는 샘이 '취향' 같은 게 있는 사람이라고 생각해 본 적이 별로 없었다. 샘은 다른 여자 얘기를 거의 하지 않고, 예전 여자친구 이야기 같은 것도 한 적이 없었다. 나랑 만나기 전에 사귀었던 여자들 사진조차 본 적이 없으니까. 그런데도 샘은 우리가 처음 만났을 때 꽤 빠르게 나에게 데이트 신청을 했다. 그만큼 뭔가가, 딱 보자마자 그를 끌어당긴 게 있었던 거겠지.

그래, 모니카는 나랑 닮았다. 다만 더 어리고, 더 볼륨이 있고, 그리고 내 남편 아이를 임신하고 있다는 점만 빼면.

"그리고." 내가 말했다. "둘이 문자도 해."

"문자를 한다고?"

나는 고개를 끄덕였다. "오늘 아침에 샘 폰 화면에 모니카 문자 뜨는 걸 봤어."

"뭐라고 했는데?"

"음." 나는 잠깐 생각했다. "샘이 보내준 수학 논문 고맙다고…, 그런 내용이었던 것 같아. 되게 좋았다고."

"그 정도면 별일 아닌 것 같은데?"

"근데 걔가 갑자기 왜 수학에 꽂혔겠어?" 나는 다이어트 콜라 속 얼음을 무기력하게 휘저었다. "원래는 그래픽 아트 전공해서 크리에이티브 디렉터가 되고 싶다더니, 어느새 행렬이니 코커널이니 하는 걸 줄줄 꿰고 있잖아. 솔직히 난 그게 뭔지도 모르겠어."

"샘이 수학 얘기하다가 갑자기 불타오를 것 같진 않은데." 셸리가 코웃음을 쳤다. "아, 아니다. 취소. 샘이라면 그럴 수도 있겠다."

"하하."

"글쎄, 애비." 셸리가 어깨를 으쓱했다. "문자 내용만 보면 진짜 별거 없어 보이긴 해. 근데 네가 확신이 안 선다면…."

나는 미간을 찌푸렸다. "뭐?"

"샘 폰 비번 알지?"

내 입이 떡 벌어졌다. "남편을 감시할 생각은 없어."

"감시가 아니라 슬쩍 보는 거지."

샘의 폰 비번을 알고 있는 건 맞다. 하지만 그걸로 뭘 할 생각은 없다. "나 그런 거 안 해, 셸리."

"그럼 둘이 진짜 아무 일도 없는지 어떻게 알아?"

대화가 점점 이상한 데로 새는 게 마음에 들지 않았다.

"솔직히 말하면, 모니카가 무슨 잘못을 한 건 없잖아." 나는 씁쓸하게 나초칩을 와작 깨물었다. "초음파 시간 헷갈린 것도 결국 내 잘못이고."

"그럴 수도 있고, 아닐 수도 있지."

"무슨 뜻이야?"

셸리가 잠깐 생각하더니 말했다. "모니카가 네 캘린더에 접근할 수 있잖아. 만약 걔가 일부러 너한테 잘못된 시간을 말해 주고, 네가 캘린더에 적는 걸 확인한 다음 슬쩍 진짜 시간으로 바꿔치기 했다면? 그래서 네가 바보처럼 늦게 나타나게 만들 수도 있잖아."

내 입이 다시 벌어졌다. "진짜 걔가 그렇게까지 할 거라고 생각해?"

셸리는 또 어깨를 으쓱했다. "그럴 수도 있고, 아닐 수도 있고."

그러고 보니 내가 모르고 있던 그 커플스 미팅도 있었지. 혹시 그것도 모니카가 한 짓일까?

"나도 모르겠어, 셸리." 나는 말을 멈췄다. "너는 상상이 돼?"

내가 숨을 참고 있는 몇 초 동안, 셸리도 아무 말이 없었다. 그러다 마침내 그녀가 말했다. "아마 아닐 거야."

나는 그제야 숨을 내쉬었다. 다행이었다. 내 캘린더를 못 보게 할 수도 없으니까. 모니카는 내 비서다. 내 일정이 굴러가게 하려면, 결국 그 애를 믿어야 한다.

그래. 나는 모니카를 믿는다. 적어도 지금은.

그래도 폰 비번은 바꿔야겠다. 생일은 너무 허술하잖아.

"그래도 말이지." 셸리가 말했다. "이건 누구라도 흔들릴 수밖에 없어. 모니카는 임신 중이라 예민할 거고, 샘도 오래전부터 아기를 원해 왔잖아. 근데 이제 자기 아이를 가진 여자가 눈앞에 있는데, 그 여자가 자기 아내는 아니면 머릿속이 복잡해지지 않겠어?"

"그러게." 나는 중얼거렸다. "그냥 입양했어야 했어. 이건 실수였어."

셸리는 말이 없었다.

나는 한숨을 내쉬었다. "어서 말해."

"뭘 말해?"

"뭔지 알잖아."

"뭐?"

"'내가 뭐랬어.' 말이야. 넌 시작 전부터 실수라고 했잖아."

"네가 지금 완전 고양이가 물어다 놓은 것처럼 축 늘어져 있는데, 내가 어떻게 '내가 뭐랬어'를 해." 셸리가 고개를 저었다. "내가 그렇게 못된 친구로 보여?"

고양이가 물어다 놓은 것 같대 놓고?

"아무튼." 내가 말했다. "모니카도 곧 회사 그만둘 거니까, 아기 태어날 때까지는 거의 못 보겠지. 진료 있을 때만 마주치고. 그리고 다섯 달도 안 남았어. 그럼 우리 아기가 태어나."

셸리가 씩 웃었다. "약속할게. 이번엔 베이비 샤워 같은 거 절대 안 해."

"제발 하지 마." 나는 진심으로 말했다. "그거야말로 진짜 최악이니까."

근데 사실, 더 끔찍한 건 얼마든 떠올릴 수 있었다.

샘은 소파 맞은편에 앉아 조용히 노트북을 두드리고 있었다. 우리 둘이 자주 하는 방식이다. 거실에 나란히 앉아 각자 일하는 것. 가끔은 한 시간 넘게 한마디도 안 하기도 하지만, 이상하게도 그럴 때 샘과 더 가까워지는 느낌이 든다. 특히 내가 다리를 소파 위로 올려두면 샘이 내 종아리를 무심코 쓰다듬어 줄 때. 그리고 내가 고개를 들면, 샘은 늘 웃어 준다.

그때 샘의 휴대폰이 부르르 울렸다. 샘은 폰을 집어 들더니 화면을 보며 싱긋 웃었다.

"누구야?" 나는 아무렇지도 않은 척 물었다.

"모니카."

그럼 그렇지. 모니카가 우리 삶에 들어오기 전까지만 해도 샘한테 오는 문자는 나랑 대학밖에 없었다. 그런데 이제 모니카가 그 자리를 차지한 셈이다.

샘이 내 옆구리를 툭 쳤다. "모니카가 아기 성별을 알아냈대."

"아." 나는 무릎 위에 올려둔 노트북을 옆으로 밀었다. "아기 태어날 때까지 모르는 걸로 하자고 했잖아."

샘이 미간을 찌푸렸다. "그랬어?"

"그랬었잖아, 샘."

"어…," 샘이 휴대폰을 내려다보다가 다시 나를 봤다. "그러니까…, 걔가 이미 나한테 말해버렸어."

내 입이 떡 벌어졌다. "말했다고?"

"우리가 기다리기로 한 줄 몰랐단 말이야!"

나는 고개를 저었다. "내가 서프라이즈로 하고 싶어했던 거 알잖아."

"몰랐어." 샘은 말하면서도 폰만 두드리고 있었다. 짜증이 확 났다. 지금 모니카한테 뭐라고 보내는 거야? '아내가 예민하게 군다'고? "성별을 이미 알아버렸어도, 어차피 아기 얼굴 직접 보는 게 제일 큰 서프라이즈 아니야?"

뭐라그 해야 할지 모르겠다. 모니카가 이미 샘한테 말해버린 이상, 이제 와서 어쩔 수도 없다. 게다가 왜 나한테가 아니라 샘한테 문자한 거지? 모니카는 나랑 일하는 사람이고, 샘보다 내가 먼저 알던 사이잖아. 애초에 이 모든 일은 나 때문에 시작된 건데.

"그래서…, 성별이 뭐래?" 결국 내가 물었다.

"너 서프라이즈로 두고 싶다며."

나는 답답해서 콧김을 내뿜었다. "당신이 이미 알았으면, 나도 알고 싶어."

"진짜 괜찮아?"

"응! 괜찮아!"

샘이 한쪽 입꼬리를 올리며 웃었다. "아들이래."

"아…."

"우리 아들이 생기는 거야!" 샘의 갈색 눈이 반짝였다. "대박이지 않아?"

그 들뜬 마음이 고스란히 스며들었다. 모니카가 비밀을 깬 게 서운하긴 했지만, 샘 말이 맞다. 중요한 건 아기가 건강하다는 거니까. 건강한 남자아이라니! 이게 진짜로 현실이 되고 있다. 우린 곧 부모가 된다.

"정말 사랑해, 애비." 샘은 커피 테이블 위에 노트북을 내려놓더니 내 위로 몸을 기울였다. 그리고 내 목덜미에 입을 맞추기 시작했다. 온몸에 찌릿한 감각이 퍼져 나갔다. "네가 내 아내여서 너무 좋아."

나는 혼자 살짝 웃으며 남편의 입술이 주는 기분 좋은 감각에 몸을 맡겼다. 샘 휴대폰에서 계속 '윙윙' 울리는 문자 알림 소리는 애써 못 들은 척했다.

18

오늘은 커들스와 아주 중요한 미팅이 있는 날이다. 너무 긴장해서 속이 뒤집힐 것 같다.

지난번 미팅 때도 떨리긴 했지만, 그땐 떨려도 웃을 수 있었다. 내 캠페인이 끝내준다는 걸 알고 있었고, 자신감이 가득했다. 그런데 오늘은 그때의 확신이 한 톨도 남아 있지 않다. 남은 희망이라곤 그럴듯하게 연기하는 것뿐이다.

요즘 들어 계속 삐끗해 왔다. 두 달 전, 그 저녁을 놓친 날 이후로 정신이 영 잡히지 않는다. 이번 주 초에도 캘린더에 큼지막하게 적어둔 중요한 미팅을 완전히 놓쳤다. 아기 사진 폴더를 통째로 날리는 바람에 커들스 쪽에 다시 팩스를 보내달라고 해야 했고, 커들스에서 온 메일을 제때 답하지 않았다고 데니즈한테 두 번이나 불려 갔다. 게다가 시식했던 바나나 푸딩 이유식 때문에 심하게 배탈이 나기도 했다.

이번 미팅은 일주일만 더 시간이 있었으면 좋았을 텐데. 그런 건 없다. 오늘이다. 좋든 싫든.

모니카는 회의실 프로젝터에 연결된 노트북에 내 발표 자료를 이미 띄워뒀다. 인정하기 싫지만 요즘 모니카는 정말 대단하다. 내가 이렇게 정신이 없는데도 내 몫까지 척척 메워준다. 월요일에 내가 미팅을 놓친 뒤로는 매일 아침 그날 일정표를 뽑아 책상 위에 올려두고, 받은 편지함에서 중요한 메일은 따로 표시해 둔다. 오늘 미팅을 위해 커들스 임원들 점심까지 제대로 준비해 뒀다.

모니카는 아직도 샘과 친하게 지낸다. 샘은 둘이 다시 커피를 마신 적은 없다고 맹세했지만, 샘 휴대폰 화면에 모니카 문자 알림이 뜨는 게 종종 보인다. 게다가 지난번 산부인과 검진이 내가 절대 빠질 수 없는 미팅이랑 겹치는 바람에, 결국 샘이 혼자 모니카를 데리고 갔다. 그날 검진을 마치고 나온 샘이 유난히 들떠 보였던 게 마음에 걸리긴 했지만 애써 신경 쓰지 않으려 했다. 중요한 건 모니카가 아니라 아기니까.

손톱을 씹으며 커피를 들이켜는 사이, 제드 코필드와 일행들이 들어왔다. 그의 메일 몇 개를 놓친 뒤라 차갑게 굴지 않을까 걱정했지만, 그는 곧장 내게 다가와 악수를 청했다. 다만 악수는 형식적이었다. 손을 잡자마자 바로 놓았다.

"다시 보니 좋네요, 애비." 그가 환하게 웃었다. "오늘도 한 번 더 놀라게 해주실 거라 믿어요."

나도 최대한 밝게 미소 지었다. "당연하죠."

당당하게. 그렇게 보이기만 하면 돼.

원래는 이런 다짐이 필요 없다. 데니즈의 '자신감은 연출하는 것'이라는 가르침은 이제 몸에 배었으니까. 뭔가 틀렸을지도 모른다는 생각이 들어도 어깨를 곧게 펴고 밀어붙이면, 놀랄 만큼 자주 통한다. 그런데 오늘은 그마저도 잘 안될 것 같다.

"내가 어디 가서 늘 하는 말이 있어요." 제드가 말했다. "애비 애들러만큼 잘하는 사람 없다, 제품 팔고 싶으면 애비한테 맡기라고."

"그렇게 말씀해 주시니 감사해요, 제드."

나는 입꼬리를 올렸다. 이 정도는 늘 해오던 일처럼. 나는 늘 결과를 만들어 냈고, 실적은 증명서처럼 쌓여 있다. 그러니까 지금도 해내면 된다.

그런데 데니즈가 회의실에 들어오는 순간, 마음이 다시 흔들렸다. 데니즈는 성큼성큼 다가와 얼음처럼 푸른 눈으로 나를 내려다봤다. 경결을 숨기려는 기색이었지만, 표정에 그대로 드러나 있었다. 최근 내가 저지른 실수를 전부 지켜본 사람이니, 기대할 리가 없지.

"애비게일." 데니즈가 말했다. "필요하면 내가 뒤에서 지켜보며 도울게."

속뜻은 뻔했다. 또 실수할까 봐 여기 남아 있겠다는 말이다.

마지막으로 회의실에 들어온 건 모니카였다. 손에는 고급 샌드위치가 담긴 접시를 들고 있었다. 선명한 빨간 블라우스에 검은 치마 차림이었는데, 솔직히 말해 다리가 꽤 눈에 띄었다. 방 안의 남자들 시선이 한꺼번에 모니카에게로 쏠렸다. 제드는 입까지 벌린 채 넋을 놓고 있었고. 샘이 여기 있었어도 저렇게 봤을까, 하는 생각이 잠깐 스쳤다.

모니카는 이제 임신 6개월에 가까웠지만, 옷만 잘 입으면 아직은 티가 거의 나지 않았다. 빨간 블라우스는 가슴 라인을 딱 잡아주면서도 배 쪽은 넉넉하게 떨어지는 디자인이었다. 하지만 몇 주만 더 지나면 아무리 그래도 숨길 수 없겠지. 결국 머지않아 모니카를 내보내야 한다는 뜻이다. 회사 사람들은 이 계약을 절대 알면 안 된다.

모두가 자리에 앉아 샌드위치를 하나씩 집어 들었을 때, 나는 발표를 시작했다. 커들스에서 받은 제품 정보와 아기 사진을 바탕으로 이유식 웹사이트 카피를 쓰고 디자인까지 마쳐뒀다. 몇 달 동안 고치고 또 고친 결과물이다. 오늘은 거의 최종본에 가까운 버전을 보여주는 자리다. 어젯밤 늦게까지 모니카랑 슬로건 리스트를 훑으며 가장 좋은 걸 골라냈을 정도니까.

"실제 웹사이트는 물론 상호작용이 가능하도록 구현될 거고요, 그 부분은 현재 기술팀과 작업 중입니다." 내가 말했다. "먼저 전체적인 화면이 어떻게 나올지부터 보여드릴게요."

나는 슬라이드를 넘기지 않고 잠시 멈췄다. 모두가 화면을 충분히 볼 수 있도록. 요즘 내가 정신없이 굴고 있어도, 이 웹사이트만큼은 정말 열심히 만들었다. 제발 그들도 알아줬으면 좋겠다.

가장 먼저 입을 연 사람은 제드 코필드였다. 나는 그가 흥분해서 칭찬부터 쏟아낼 줄 알았는데, 오히려 미간을 찌푸렸다. "저기요, 애비?"

"네?"

"이거…, 우리가 얘기한 거랑 다른데요."

순간 모두의 시선이 나에게로 몰렸다. 다르다니. 무슨 말이야?

162

제드가 했던 말은 전부 반영했는데.

"무슨 말씀이시죠?" 나는 최대한 조심해서 물었다.

제드는 고개를 저었다. "이 사진 구성이 아니었잖아요. 기억하시죠? 좀 더 다양하게 하자고 했던 거. 그리고 유아식은 위에, 1단계 이유식은 아래에 배치해달라고도 했고요."

맞다. 분명 그렇게 말했지. 나도 그 부분을 고쳐뒀다.

그런데 스크린을 올려다본 순간, 전혀 그렇지 않다는 걸 깨달았다. 첫 번째로 보이는 아기는 빨간 머리가 삐죽삐죽 서 있던 아기였다. 제드가 "못생긴 아기"라고 해서 내가 속으로 발끈했던 바로 그 아기. 지금 화면에는 그 아기가 떡하니 떠서 나를 정면으로 바라보고 있었다.

설마 발표 자료에 예전 이미지를 넣어버린 건가?

아, 안 돼. 아니야.

큰일 났다.

믿기지 않는다. 이런 실수를, 여기서.

"어⋯," 나는 발끝을 어색하게 비비며 어떻게든 수습할 말을 찾았다. 하지만 그런 게 있을 리가 없지. "네, 그러니까⋯, 이건 제가 처음에 만들었던 시안이고요. 새 디자인이 얼마나 좋아졌는지 보여드리려고 일부러 먼저 띄워드린 거예요."

"아⋯, 그래요?" 제드가 말했다.

이제 창 안 모두가 내가 '새 디자인'을 보여주기를 기다리고 있었다.

"잠깐만요, 불러오는 데 몇 초 걸릴 것 같아요." 나는 말했다. "죄송해요."

아무도 속지 않았다. 결국 모니카가 앞으로 나와 제대로 된 이미지를 띄우는 걸 도와줘야 했고, 과정은 그야말로 난장판이었다. 데니즈에게서 뿜어져 나오는 분노가 등 뒤를 찌르는 게 느껴졌다. 내가 이 미팅을 어떻게든 살려보려고 버둥대는 동안, 데니즈는 커들스 사람들을 달래느라 애쓰고 있었다.

20분을 씨름한 끝에, 마침내 제대로 된 이미지가 스크린에 떴다. 그래, 실수는 했지만 이제부터가 진짜다. 어쨌든 나는 커들스 제품에 딱 맞는 멋진 웹사이트를 만들어왔다. 중요한 건 그거다.

"애비…." 제드가 입을 열었다.

아니, 또 뭐야.

"네?" 나는 최대한 침착하게 대답했다.

"슬로건이 썩 마음에 들진 않네요." 제드가 고개를 저었다. "'커들스 이유식—아기 배보다 중요한 건 없으니까요.'"

"어떤 부분이 마음에 안 드세요?" 내가 물었다. 문제라면 솔직히 촌스럽다는 거다. 그런데 더 나은 게 떠오르지 않았다.

"좀 걸려요." 제드가 말했다.

"걸린다고요?"

"입에 착 붙는 게 좋잖아요." 그가 말했다. "말하자면…, 술술 넘어가는 거요. 아시죠?"

방 건너편에서 데니즈가 나를 노려보고 있었다. 나는 속으로 머리를 쥐어짜며 어젯밤 컴퓨터에 정리해 둔 슬로건 리스트를 떠올렸다. 다른 후보도 있었다. 더 나은 게 분명 있었는데. 뭐였더라?

"그럼…." 그때 모니카가 조심스럽게 입을 열었다. "'커들스 이유식—우리 아기에게는 최고의 것만.' 이건 어때요?"

그 문구는 귀에 익었다. 어젯밤 리스트에서 탈락했던 후보 중 하나였다.

제드가 커피를 따르던 모니카를 가만히 바라보더니, 입꼬리를 천천히 올렸다. "그거 좋은데요?"

모니카가 환하게 웃었다. "정말요?"

"네!" 제드가 크게 고개를 끄덕였다. "깔끔하고, 단순하고…. 무엇보다 부모 마음을 딱 건드리잖아요. '우리 아이한테는 좋은 걸 먹여야지' 하는 죄책감을요. 그러면 좀 비싸도 사게 되죠."

그는 데니즈 쪽으로 몸을 기울이며 씩 웃었다. "이 아가씨, 진짜 보석인데요."

"아, 그건 제가 한 게 아니에요." 모니카가 손사래를 쳤다. "애비가 만든 리스트에 있던 문구예요. 애비가 생각해 낸 거죠."

"그래도 그중에서 우리한테 딱 맞는 문구를 집어낸 건 당신이잖아요." 제드가 말했다. "그것만 해도 반은 한 거죠."

"맞아요." 데니즈가 내 비서를 향해 따뜻하게 웃었다. "모니카는 우리 스튜어트의 떠오르는 별 중 한 명이에요."

뭐라고? 모니카가 떠오르는 별? 진짜로?

어쨌든 미팅은 넘어갔다. 하지만 나는 그 어떤 부분도 기분 좋게 받아들일 수가 없었다. 제드는 원래 내 발표를 좋아해야 했다. 그런데 결과적으로는 모니카가 내 슬로건으로 주인공 자리를 가져가 버렸다. 미팅이 끝나자 커들스 사람들은 마치 모니카가 책임자인 것처럼 그녀에게 둘러붙어 이것저것 말을 걸고 있었다. 그사이 데니즈는 내 팔을 세게 움켜잡았다. 어깨가 빠질 듯 아팠다.

"방금 그게 뭐야, 애비게일?" 데니즈가 커들스 사람들이 못 들게 내 귀에다 낮게 쏘아붙였다. "하마터면 다 말아먹을 뻔했어. 너 약이라도 한 거니?"

"실수였어요." 나는 웅얼거렸다. "일부러 그런 거 아니에요."

데니즈의 얼음 같은 파란 눈이 내 눈을 정면으로 꿰뚫었다. "사람들은 '고의가 아닌 실수' 때문에도 잘려."

"결국 잘 마무리됐잖아요."

"네 비서 덕분이지." 데니즈가 고개를 저었다. "요즘 대체 무슨 일이 있는 건지 모르겠는데, 애비게일. 개인적인 문제일지도 모르지." 그 말로는 부족했다. "어쨌든 정신 차려. 당장."

"다시는 이런 일 없을 거예요."

"그래. 없어야지."

데니즈는 마지막으로 서늘하게 나를 한 번 더 내려다보더니, 뒤돌아 제드 쪽으로 걸어갔다. 방금 전 표정은 싹 지우고 환하게 웃었다. 데니즈가 나한테 저런 미소를 지어 보인 게 언제였는지 기억도 안 난다. 오늘 일을 망친 건 분명 나다. 하지만 데니즈는 사정을 봐주지도, 도와주지도 않는다.

모니카는 커피와 샌드위치를 정리하러 회의실 뒤쪽으로 갔고, 나도 그쪽으로 따라갔다. 이대로 가다간 내 역할이 미팅에서 커피 나르는 일로 전락할지도 모른다. 아니, 그 전에 잘리겠지.

"아까 제가 나선 게 혹시 분위기 깨는 건 아니었을까요?" 모니카가 테이블에 묻은 커피 자국을 닦으며 말했다.

"그럴 리가." 나는 억지로 웃었다. "네가 미팅 살렸잖아."

모니카가 나를 보며 웃었다. "정말요?"

"응." 나는 고개를 끄덕였다. 말하면서도 속이 쓰렸다.

“모니카!” 제드 옆에서 커틀스 남자들과 서 있던 데니즈가 손짓했다. “잠깐 이리 와서 같이 얘기해!”

“어…,” 모니카는 커피포트가 새는지 확인하고, 주변에 널린 컵들을 한 번 훑어봤다. “이것만 정리하고 갈게요.”

“됐어, 됐어.” 데니즈가 말을 끊었다. “정리는 애비게일이 하면 돼. 잠깐만 와.”

나는 멍하니 커피를 치우며 모니카가 임원들 쪽으로 걸어가는 걸 바라봤다.

속이 울렁거렸다. 아까는 모니카가 날 구해준 게 고마웠다. 그런데 지금은 차라리 그때 날 그냥 허둥대게 놔뒀으면, 하는 생각이 들었다.

19

잠이 안 온다.

책을 읽어보려 했다. 킨들에 책을 세 권이나 받아놨지만 어느 것도 눈에 들어오지 않았다. 화장실도 두 번 다녀왔다. 유튜브도 몇 개 켰다가, 화면을 오래 보면 잠에 안 좋다기에 결국 꺼버렸다.

그러다 결국 침대에서 일어나 방을 서성거리기 시작했다.

당연히 샘은 그 소리에 잠에서 깼다. 그는 몸을 일으키더니 눈을 비비며 하품했다. 머리맡 스탠드를 켜고는 황당하다는 듯 나를 쳐다봤다. "애비, 새벽 2시야."

"잠이 안 와."

"그래, 그런 것 같네."

4년 전, 회사 스트레스가 극에 달했던 시기가 있었다. 우리 불임 문제도 가장 심각하던 때였다. 그때도 나는 잠을 제대로 못 잤다. 새벽 2시쯤이면 벌떡 일어나 침실을 왔다 갔다 했다.

샘은 그때 정말 잘해줬다. 나랑 같이 일어나 부엌에 앉아 이런저런 얘기를 나누며 따뜻한 우유를 마시곤 했다. 그래서인지 나는 그가 아빠 노릇도 정말 잘할 거라는 걸 알았다. 한밤중에 일어나 나를 위해 우유를 데워주는 걸 조금도 귀찮아하지 않았으니까. 그리고 이상하게도, 그게 오히려 더 괴로웠다. 나는 나만을 위해서가 아니라 샘을 위해서도 아이를 원했으니까.

"오늘 회사에서 미팅 하나를 망쳤어." 나는 침대 가장자리에 털썩 걸터앉았다. "진짜 중요한 미팅이었는데. 이미지도 잘못 띄우고…, 완전 재앙이었지."

"아." 샘은 다시 눈을 비볐다. "그래서…, 뭐? 이제 실직한 거야?"

"아니."

"그럼 다시 바로잡겠지. 너는 늘 그랬잖아."

"만약 못 하면?"

샘이 어깨를 으쓱했다. "글쎄. 우린 곧 애도 낳을 거잖아. 네가 원하면 집에 있어도 되고."

"내가 그걸 원할 리 없잖아! 여기까지 오려고 얼마나 열심히 했는데." 나는 허리에 손을 올렸다. "게다가 당신 수입만으로는 부족해. 그러면 내 저축부터 까먹어야 해."

"그래도 우리 둘이 살아가는 데는 충분해."

"모자라."

샘이 나를 물끄러미 바라봤다. 샘은 내가 자기보다 두 배나 더 벌고 있다는 사실이나, 우리 아파트 계약금에 내 신탁기금을 써야 했던 일을 거의 신경 쓰지 않는 편이다. 하지만 가끔은 내색하는 것보다 더 신경 쓰는 것 같기도 하다.

어쨌든 이런 대화는 내 기분을 조금도 나아지게 해주지 않았다. 나는 작은 침실을 또다시 왔다 갔다 했다. 심장이 쿵쾅거렸다. 왜 생각을 멈추지 못할까? 나 대체 왜 이러는 거지?

"그 수면제 있잖아." 샘이 말했다. "전에 잠 못 잘 때 먹던 거."

"그렇긴 한데…," 아직 약장에 있을 거다. "4년 전에 받은 건데 유통기한도 지났을걸."

샘이 하품했다. "그럼 내일 병원에 전화해서 다시 처방받는 게 어때."

"약에 의존하고 싶진 않아."

"그럼 그냥 밤새 서성거리겠다는 거네."

샘 말이 맞다.

"알겠어. 내일 의사한테 전화할게."

샘은 다시 눈을 비볐다. 지금 그의 모습이 이상하리만치 섹시해 보였다. 헝클어진 검은 머리, 턱에 듬성듬성 난 수염. 게다가 그는 원래 웃통을 벗고 자니까. 뭐, 그런 것도 한몫했고.

긴장을 풀어줄 만한 방법이 하나 떠오르긴 했다.

"저기." 나는 다시 침대에 올라타 샘 쪽으로 몸을 밀었다. "우리…, 좀 놀까?"

"어…."

나는 미간을 찌푸렸다. 설마 지금 거절하는 건가?

샘은 조금 난처한 얼굴이었다. "그러니까…. 하고 싶지, 당연히. 그런데 내일 아침 8시 강의가 있잖아. 그리고…."

세상에. 지금 나를 피하는 건가? 샘이 나를 밀어내다니. 그는 한 번도 그런 적이 없었다. 지금껏 내가 원할 때 거절당한 적은 단 한 번도 없었다. 오히려 죄책감을 느낀 적은 있었다. 샘이 원했는데 내가 거절한 적이 몇 번 있었으니까. 그럴 때마다 이유는 늘 같았다. '내일 아침 일찍 미팅이 있어서'. 하지만 샘은 내가 원하면 언제나 받아줬고, 늘 '예스'였다. 이른 강의가 있는 날에도 잠을 줄여서라도 섹스를 택하던 사람이었는데.

그런데 왜 이제는 관심이 없는 거지? 요즘도 계속 울리는 그 문자 알림이랑 관련이 있는 걸까?

"그래, 알았어." 나는 그에게서 몸을 떼며 말했다. "됐어."

"미안해, 애비."

이제는 나를 거절한 것도 모자라 사과까지 했다. 그게 더 기분이 상했다.

"신경 쓰지 마."

"내일 밤에 하자." 샘이 약속하듯 말했다.

"응."

샘은 잠깐 나를 보더니 고개를 저으며 불을 껐다. 그는 등을 돌린 채 금세 잠에 빠져들었다. 몇 분쯤 지나자 조용한 코 고는 소리가 방을 채웠다.

샘의 휴대폰은 충전기에 꽂힌 채 창가에 놓여 있었다. 비밀번호는 이미 외우고 있다. 지금 가서 메시지를 확인하는 건 너무 쉬운 일이다. 지난 몇 주 동안 샘과 모니카가 뭘 그리 열심히 주고받았는지 보면 된다. 하지만 그건 샘의 신뢰를 배신하는 일이다.

나는 그럴 수 없다.

정말 그럴 수 없을까?

아내와의 섹스에 관심이 없다는 건, 보통 다른 여자가 있다는 신호 아닌가? 지금 내게는 충분히 '의심할 이유'가 있는 셈이다.

그래도 샘에게 그런 짓은 못 한다. 나는 샘을 믿는다. 그는 나를 속이지 않아. 바람 같은 건 피울 사람이 아니다. 절대.

나는 한참 동안 그의 휴대폰만 바라보다가, 그렇게 잠에 빠져들었다.

20

오늘은 모니카의 산부인과 진료가 있는 날이라, 이번에는 같이 가기로 했다. 모니카는 어쩜 그렇게 매번 내가 도저히 맞출 수 없는 시간으로만 예약을 잡았는지 모르겠다. 하지만 이번 진료는 아침 첫 타임이라 샘과 함께 차를 타고 가기로 했다. 내가 또 '시간 착각'을 할 수 없게 아예 함께 가려는 거다.

샘은 병원으로 가는 길에 차를 몰며 말했다. "오늘은 네가 올 수 있어서 다행이네. 지난 두 번은 네 스케줄이랑 안 맞아서 아쉬웠잖아."

"그러게." 나는 투덜거렸다. "모니카가 내 캘린더를 못 봤으면 좋았을 텐데. 아, 맞다. 보고 있지."

샘이 나를 힐끗 봤다. "그게 무슨 뜻이야?"

"그냥 좀 우연치곤 공교롭다는 말이야."

신호등 앞에서 차가 멈췄다. 샘이 말했다. "설마 모니카가 일부러 네가 못 오는 시간에 예약 잡는다고 생각하는 거야?”

“아니.” 그렇게 말했지만, 사실은 그랬다. “어쨌든 당신은 매번 갈 수 있었잖아. 그건 다행이고.”

“내 스케줄이 너보다 유연하니까 그렇지.”

맞는 말이긴 하다. 다만 나는 모니카가 약속 잡기 전에 샘한테 먼저 물어보는 것 같다는 생각이 자꾸 들었다. 어쩐지 모니카는 산부인과 진료에 샘이 꼭 오길 바라는 눈치였다. 지난번 진료도 샘이 직접 데려다줬고, 회사에선 그가 좁디좁은 자리에 차를 기가 막히게 주차했다며 연신 감탄했다. 샘은 그 칭찬이 꽤나 달콤했겠지.

“그런데 모니카는 당신한테 대체 무슨 문자를 그렇게 자주 하는 거야?” 내가 물었다.

샘이 안경을 코 위로 올려 썼다. “대부분 수학 얘기지.”

“수학?”

“응.” 그는 힘주어 고개를 끄덕였다. “모니카, 진짜 똑똑하더라. 수학 머리가 있어. 그래픽 아트 쪽으로 학교를 다시 가겠다그 마음 먹은 건 아는데, 수학 전공도 한번 생각해 보라고 설득 중이야. 충분히 할 수 있거든.”

“모니카는 뭐래?”

“고민해 본대.” 우리 앞으로 차가 불쑥 끼어드는 바람에 그는 작게 욕을 내뱉었지만, 경적은 울리지 않았다. “우리 대학원 과정에 지원하고 싶어 하는데…, 아무래도 좀 어색할 것 같긴 해.”

“세상에. 그게 말이 돼? 당연히 어색하겠지.”

샘이 한숨을 내쉬었다. “우리 이제 모니카 얘기는 그만하자,

응?"

"그래. 그럼 무슨 얘기할까?"

"글쎄." 샘이 씩 웃었다. "아기 이름은 어때? 결정할 시간 얼마 안 남았잖아."

나도 모르게 미소가 따라 나왔다. "난 '아담'은 절대 안 돼."

"아담이 뭐가 어때서? 좋은 이름이잖아. 성경에도 나오고."

"아담 애들러? 둘 다 'A'로 시작하잖아. 마블 히어로 본명(마블 히어로의 본명은 피터 파커, 브루스 배너처럼 성과 이름이 같은 철자로 시작하는 경우가 많다 - 옮긴이) 같아."

"그럼 '제이콥'은?"

"안 돼. 나 예전에 제이크라는 남자랑 사귀었어."

"그래서?"

"그러니까 이상하다고!"

"알았어." 샘이 눈을 굴렸다. "그럼 리처드는 어때?"

"리처드도 사귀어봤어."

"매튜는?"

"매튜도 사귀었고."

샘이 코웃음을 쳤다. "네가 아직 안 사귀어 본 이름을 찾으려면, 좀 더 국제적인 이름으로 가야겠는데."

"좋아 근데 참고로 말하자면, 나 이탈리아에서 한 학기 교환학생 했어."

"그래 그 얘기는 듣고 싶지 않다."

생각해 보면 샘과 나는 서로의 연애사를 깊게 얘기해 본 적이 거의 없다. 샘이 나를 만나기 전에 사귀었던 여자친구들이 있다는 건 알고 있다. 우리가 사귀기 시작한 게 스무 살 초반도 아니고, 서로 중반쯤 됐을 때였으니까 만난 사람이 없었다면 오히려 더 이상했겠지. 내가 가끔 물어보면 샘은 "다 지난 일이야" 같은 애매한 말로 넘기고는, 왜 그렇게 알고 싶어 하냐고 되묻곤 했다. 아니면 "그 관계는 큰 의미 없었어." 같은 식으로 가볍게 정리해 버렸다. 그게 자꾸 마음에 걸렸다. 언젠가 샘이 또 다른 미래의 여자친구한테 내 얘기를 하면서 "애비랑은 별일 아니었어."라고 말할까 봐.

물론 우리가 약혼했을 땐 이 관계가 샘에게 결코 '별일 아닌' 게 아니라는 걸 알게 됐고, 그 걱정도 머릿속에서 지웠다. 그래도 나는 여전히 샘의 이전 여자친구들이 궁금했다. 샘 같은 좋은 남자랑 왜 헤어졌을지 도무지 상상이 안 되기도 했고, 동시에 샘이 먼저 누군가와 끝내는 모습도 잘 떠오르지 않았다. 샘이 그런 대화를 하는 모습이 아무리 생각해도 그려지지 않았다.

우리는 샘이 주차할 시간까지 넉넉히 남겨두고 병원에 도착했다. 주차를 마친 샘과 함께 병원 쪽으로 걸어가다 문득, 그가 평소처럼 내 손을 잡지 않았다는 걸 깨달았다. 뭐, 여기가 손잡고 분위기 낼 만한 곳은 아니긴 하지만.

대기실에 들어서자 모니카는 이미 와 있었다. 그녀가 우리를 보자 자리에서 일어섰는데, 나는 입이 떡 벌어졌다. 회사에 있을 때는 배를 어떻게든 가려보려고 애쓰더니 오늘은 커다란 가슴 바로 아래를 끈으로 묶는 파란 임산부용 셔츠를 입고 있었다. 그리고 세상에, 임신한 티가 확 났다. 거의 7개월이 다 되어 간다니까 놀랄 일은 아닌데도…, 와. 정말 크다. 저 안에 아기가 있다는 건 의심할 여지가 없다.

샘의 아기.

모니카는 우리를 보자 얼굴이 환해졌다. 우리가 가까이 다가가자 그녀가 달려오더니 팔을 둘러 샘을 안았다. 이미 놀라 입을 벌어진 상태였지만, 그 순간 더 벌어질 뻔했다. 샘과 모니카 사이가 이렇게 스스럼없이 껴안을 정도일 줄 꿈에도 몰랐다. 특히 샘은 원래 포옹은 잘 안 하는 사람이다. 나한테는 애정 표현을 많이 하는 편이지만, 친구나 가족이 이유 없이 껴안거나 뽀뽀하려 들면 싫다고 투덜댄 적도 있었다. "내가 안아 주고 키스하고 싶은 사람은 내 아내뿐이야. 그리고 엄마 정도?"

그런데 이제 보니 모니카도 그 범주에 들어가는 모양이었다. 샘은 그녀를 떼어낼 생각이 전혀 없어 보였으니까.

모니카는 나한테는 손만 흔들었다. 나는 포옹까지 받을 입장은 아니니까. 자꾸만 그녀의 배 쪽으로 시선이 갔다. 저렇게나 크다는 게 믿기지 않았다. 회사에서 그걸 숨기려고 얼마나 애쓴 건지, 그 노력만큼은 인정할 수밖에. 하지만 앞으로는 못 숨기겠지.

샘도 나 못지않게 모니카의 배에서 시선을 못 떼는 것 같았다. 계속 배 쪽을 보더니 결국 못 참고 말했다. "아기가 꽤 커졌네."

모니카가 신이 나서 고개를 끄덕였다. "그리고 엄청 활발해요! 오늘은 진짜 발길질이 장난 아니에요."

샘이 웃었다. "그래? 진짜 신기하겠다."

"맞아요." 모니카가 샘의 미소에 다시 웃어 보였다. "여기, 만져 봐요."

그러더니 모니카가 샘의 손을 잡아 배 한가운데 불룩한 곳에 얹어 놨다. 샘은 민망해하면서도 손을 빼지 않고 그대로 있었다. 잠시 뒤, 샘의 눈이 동그래졌다. "와, 세상에! 진짜 대단하다!"

"그쵸?" 모니카가 웃었다. "늘 곁에 있는 기분이에요."

모니카는 손을 거뒀지만, 샘은 손을 떼지 않았다. 여전히 배 위에 손바닥을 대고 아기가 꿈틀거리는 걸 느끼고 있었다. 얼굴엔 바보 같은 미소까지 번져 있었다.

"애비." 샘이 말했다. "너도 이거 꼭 만져봐야 해!"

나는 모니카의 배에 손대고 싶지 않았고, 모니카도 내가 손대는 걸 바라지 않을 게 뻔했다. 다행히 그때 간호사가 모니카 이름을 부르면서, 그 어색한 상황이 마무리됐다.

셋이 함께 안쪽으로 들어가려는데 간호사가 발걸음을 막았다. "죄송하지만," 그녀가 말했다. "정기 검진 때는 보호자 한 분만 들어오실 수 있어요. 병원 규정이라서요."

이게 무슨 말도 안 되는 규정이야? 모니카는 즉시 샘을 바라봤고, 그녀가 어느 쪽을 원하는지는 너무 뻔했다. 하지만 샘이 서둘러 말했다. "애비, 네가 들어가. 난 지난 두 번 다 들어갔잖아."

모니카의 입술이 일자로 굳었다. "진짜 괜찮아요?"

"응, 괜찮아." 샘이 어색하게 웃었다. "난 여기서 기다릴게. 아기 느껴본 것만으로도 충분해."

모니카는 진료실로 걸어가는 내내 내게 한마디도 하지 않았다. 내가 들어가게 된 게 못마땅한 게 얼굴에 뻔히 쓰여 있었다. 일부러 나보다 몇 걸음 앞서 걸어가며 시선조차 주지 않았다. 그리고 진료실에 도착하자 차갑게 말했다. "옷 갈아입어야 하니까 좀 나가 주실래요?"

"그래." 나는 말했다. 처음 진료 때는 내 앞에서 아무렇지도 않게 옷을 갈아입었던 게 생각났지만, 그 얘길 굳이 꺼내진 않았다.

나는 진료실 밖으로 나왔다. 모니카가 의사가 오기 전엔 나를 다시 부를 생각이 없다는 게 분명했다. 뭐, 별로 상관없었다. 나도 그 안에서 그녀와 어색하게 서 있고 싶은 마음은 전혀 없었으니까.

흰 가운을 어깨에 걸친 닥터 윙이 복도를 걸어오다가 진료실 밖에 서 있는 나를 보고 눈을 크게 떴다. "어머!"

"안녕하세요." 나는 힘없이 손을 들어 인사했다. "애비예요. 첫 진료 때 뵀던 거 기억하실지 모르겠네요."

"아, 네네. 물론이죠." 의사는 어딘가 어색한 미소를 지어 보였다. "죄송해요, 저는 그냥…, 계속 같이 오실 줄은 몰랐어요."

나는 눈을 깜빡였다. "그게 무슨 말씀이세요?"

"그러니까…," 닥터 윙의 볼에 살짝 붉은 기가 돌았다. "모니카 남편분이 지난 두 번 진료에 계속 오셔서 저는 당연히…."

"모니카의…, 남편이요?"

닥터 윙이 고개를 끄덕였다. "네. 30대쯤 돼 보이고, 갈색 머리에 안경 쓰고, 음…, 꽤 잘생긴 분이요."

"샘이요?"

닥터 윙이 손가락을 탁 튕겼다. "맞아요! 샘. 그분."

"샘은 제 남편인데요." 나는 정정했다.

"아!" 닥터 윙이 웃음을 터뜨렸다. "이제야 앞뒤가 맞네요. 근데 전 분명 그분이 모니카 남편이라고 들은 것 같아서요."

나는 닥터 윙에게 그건 오해라고 말하고 싶었지만, 말이 목구멍에 걸렸다. 갑자기 배 한가운데가 싸늘하게 꺼지는 기분이 들었다.

모니카가 의사에게 샘을 자기 남편이라고 소개했을 장면이 눈앞에 그려졌다. 최근 그녀가 보이는 태도를 생각하면, 그럴 법도 했다. 하지만 샘이 거기에 맞장구쳤을 리는 없다. 의사가 물었다면 샘은 "아니요, 제 아내는 애비예요."라고 했을 거다. 분명히 바로잡았겠지.

…그렇지?

<h1 style="text-align:center">21</h1>

모니카가 오늘 아침, 내 사무실로 커피를 들고 들어왔을 때, 이제는 더 이상 부정할 수가 없었다. 누가 봐도 임신한 게 확 드러났다. 회사 사람들이 곧 알아채기 시작할 거다. 이미 알아챘을지도 모르지만.

놀랄 일도 아니다. 모니카는 이제 임신 7개월이다. 옷으로 가려 왔다 해도, 이만큼 오래 숨긴 게 오히려 신기할 정도다. 화장실에서 몇몇 비서들이 "모니카는 초콜릿 좀 줄여야겠네." 하고 낄낄대며 수군거리는 소리를 들은 적도 있다. 어떤 사람들은 아빠가 누구일지 농담처럼 떠들기도 했다. 이제는 게임이 끝난 거나 다름없다.

"요즘 몸은 어때?" 나는 조심스레 물었다.

모니카가 배 위에 손을 살짝 얹었다. "좀 피곤하긴 한데, 전반적으로는 괜찮아요."

"다행이네." 나는 입술을 깨물며 다음 말을 고르고 또 골랐다. "저기, 음…, 좀 앉을래?"

모니카가 의아한 얼굴로 나를 보더니 맞은편 의자에 앉았다. 나는 둘만 얘기할 수 있게 자리에서 일어나 문을 닫았다.

"있지, 모니카." 나는 가죽 의자에 다시 앉으며 말했다. "너도 알겠지만…, 이제는 임신한 걸 숨길 수가 없어."

"그렇겠죠."

모니카가 고개를 푹 숙였다. 그제야 보였다. 모니카는 나처럼 머리카락이 새까맣지만, 뿌리 쪽은 색이 흐렸다. 그녀가 대리모를 제안했을 때, 우리 둘이 외모가 비슷하다는 것도 장점이라고 했었다. 그런데 지금 보니, 모니카가 원래 흑갈색 머리였는지도 의심스러웠다. 염색을 하는 걸까?

도대체 왜?

나는 헛기침을 했다. "그래서…, 우리 약속대로라면, 이제 그만두는 게 맞을 것 같아. 내가 바로 대체 인력도 찾아볼게."

모니카가 눈을 크게 떴다. "그만두라고요?"

"그래." 나는 딱 잘라 말했다. "그렇게 하기로 했잖아. 배가 나오기 시작하면 퇴사하기로."

모니카는 한동안 말문이 막힌 얼굴로 나를 바라보았다. 입이 살짝 벌어져 있었다. "커들스 미팅에서 제가 팀장님보다 더 나은 아이디어 냈던 것 때문에 그러는 거예요?"

이런. 솔직히 말하면, 나도 그 미팅 이후로 모니카에게 은근한 분노를 품고 있었다. 그날 이후 데니즈는 마치 모니카가 새로 뜬 천재인 양 굴었다. 내가 데니즈에게서 그런 식의 멘토링을 받았던 게 언제였는지 기억도 흐릿하다. 어제 회의에서는 데니즈가 모니카한테 "스튜어트에서 크게 될 애"라고까지 말했다.

"그것 때문이 아니야." 나는 낮게 말했다. "모니카, 처음부터 그렇게 하기로 했었잖아."

"근데 계약서엔 없잖아요."

"뭐라고?"

"계약서에 없다고요." 모니카가 다시 말했다. "그만둘 수도 있다고는 했지만, 반드시 그만둔다고 서명한 건 아니잖아요."

이번엔 내가 멍해졌다. "하지만 우리 둘이 분명⋯"

모니카가 어깨를 으쓱했다. "맞아요. 근데 마음이 바뀌었어요. 여기가 좋아요. 계속 다니고 싶어요."

정면으로 한 대 맞은 기분이었다. 무슨 말을 해야 할지도 모르겠다. 우린 분명히 그렇게 합의했었는데, 모니카는 지금 발을 빼고 있다. 그럼 앞으로는 또 뭘 뒤집을까?

"모니카." 나는 최대한 차분한 목소리를 유지하려 애썼다. "네가 계속 여기서 일하면, 우리 계약 때문에 내가 큰일 날 수도 있어. 내가 너한테 강요한 것처럼 보일 수도 있고."

"그건 애초에 생각했어야죠." 모니카가 턱을 치켜들었다. "전 직장을 포기하고 싶지 않아요, 애비. 그럴 필요도 없고요."

당장 책상을 넘어가 모니카를 붙잡고 흔들어 버리고 싶었다. 하지만 그럴 순 없다. 지금은 모니카를 달래야 한다. 그녀를 내 편에 붙잡아둬야 한다. 지금 모든 게 그녀에게 달려 있으니까.

"정말 그러고 싶다면," 나는 낮게 말했다. "방법을 찾아보자. 인사팀에 가서 상황을 설명해도 돼. 대신 내가 너한테 강요한 적 없다는 걸 확실히 말해줘야 해."

나는 모니카의 얼굴을 살폈다. 그녀가 거절할까 봐 숨이 막힐 정도로 겁이 났다. 그런데 잠시 후, 모니카의 입가가 스르르 올라갔다. "좋아요, 애비. 당연하죠."

하느님 감사합니다. 여전히 최악이겠지만, 그래도 피해를 줄일 방법이 있을지도 모른다.

나는 왜 이렇게 봉투 뜯는 데 젬병일까. 매일같이 우편물이 이만큼이나 오는데, 이제는 좀 능숙해질 법도 한데. 이상하게도 봉투를 열 때마다 네 번 중 한 번은 꼭 손을 베는 것 같다.

샘이 사준 그 편지칼은 대체 어디 간 거야?

평소에 편지칼을 넣어두는 맨 위 서랍을 열어 봤지만 종이만 잔뜩 들어 있었다. 나는 서랍 안을 헤집어 가며 찾았다. 책상이 엉망이었다. 나는 원래 정말 깔끔하게 정리해 두는 사람이었는데, 어느새 책상 위가 서류 폭풍이 지나간 것처럼 난장판이 되어 있었다. 대체 어떻게 이 지경이 되도록 놔뒀지? 머릿속이 너무 복잡해서 그런가.

편지칼을 뒤지고 있는데, 데니즈가 노크도 없이 성큼성큼 내 사무실로 들어왔다. 고개를 들자마자 마주한 표정에 순식간에 불안이 밀려왔다. 데니즈는 원래 늘 나한테 짜증이 나 있는 사람이긴 하지만, 지금은 그 정도가 아니었다. 광대뼈 위로 분홍빛이 동그랗게 올라와 있고, 목줄기엔 핏줄이 불거져 있었다.

"애비게일." 데니즈가 말했다. 목에 핏줄 하나가 펄떡거렸다. 내 앞에서 혈관이라도 터지면 어쩌나 싶었다.

물론 안 그랬으면 좋겠다. 웬만하면.

"어, 안녕하세요." 내가 말했다. "무슨 일이에요, 데니즈?"

데니즈가 나를 노려봤다. "이 이메일이 무슨 뜻인지 설명 좀 해 줄래?"

데니즈가 내 쪽으로 휴대폰을 툭 내밀었다. 나는 화면을 보자마자 그게 뭔지 단번에 알아봤다. 내가 셸리에게 보냈다고 생각했던 메일이었다. 커들스 최신 카피에 대한 의견을 묻는 내용. 그런데 실수로 데니즈를 참조에 넣어버린 거다.

게다가 메일 첫머리에 이렇게 써 놨다. '의견 좀 줘. 어차피 데니즈는 또 지랄하면서 다 고치라고 하겠지만.'

"어⋯." 내가 말했다.

이게 무슨 환장할 노릇이야. 상사를 '지랄하는 사람'이라고 메일에서 욕해놓고, 그 메일을 실수로 상사한테도 보내버렸다. 요즘 내가 저지른 온갖 멍청한 짓들 중에서도, 이건 진짜 역대급이다.

데니즈는 내 손에서 휴대폰을 확 낚아채더니 허리에 주먹을 얹고 나를 노려보며 설명을 기다렸다. 컨실러 아래로도 얼굴이 확연히 붉어져 있었다. 문득 데니즈가 몇 살인지 궁금해졌다. 셸리랑 나는 그걸 수도 없이 추측해 봤지만 도무지 결론을 못 냈다. 마흔 중반 같다가도 도무지 알 수가 없었다. 우리가 여기서 일하기 시작한 10년 전에도 그녀는 '마흔 중반'처럼 보였다. 그럼 지금은 쉰 중반? 예순? 일흔? 대체 누가 알겠어.

"정말 죄송해요." 나는 최대한 진심을 담아 말하려 애썼다. 물론 셸리에게 쓴 말 자체는 진심이었지만. "그냥 잠깐 속에 쌓인 걸 풀려고 했던 거고⋯, 당연히 보실 줄은 몰랐어요."

"그러니까 나를 그따위로 욕한 메일을 보낼 생각은 없었다는 거야?" 데니즈가 쏘아붙였다.

나는 시선을 내렸다. 나, 잘리는 건가? 아, 제발 지금은 안 돼. 지금은 절대 잘릴 수 없어. 그런데 상황이 더 나빠질 수 없을 것 같던 바로 그 순간, 인사팀의 소니아 왓슨이 내 사무실 문을 두드렸다. 나는 데니즈가 소니아를 불러서 나한테 해고 통지서라도 들이밀려는 줄 알았는데, 데니즈도 영문을 모르는 눈치였다.

"안녕하세요, 애비." 소니아가 말했다. "데니즈도 여기 계시네요. 두 분 다 여기 계셔서 다행이에요. 혹시 회의실에서 잠깐 이야기 나눌 수 있을까요?"

가슴이 철렁 내려앉았다. 인사팀 소니아가 나와 데니즈를 같이 회의실로 부른다고? 오늘 아침은 진짜 끝까지 가보자는 건가.

데니즈가 눈을 가늘게 떴다. 그녀는 예고 없이 들이닥치는 일을 질색한다. "무슨 일인데?"

소니아가 크림색 펜슬스커트 자락을 만지작거렸다. "일단 저랑 같이 가주시는 게 좋을 것 같아요."

소니아를 따라가는데 마치 처형장으로 끌려가는 기분이었다. 회의실에 들어섰을 때도 그 기분은 전혀 나아지지 않았다. 모니카 존슨은 이미 그곳에 앉아 있었다.

처음으로 모니카는 임부복을 입고 회사에 나와 있었다. 가슴 아래에서 살짝 잡아주고 배의 곡선을 편하게 감싸는 연한 하늘색 상의였다. 그리고 솔직히 그녀는 아름다워 보이기까지 했다.

데니즈는 모니카를 보는 순간 눈이 휘둥그레졌다. 이 상황만 아니었으면 웃겼을 텐데, 지금은 웃을 수가 없었다.

"모니카." 데니즈가 숨을 들이켰다. "너…, 임신했어?"

"네." 모니카가 말했다. "맞아요."

데니즈가 요즘 모니카를 얼마나 각별히 챙겨왔는지 생각하면, 이 상황이 그녀 입장에선 정말 미칠 노릇이겠지. 임산부도, 아이도, 심지어 동물이나 꽃, 크리스마스 눈송이 같은 것도 다 싫어하는 사람이니까.

"두 분도 앉아주세요." 소니아가 나와 데니즈에게 말했다.

데니즈는 완전히 어리둥절한 표정이었다. 늘 그렇게 빈틈없이 단정한 사람이 당황하는 걸 보니 이상할 정도였다. "소니아, 대체 무슨 일이야? 이제 임신한 직원들 얘기까지 회의해야 해?"

"아뇨 그런 건 아니고요." 소니아가 땋아 올린 머리를 의식적으로 매만지며 말했다. "하지만 모니카가 임신하게 된 경위에 대해선 이야기를 나눌 필요가 있는 것 같아요."

데니즈의 시선이 회의실 안을 빠르게 훑었다. 상황을 맞춰보려는 듯했다. "경위?"

소니아가 고개를 끄덕였다. "모니카가 애비의 대리모 역할을 맡고, 애비가 그 아이를 입양하기로 한 합의가 있었다는 걸 알게 됐어요."

데니즈 얼굴에 떠오른 충격은 가히 압권이었다. 사진을 찍어두고 싶을 정도로. 내가 메일에서 욕했을 때보다 더 화낼 수 있을까 싶었는데…, 되네. 그래, 그동안 여기서 일해서 참 즐거웠다. 이젠 다 끝이다.

"애비게일." 데니즈가 숨이 턱 막힌 듯 말했다. "너…, 너…."

"이 계약은 회사와는 아무 상관없어요." 나는 거의 확실히 잘릴 거라고 생각하면서도, 놀랄 만큼 단단한 목소리로 말했다. 아니, 거의가 아니라 95퍼센트쯤 확실했다. "이건 모니카랑 제가 회사 밖에서 개인적으로 합의한 거고, 서명된 계약서도 있어요."

"그게 사실일 수도 있죠." 소니아가 말했다. "하지만 모니카가 애비의 비서라는 점 때문에, 이런 합의는 권력 관계상 문제 소지가 있어요."

"모니카는 제 직원이 아니에요." 내가 반박했다. "제가 월급을 주는 것도 아니고요. 애초에 제가 뽑은 것도 아니에요."

"그래도 비서이긴 하잖아요." 소니아가 말했다.

"직함만 그렇죠." 나는 인정했다. "하지만 현실적으로는—"

"말도 안 돼." 데니즈가 거의 숨을 토하듯 내뱉었다. "어떻게 모니카한테 이런 걸 강요할 수 있어, 애비게일?"

회의실의 모든 시선이 나에게 꽂혔다. 나는 할 말을 잃었다. 원래는 모니카가 이쯤 되면 퇴사하기로 돼 있었다는 얘길 꺼낼 수도 있었지만, 그런다고 상황이 나아질 것 같진 않았다.

"모니카." 데니즈가 부드럽게 말했다. 내가 데니즈를 알고 지낸 지금까지, 저렇게 상냥하게 말하는 건 처음 듣는 것 같았다. "애비게일이 너한테 한 일에 대해 사과할게. 회사 측에서 해줄 수 있는 일이 있다면—"

"제가 먼저 제안한 거예요." 모니카가 불쑥 말했다.

소니아가 눈을 몇 번 깜빡였다. 당황한 기색이 역력했다. "뭐라고요?"

"애비의 대리모가 되겠다고 한 건 제 생각이었어요." 모니카가 천천히 다리를 꼬며 자세를 고쳐 앉았다. "애비가 겪은 일을 생각하면 너무 마음이 아파서…. 제가 먼저 도와주겠다고 했어요. 애비가 부탁한 게 아니에요. 애비가 아기 가지려고 얼마나 오래 애써 왔는지, 다들 아시잖아요.”

“그래도 적절하진 않았어.” 데니즈가 눈을 번뜩이며 쏘아붙였다.

“계약서는 변호사한테 검토도 받았어요.” 모니카가 말했다. “조건도 아주 공정하고요. 아까도 말했지만 이건 제 아이디어였어요. 제가 원해서 한 거예요. 절대 강요한 적 없어요. 그러니까 제 결정 때문에 애비가 처벌받을 일은 아니에요.”

소니아와 데니즈가 서로 눈빛을 주고받았다. 그게 무슨 뜻인지는 모르겠지만, 아주 작게나마 희망이 생기기 시작했다. 오늘 당장 잘리지 않을 수도 있겠다는 희망.

“모니카.” 소니아가 조심스레 말했다. “굳이 애비를 감싸 줄 필요는 없어요.”

“전 그냥 있는 그대로를 말하는 거예요.” 모니카가 턱을 치켜들었다. “오늘 누군가를 잘라야 한다면 제가 나갈게요.”

와. 전혀 예상 못 했다.

“오늘 이 자리에서 누가 해고되는 일은 없을 거예요.” 소니아가 그렇게 말하자 데니즈가 곁눈질을 했다. 나를 내보내고 대신 모니카를 남겨두고 싶어 하는 게 눈에 보일 정도였다.

가끔은 샘도 같은 마음일까, 겁이 난다.

“정말 죄송해요.” 내가 말했다. “진심으로요. 우리 계약에 회사를 끌어들이려던 건 아니었어요.”

“끌어들이려던 게 아니었다고?!” 데니즈가 폭발했다. “네가 어떻게 그럴 수가—"

소니아가 손을 들어 데니즈를 막아섰다. "모니카가 이 합의가 공정했다고 확언하고, 그 내용으로 서류에 서명할 의사가 있다면, 회사 입장에선 더 깊게 파고들지 않는 게 최선이라고 봅니다. 모니카, 제가 준비한 문서들에 서명해 줄 수 있겠어요?"

모니카는 배를 보호하듯 손을 얹었다. "물론이죠."

데니즈는 맨손으로라도 내 목을 조르고 싶다는 듯 나를 노려보고 있었다. 아무래도 지금은 내 육아휴직 얘기를 꺼낼 타이밍이 아니겠지.

22

"그러니까…, 결국 모니카가 다 수습해 준 거네."

나는 '나는 파이를 조금 먹었다' 앞치마를 두르고 미트볼을 만들고 있는 샘을 노려봤다. 샘은 토마토소스가 끓는 냄비에 미트볼을 넣고는 틈만 나면 뚜껑을 열어 뒤적거리며 유난을 떨었다.

샘이 요리하는 동안 나는 오늘 일을 처음부터 끝까지 털어놨다. 모니카 건으로 인사팀에 불려 간 얘기까지. 그런데도 샘은 상황의 심각성을 전혀 못 알아듣는 눈치였다.

"그래. 수습해 줬지." 나는 마지못해 인정했다. "하지만 애초에 모니카가 약속했던 대로 일을 그만뒀다면, 그런 수습 자체가 필요 없었어. 덕분에 난 진짜 곤란해졌고. 데니즈가 날 죽도록 싫어해."

샘 입가가 씰룩거렸다. "데니즈를 '지랄하는 사람'이라고 메일 보낸 건 좀…, 그럴 만하지 않나?"

나는 신음했다. 아, 진짜 평생 이걸로 놀림 받겠지. 셸리한테도 말했더니 웃느라 거의 쓰러질 뻔했다. 근데 이건 웃을 일이 아니다. 내 커리어다. 물론 내 월급 없이도 살 만큼 돈이야 있겠지만, 그렇다고 내가 지금껏 쌓아온 걸 전부 포기하고 싶진 않다.

"난 이게 안 좋은 징조 같아." 내가 말했다. "퇴사하기로 한 약속도 이렇게 뒤집는데, 또 뭘 어길지 어떻게 알아? 아기도 안 주겠다고 하면?"

샘은 냄비를 열고 미트볼을 내려다봤다. "그럴 리 없어."

"어떻게 알아?"

"모니카가 지금은 커리어에 집중하고 싶다고 했어. 그리고 밤에 학교도 다시 다닐 생각이래. 그래픽 아트든 수학이든. 둘 다일 수도 있고. 어쨌든 아기가 있으면 못 하잖아."

나는 눈을 가늘게 뜨고 샘을 노려봤다. "근데 그 얘길 언제 당신한테 했는데?"

샘 입가에 남아 있던 미소가 순식간에 사라졌다. 그는 냄비를 살피느라 갑자기 분주해졌다. "그, 그건 왜?"

"당신이 모니카 미래 계획에 대해 꽤 자세히 알고 있는 것 같아서."

샘이 가스레인지 불 조절 손잡이를 만지작거렸다. "며칠 전에 같이 점심 먹었어."

아, 그랬구나. 내 남편이, 젊고 예쁘고 자기 아이를 임신 중인 여자랑 점심을 먹었다. 그리고 그걸 나한테 숨겼다. "그 얘기, 나한테 할 생각은 있었어, 새미?"

"별일 아니었어." 샘이 웅얼거렸다.

"별일 아닌데 왜 말 안 했는데?"

"네가 크게 만들 줄 알았으니까." 샘이 고개를 저었다. "모니카가 진로를 고민 중인 것 같아서 그냥 도와주고 싶었어. 원래 내가 하는 일이 그런 거잖아. 학생들 진로 상담하고 조언해 주는 거."

"모니카는 당신 학생이 아니잖아! 걘 내 회사 직원이야. 진짜 조언이 필요했으면 나한테 오는 게 정상 아니야?"

샘은 시선을 내렸다. "네가 좀…, 무섭대."

"내가 무섭다고?"

"응. 모니카가 그러던데."

"아, 세상에." 나는 눈을 굴렸다. "걔가 그런 헛소리를 했어?"

"헛소리 아니야. 너 좀 무서울 때 있잖아, 애비."

"아, 그래? 당신은 내가 무서워?"

"처음 만났을 때는 무서웠어." 샘이 인정했다. 그는 살짝 웃으며 말했다. "그때 너, 완전 파워 슈트 룩이었잖아. 검은 치마에 짧은 재킷 세트로 딱 맞춰 입고, 머리는 또 복잡하게 틀어 올리고. 진짜 말도 안 되게 섹시했어. 너무 긴장해서 내가 무슨 말을 하는지도 모르겠더라."

나도 모르게 웃음이 새어 나왔다. "대부분 수학 얘기만 했지."

"알아. 긴장하면 원래 그래." 샘이 어깨를 으쓱했다. "그때 내가 완전 바보처럼 굴었다고 생각했거든. 네가 나랑 저녁 먹으러 가겠다고 했을 때는 진짜 믿기지 않았어. 사실 물어볼까 말까 엄청 고민했었어."

분노가 서서히 가라앉기 시작했다. "물어봐 줘서 다행이네."

"나도." 샘은 냄비 뚜껑을 또 한 번 열더니 포크로 미트볼 하나를 건져 올렸다. "먹어볼래?"

"음…, 당신이 먼저 먹어봐."

샘이 한 손으로 가슴을 부여잡았다. "내 미트볼이 무서워?"

나는 포크 끝에 대롱대롱 매달린, 모양도 삐뚤고 회색빛이 도는 덩어리를 힐끗 봤다. "안에 뭐가 들어갔는데?"

"일단 다진 소고기. 그건 당연하고…. 음, 빵가루랑 파르메산 치즈, 계란…."

빵가루, 파르메산 치즈, 계란. 설마 그걸로도 망칠 수가 있나?

나는 몸을 앞으로 기울여 샘이 들고 있는 포크에 꽂힌 미트볼을 한 입 베어 물었다. 그리고….

"샘!" 나는 비명을 질렀다. "이거 계란 껍질 씹혀!"

"그래?" 샘이 당황한 얼굴로 미트볼을 내려다봤다. 조심스럽게 한 입 베어 물더니 눈이 커졌다. "아…, 진짜네. 이런."

샘은 냄비 안의 미트볼들을 내려다보며 풀이 죽었다. '그래도 먹어줄게'라고 말해 주고 싶었지만, 솔직히 그럴 마음이 없었다. 바삭한 미트볼은, 아니, 정확히는 계란 껍질이 자잘하게 씹히는 미트볼은 도저히 못 먹겠다. 남편 기분을 봐준다 쳐도 마찬가지였다. 게다가 샘도 별로 먹고 싶어 보이지 않았다.

"피자 시킬까?" 내가 말했다.

샘이 한숨을 쉬었다. "그래."

내가 휴대폰을 집으려는 순간, 샘이 손을 뻗어 내 손을 잡았다. "애비."

"응?"

샘의 갈색 눈이 내 눈을 똑바로 봤다. "그냥…, 모니카랑 점심 먹은 거 사과하고 싶어서."

"아…."

샘이 내 손을 꼭 쥐었다. "그때는…, 모니카가 부탁했을 때는 별일 아니라고 생각했어. 솔직히 모니카가 우리한테 해준 게 너무 많잖아. 뭔가 빚진 느낌도 있었고. 그래서 그 정도는 해줘도 된다고 생각했는데 막상 거기 가니까 이건 아닌 것 같더라. 네가 알면 상처받을 거란 것도 알았고, 그게 너무 미안했어. 나 진짜…, 내가 개자식 같았어."

샘은 사과를 참 잘한다. 그리고 내가 뭐라 하기도 전에 자책부터 하는 사람이다.

"괜찮아." 내가 말했다. "당신 말이 맞아. 별일 아니야. 그냥 점심 한 번이잖아."

"다시는 안 그럴게. 약속해."

이제는 괜히 내가 샘한테 심하게 군 것 같아 마음이 찜찜해졌다. "됐어. 진짜."

곰곰이 생각해 보면, 내가 이 모든 걸 너무 크게 받아들이는 걸지도 모른다. 점심은 점심일 뿐이지, 바람이 아니잖아. 샘이 그런 짓을 할 리 없다. 내가 확실히 아는 게 하나 있다면, 내 남편은 바람피울 사람이 아니란 거다. 게다가 샘 말처럼, 모니카는 오늘 내 편을 들어줬고, 거의 잘릴 뻔한 나를 살려줬다. 그 애가 마음만 먹었으면, 나는 지금쯤 자리를 정리하고 나왔을지도 모른다. 그러니까 모니카가 일을 계속하고 싶어 하는 게 전혀 말이 안 되는 건 아닐지도 모른다. 스물셋이면 진로에 대해 마음이 왔다 갔다 할 수 있는 나이니까.

다 잘될 거다.

23

"똑똑!"

나는 문 쪽을 올려다봤다. 문틈으로 얼굴 하나가 빼꼼 들어와 있었다. 알아보는 데 잠깐 시간이 걸렸다. 모니카가 오기 전, 내 비서였던 거티였다. 계단에서 넘어져 고관절이 부러진 뒤로 그녀는 다시 돌아오지 않았다. 거티는 사무실 안으로 절뚝절뚝 들어왔다. 초코칩 쿠키가 가득 담긴 접시를 들고 있었고, 달콤한 냄새가 방 안까지 퍼졌다. 다른 손엔 지팡이를 쥔 채 몸을 기대며 한 걸음씩 천천히 옮겼다.

거티의 쿠키가 그리웠다. 거티도 그리웠다. 남편을 노리고 있는 건 아닐까 걱정할 필요 없는 비서가 있었다는 사실, 그런 걱정 없이 일하던 때도 그리웠다. 거티가 팩스 쓰는 법을 몰랐고 가끔은 전화기 앞에서도 어리둥절해하곤 했다는 건 이제 아무래도 좋았다. 지금이라면 거티 같은 비서를 다시 얻을 수만 있다면 오른팔

쯤은 기꺼이 내줄 수도 있을 것 같았다.

"애비, 잘 지냈어?"

거티가 쿠키 접시 너머로 환하게 웃어 보였다. "다시 보니까 정말 반갑다. 여전히 열심히 일하고 있네!"

맞다. 나는 정말 열심히 일하고 있었다. 이제 더는 실수할 여지가 없었다. 요즘은 늘 일찍 출근했고, 점심도 사무실에서 때웠으며, 누구보다도 늦게까지 남아 있었다. 새로 처방받은 수면제를 먹고도 잠은 제대로 오지 않았다. 그래서 집중이 잘 안됐지만, 그래도 할 수 있는 최선을 다하고 있었다.

"그러게요." 내가 말했다. "거티가 없으니까 진짜 길을 잃은 기분이에요."

그녀의 표정이 부드러워졌다. "무슨 일 있었는지 들었어. 그, 있잖아…, 입양이 무산된 거. 정말 마음 아프더라. 많이 힘들었지?"

"네." 나는 고개를 끄덕였다. 자넬이 마음만 바꾸지 않았더라면 지금쯤 우리에겐 아기가 있었을 텐데. 아마 지금처럼 지쳐 있긴 했겠지만, 그건 좋은 종류의 피곤함이었을 거다. "그래도 괜찮아요. 음…, 다른 사람한테서 입양하기로 했거든요."

자세한 얘기까지 꺼낼 필요는 없었다.

거티는 쿠키 접시를 내 책상 위에 내려놓고는 두 손을 꼭 맞잡았다. "정말 잘됐다! 애비, 넌 분명 좋은 엄마가 될 거야. 틀림없어."

"고마워요." 나는 간신히 미소를 지었다. "그보다, 여기 좀 앉으세요. 고관절은 좀 어때요?"

거티는 내 책상 앞 의자에 조심조심 몸을 내려놓고 지팡이를 책상에 기대었다. "좋은 날도 있고 나쁜 날도 있지. 그래도 다시 서서 걸을 수 있다는 게 중요하잖아."

"맞아요. 그게 제일 중요하죠. 얼굴도 좋아 보이세요."

거티가 웃으며 하얀 곱슬머리를 톡톡 두드렸다. "아이고, 넌 참 상냥해."

"혹시…, 다시 돌아올 생각은 없으세요?"

그녀는 정말로 배를 잡고 웃었다. 내가 엄청난 농담이라도 한 것처럼 고개를 뒤로 젖히며. 하지만 나는 진심이었다. "아니, 그럴 것 같진 않아, 애비. 난 이제 그렇게 정신없이 사는 건 끝이야. 마감 때문에 허둥대고, 계단에서 떠밀려 넘어지고…. 그런 건 이제 충분해."

말문이 턱 막혔다. "떠밀렸다고요? 계단에서?"

거티가 손을 휘휘 저었다. "아, 농담이지. 당연히 사고였어."

"그래도…." 나는 의자 팔걸이를 꽉 움켜쥐었다. 심장이 쿵쾅거렸다. "정말…, 누가 밀었던 거예요?"

"아냐, 아냐!" 그녀가 고개를 세차게 저었다. "계단참에 사람이 워낙 많았거든. 그냥…, 밀린 느낌이 들었을 뿐이야. 당연히 사고지. 누가 나 같은 늙은이를 일부러 밀겠어."

그 자리를 노리던 누군가가 있었다면 얘기가 달라지겠지.

나는 입이 떡 벌어진 채 거티를 바라봤다. 거티는 그저 대수롭지 않은 농담이라고 생각하겠지만, 나는 도무지 그렇게 넘길 수가 없었다. 그녀는 누군가에게 떠밀린 것 같다고 했다. 그리고 그 사고 직후, 모니카가 나타나 거티의 자리를 차지했다.

…우연이겠지.

그렇겠지.

"애비, 괜찮아?" 거티가 물었다. "얼굴이 완전히 하얗게 질렸어! 제대로 챙겨 먹고는 있는 거야?"

"어…, 요즘 잘 못 먹어요."

"그럼 쿠키라도 하나 집어 먹어. 너 먹으라고 한 접시 가득 구워 왔잖아. 너랑 네 '멋진' 남편을 위해서."

그래. 나랑 내 멋진 남편을 위해.

나는 접시에서 쿠키 하나를 집어 들었다. 한 입 베어 물자, 마치 종이 박스를 씹는 것 같은 맛이 났다.

24

나는 여자 화장실에서 눈 밑에 컨실러를 한 번 더 얇게 두드리고 있었다. 수면제를 끊은 지 일주일째라 완전히 녹초였다. 오늘 회사에서 매년 하는 약물 검사 날이라, 혹시 약 성분이 검사에 걸릴까 봐 미리 끊어둔 거였다. 의사 소견서도 있고 절차상 문제 될 건 없겠지만, 그래도 데니즈에게 나를 내쫓을 빌미 같은 건 조금도 쥐여주고 싶지 않았다.

거울 속의 나는 진짜로 피곤해 보였다. 실제 나이보다 열 살은 더 들어 보였다. 오늘 아침 이를 닦고 있는데 샘이 화장실로 들어와 내게 입을 맞췄다. 그 순간 문득 이런 생각이 스쳤다. 5분마다 더 젊고 더 예쁜 '또 다른 나'가 문자로 샘을 흔들어 대는데, 샘은 어떻게 아직도 나에게 끌릴 수 있을까. 하지만 그건 샘에게 말하지 않기로 했다. 괜히 그 사람 머릿속에 쓸데없는 상상을 심어줄 필요는 없었다.

컨실러를 두드리고 있는데 셸리가 들어왔다. 그녀의 눈이 동그랗게 커졌다. "애비, 괜찮아?" 셸리가 물었다.

나는 콤팩트를 탁 닫았다. "응, 괜찮아."

"너 진짜 피곤해 보여."

"고맙다, 정말."

셸리가 움찔했다. "미안. 그런 뜻은 아니었어."

어깨에 힘이 풀렸다. "아냐, 내가 괜히 날카롭게 굴었네. 그냥 이번 달이 좀 험했어."

'좀 험했다'는 말로는 부족했다. 최근 몇 주 사이 모니카의 배가 눈에 띄게 불러왔고, 사람들은 그녀를 볼 때마다 감탄사를 쏟아내며 호들갑을 떨었다. 그녀가 내 대리모라는 걸 제대로 아는 사람은 극소수뿐이었다. 모니카도 그 사실을 굳이 떠벌리진 않았다. 오히려 다행이었다. 진실이 드러나면 내가 어떤 시선을 받게 될지 뻔하니까.

그래도 좋은 소식이 하나 있긴 했다. 모니카의 임신은 이제 곧 끝난다. 그러면 더 이상 그녀를 상대하지 않아도 된다. 필요하다면 회사를 그만두면 그만이다. 어차피 데니즈 밑에선 빨리 뭔가를 이뤄낼 가망도 없다. 어쩌면 아기랑 집에 있을지도 모른다. 적어도 돈 때문에 고민할 일은 없을 테니까.

"괜찮아." 셸리가 말했다. "무슨 뜻인지 알아. 그리고 모니카가…, 음, 좀 이상하잖아. 네가 걱정하는 거 이해해."

나는 미간을 찌푸렸다. "이상하게 굴어?"

"그게…." 셸리가 머뭇거렸다. "괜히 말 꺼내기 싫었는데…."

"아, 제발. 그냥 말해."

"그러니까…, 자기가 아기를 포기해야 한다는 걸 인정하기 불편한 건 알겠어. 그런데 네가 직접 얘기해 보면, 그 정도가 아니란 걸 알 거야. 진짜로 자기 아기인 것처럼 굴어."

목에 뭔가가 콱 걸린 느낌이 들었다. "무슨 말이야?"

셸리가 목소리를 몇 톤 낮췄다. "예를 들면, 미아랑 아기 이름 얘기하는 걸 내가 우연히 들었거든. 미아한테 '데이비드'로 거의 마음 굳혔다고 하더라."

그 순간, 가슴이 철렁 내려앉았다. 데이비드는 샘이 가장 좋아하는 이름 중 하나였다. 샘 아버지 이름이기도 해서, 샘은 그 이름을 정말 강하게 밀었다. 내가 예전에 데이비드라는 이름의 좀 재수 없던 남자랑 사귀었다고 말했는데도 소용없었다.

"그리고 루시한테는 아기 침대 얘기로 조언 구하고 있었어." 셸리가 말을 이었다. "진짜 열심히 알아보더라. 사이트까지 들어가서 같이 보고 그랬어."

"사람들이…, 모니카가 결혼한 줄 알아?"

셸리가 고개를 저었다. "진지하게 만나는 남자친구가 있다고 말하는 걸 들었어."

진지하게 만나는 남자친구? 말도 안 돼. 확실한 건 하나였다. 모니카한텐 남자친구가 없다. 일단 같이 사는 룸메이트 첼시가 없다고 했고, 그리고….

첼시.

문득 한 생각이 스쳤다. 첼시에게 전화해 보면 어떨까. 그녀는 꽤 괜찮은 사람 같았고, 모니카를 정말 잘 아는 게 분명했다. 모니카가 무슨 생각을 하는지, 요즘 어떤 상태인지 첼시라면 힌트를 줄 수도 있다. 예를 들어 집에 아기용품이 잔뜩 쌓여 있다든가, 아니면 샘에 대해 선 넘는 말을 하고 있다든가. 첼시가 룸메이트를 배신하고 싶어 하지는 않겠지만, 나는 사람을 설득하는 데 꽤 자신이 있었다. 모니카를 도우려는 마음에서 그러는 거라고 말하면, 첼시도 마음을 열지 모른다.

"미안해." 셸리가 내 표정을 보고 찡그렸다. "이런 얘긴 안 했어야 했는데. 넌 이미 걱정거리가 많은데 괜히 나 때문에 더 불안해진 것 같아."

"아니, 알게 돼서 다행이야." 내가 말했다. "모니카가 우리랑 한 약속을 깨버릴 생각이라면, 미리 알고 싶어."

첼시에게 전화를 걸어야 했다.

첼시에게 전화하는 건 회사가 아니라 집에서 하기로 했다. 예전에 셸리가 했던 말이 자꾸 떠올랐기 때문이다. 모니카가 내 사무실 문 앞에 서서 귀를 대고 서 있는 걸 봤다는 얘기였다. 사무실에서 전화를 걸었다가는, 또 어디선가 모니카가 엿듣고 있을지도 모른다. 게다가 첼시 번호가 당장 손에 있는 것도 아니었다. 다행히 샘은 모든 서류를 책상 두 번째 서랍에 깔끔하게 정리해 두는 사람이었다. 어쩜 그렇게 체계적인지, 모니카 관련 자료가 '모니카 존슨'이라고 라벨 붙은 파일에 고스란히 들어 있었고, 그 안에 첼시 번호도 아직 남아 있었다.

샘이 저녁을 준비하는 동안 나는 침실로 들어가 휴대폰을 들고 첼시 번호를 눌렀다. 통화 버튼을 누르는 순간, 심장이 세게 뛰었다.

벨이 울리기도 전에 자동 음성이 흘러나왔다.

"연결하신 번호는 없는 번호입니다."

나는 휴대폰을 멍하니 내려다봤다. 첼시 번호는 더 이상 쓰이지 않는 번호였다. 이건 좀 이상한데.

그때 샘이 침실로 들어왔다. '나는 파이를 조금 먹었다' 앞치마를 두르고 있었는데, 여기저기 페스토 소스가 튀어 있었다. 턱에도 페스토가 조금 묻어 있었지만 모르는 눈치였다. 표정만큼은 아주 뿌듯해 보였다.

"저녁 다 됐어." 샘이 말했다.

나는 꼼짝도 하지 않았다.

"이번엔 먼저 먹어봤어." 그가 안심시키듯 덧붙였다. "먹을 만해. 진짜야."

나는 미소조차 지을 수 없었다.

샘이 찌푸린 얼굴로 내 손에 들린 휴대폰을 보았다. "누구랑 통화했어?"

"모니카 룸메이트 첼시." 내가 말했다. "정확히 말하면, 통화하려고 했는데, 연결이 안 되더라."

"그렇군." 샘이 짧게 말했다.

"이상하지 않아?"

그가 어깨를 으쓱했다. "폰 요금 안 냈나 보지."

그럴 수도 있다. 하지만 왠지 그건 아닐 것 같았다.

"근데 모니카 룸메이트한테는 왜 전화한 거야?" 샘이 물었다.

"그게…," 나는 침대 위에서 몸을 조금 고쳐 앉았다. "셸리가 그러는데, 모니카가 아기를 낳고 난 뒤를 준비하는 것처럼 얘기하고 다닌대. 심지어 이름도 정해놨다더라."

"그래? 무슨 이름인데?"

"데이비드."

샘의 얼굴에 환한 웃음이 번졌다. "오, 취향 좋은데?"

나는 샘을 노려봤다. "당신, 이걸 너무 가볍게 생각하는 것 같아. 지금 우리 아기 얘기잖아. 웃을 일이 아니야."

샘은 침대에 올라 내 옆에 앉더니, 다정한 눈으로 나를 바라봤다. "미안. 네 말이 맞아, 웃을 일 아니지. 하지만 솔직히 말하면, 모니카가 아기를 데려갈 가능성은 정말 없다고 생각해. 그냥 말만 그런 거야."

그냥 말만 그런 거다….

샘은 확신에 차 있었지만, 나는 그렇지 않았다.

"저기." 내가 말했다.

샘이 눈썹을 치켜올렸다.

"당신, 모니카한테 아기 이름을 데이비드로 하고 싶다고 말했어?"

"어…." 그의 귀가 붉어졌다. "아마 한 번쯤은 얘기했을 거야."

"그렇구나. 그때 모니카랑은 업무 얘기만 한다고 했잖아." 나는 팔짱을 꼈다. "그럼 또 무슨 얘길 했는데?"

"그 여가 내 아기를 가졌는데, 그 얘기를 전혀 안 하는 게 더 이상하잖아."

나는 시선을 떨궜다. "당신 아기라니."

"아니. 우리 아기라는 뜻이었어."

"그럼 왜 그렇게 말 안 했는데?"

“몰라. 그냥…, 무심코 나온 거야.”

“당신이 마음속으론 그렇게 생각하니까. ‘당신 아기’라고.”

샘이 손으로 머리를 헝클어 쥐었다. “애비, 다시 말하지만 이 일은 원래 네가 하자고 한 거야. 난 입양하자고 했잖아. 기억하지?”

“정확히는 모니카가 먼저 제안한 거였어.”

“그래, 알았어.” 샘은 침대에서 벌떡 일어나며 말했다. 목소리에 짜증이 묻어 있었다. 샘이 이렇게 화를 내는 건 정말 드문 일이었다. “모니카가 문제야. 걔가 최악이지.”

나는 고개를 들어 남편을 바라봤다. 헝클어진 머리, 턱어 어슴푸레 내려앉은 수염. 그 모습이 여전히 섹시했다. 우리는 일주일째 잠자리를 갖지 못했다. 우리로서는 기록적인 일이었다. 나는 회사 일 때문에 너무 지쳐 있었고, 샘은 한 번도 먼저 다가오지 않았다. 그리고 지금, 이렇게 그를 올려다보는 순간 알았다. 오늘 밤도 아무 일도 없을 거라는 걸.

“저녁 먹을 거야, 말 거야?” 샘이 짜증 섞인 목소리로 말했다.

나는 고개를 끄덕이고 그를 따라 거실로 나갔다.

25

첼시 윌리엄스를 찾아야 한다.

전화는 당연히 소용없다. 그 여자 번호는 더 이상 연결되지 않으니까. 하지만 첼시는 모니카와 함께 산다. 엘리베이터를 타고 사무실로 올라가다가 문득 그런 생각이 들었다. 컴퓨터로 첼시 주소를 알아낸 다음, 직접 찾아가 볼 수도 있겠다고. 모니카가 집에 없을 게 분명한 점심시간쯤이면 어떨까.

그런데 사무실에 도착하자 데니즈가 문간에 서 있었다. 얼굴은 굳어 있었고, 표정이 심상치 않았다.

아, 제발. 이번엔 또 뭐야?

"애비게일." 데니즈가 날카롭게 말했다. "내 사무실에서 잠깐 얘기할 수 있을까?"

"지금요?" 내가 되물었다.

데니즈는 내가 어처구니없는 소리라도 했다는 듯 나를 내려다봤다. "그래, 지금."

나는 말없이 데니즈를 따라 복도를 걸어 그녀의 사무실로 향했다. 데니즈의 하이힐이 바닥을 또각또각 울렸고, 비교적 조용한 사무실 안에서 그 소리가 유난히 크게 메아리쳤다. 주위를 흘끗 보니 사람들이 전부 우리를 바라보고 있었다. 대체 무슨 일이지?

"앉아." 데니즈가 책상 앞 의자를 가리켰다.

나는 천천히 의자에 앉았다. 심장이 가슴속에서 요란하게 뛰고 있었다. 좋은 소식일 리가 없었다. 승진이나 연봉 인상 얘기일 가능성은 없겠지.

"알다시피," 데니즈가 입을 열었다. 얼음처럼 차가운 푸른 눈이 내 얼굴을 꿰뚫었다. "어제 회사 전체 소변 약물 검사가 있었어. 그리고 오늘 아침, 네 검사 결과가 메스암페타민 양성으로 나왔다는 보고를 받았어."

내 검사에서…, 뭐가 나왔다고?

"그건 분명 착오가 있을 거예요." 나는 숨을 들이켰다.

"착오라고?" 데니즈가 눈썹을 치켜올렸다. "지난 몇 달 동안 네 행동은 점점 더 불안정해졌어. 난 오래전부터 네가 약물 문제를 겪고 있다고 의심해 왔고, 이번 결과가 그 의심을 확인해 준 셈이지."

배를 주먹으로 얻어맞은 것처럼 숨이 턱 막혔다. 내 소변에서 메스암페타민이 나왔다고? 그럴 리가 없잖아. 나는 마약 같은 건 하지 않는다. 아니, 그건 대체 어떻게 하는 건데? 코로 들이마시나? 피우나? 씹나? 바나나랑 요거트랑 같이 블렌더에 갈아 마시기라도 하나?

내가 먹은 거라곤 가끔 먹는 수면제뿐이었다. 게다가 일주일째 끊은 상태였다. 게다가 수면제에 메스암페타민이 들어 있을 리가 없지. 잠을 재우는 약에 각성제가 들어 있으면, 그게 무슨 수면제야.

"저는 마약 같은 거 안 해요." 나는 간신히 말했다. "뭔가 잘못된 거예요."

데니즈가 눈을 굴렸다. "어쨌든 뉴욕주 법에 따르면 약물 검사에서 양성이 나오면 회사가 어떻게 할지 결정하는 건 우리 몫이야. 스튜어트는 무관용이 원칙이고. 그러니까 넌 오늘부로 해고야."

나를…, 해고한다고?

믿을 수가 없었다. 나는 평생 마약 같은 걸 해본 적이 없다. 대마초도 한 번도 피워본 적 없다. 나는 그런 쪽과는 아무 상관 없는 사람이다. 사업가들 사이에서 코카인이니, 오피오이드 유행이니 하는 소문이 돈다는 건 알지만, 나는 절대 그런 걸 하지 않는다. 젠장, 담배조차 한 번도 피운 적이 없는데.

"맹세해요." 목이 메어 간신히 말을 뱉었다. "저 진짜…, 저는 절대…, 데니즈, 저 알잖아요…."

"내가 널 안다고?"

십 년도 더 전, 대학을 막 졸업한 나를 직접 뽑아줬던 그 여자가 눈썹을 치켜올렸다. "난 너한테 믿을 수 없을 만큼 큰 기회를 줬어, 애비게일. 널 믿었고. 그런데 그걸 스스로 내던진 건 너야." 잠깐, 그녀의 목소리가 미세하게 흔들렸다. "정말…, 정말 실망했어."

데니즈 홀트에게서 직접 전화를 받았던 날이 떠올랐다. 내가 그녀의 새 비서가 됐다는 소식. 전화를 끊자마자 미친 사람처럼 방 안을 뛰어다니며 소리쳤다. 그녀는 내 우상이었다. 처음 몇 년 동안 데니즈는 정말 나에게 잘해줬다. 그녀가 아는 모든 걸 가르쳐줬다. 광고 일뿐 아니라 삶에 대해서도. 수학자 남자친구와 진지해지고 있다고 털어놨을 때도, 그녀는 내 얘길 들어줬다. "그 사람, 좋은 사람 같은데, 애비게일." 옷을 어떻게 입어야 하는지, 어떻게 웃어야 하는지, 어떻게 당당해져야 하는지까지.

화장실에서 내가 머리를 틀어 올리려 애쓰는 동안, 데니즈와 둘이 여고생처럼 낄낄 웃던 장면도 아직 선명했다. 나 말고 그런 모습을 본 사람이 몇이나 될까. 나는 그 얼굴을 몇 년째 보지 못했다.

"제발요, 데니즈."

정말 무릎이라도 꿇을 판이었다. "저 좀 믿어 주세요."

그녀가 푸른 눈을 들어 나를 바라봤을 때, 방금 스쳤던 감정의 흔적은 이미 사라지고 없었다.

"미안해, 애비게일."

윗선에 가서 직접 해명해야 했지만, 지금은 그럴 수 없었다. 경비원이 들어와 나를 건물 밖으로 데리고 나갔다. 내 사무실에 들르는 것조차 허락되지 않았다. 경비원은 나를 곧장 엘리베이터 쪽으로 데려갔고, 나는 사람들 앞을 지나쳐 나왔다. 여기저기서 속삭이는 소리가 들렸다.

다들 알고 있다.

그 순간 깨달았다. 나는 다시는 스튜어트 광고대행사로 돌아갈 수 없다. 내 평판은 돌이킬 수 없이 망가졌다. 이런 기록이 남은 채로, 앞으로 어디에서 일을 구할 수 있을까?

건물을 나서자마자 택시를 잡아타고 집으로 향했다. 평소 같으면 지하철을 탔겠지만, 지금은 택시가 필요했다. 지하철 안에서 긴 시간을 버티며 울지 않을 자신이 없었다. 결국 나는 집에 도착할 때까지 뒷좌석에서 내내 흐느꼈다. 택시 기사는 한마디도 하지 않았다.

집에 돌아오자 욕실에서 물소리가 들렸다. 샘이 아직 집에 있는 모양이었다. 다행이다. 누군가에게 털어놓아야 했다. 샘이라면 어떻게 해야 할지 알 거다.

샘이 욕실에서 나왔다. 샤워한 지 얼마 안 돼 머리카락이 아직 젖어 있었고, 면도한 얼굴은 매끈했으며, 애프터셰이브 향이 났다. 나를 보자 그의 눈이 환해졌다. “애비! 이렇게 일찍 웬일이야?”

그가 내 붉게 부어오른 눈과 눈물을 알아차리는 데 반 박자쯤 더 걸렸다. 그러더니 곧장 방을 가로질러 달려와 이마를 찌푸린 채 “무슨 일이야? 무슨 일 있었어?”라고 물었다. 그리고 내가 대답하기도 전에 말을 이었다. “모니카는 괜찮아?”

“모니카가 괜찮냐고?” 나는 거의 비명을 질렀다. “내가 울고 있는 걸 보자마자 제일 먼저 그걸 묻는 거야?”

“아니, 그게⋯, 나는 그냥⋯,” 샘이 말을 더듬으며 얼굴이 새빨개졌다. “아기 때문에 무슨 일이 생긴 줄 알고⋯.”

“모니카는 멀쩡해.” 내가 쏘아붙였다. “아기도 멀쩡해. 근데 나는⋯.”

샘의 미간이 더 깊게 접혔다. “너는 왜?”

“나⋯, 나 잘렸어!” 나는 울음을 터뜨렸다.

샘은 내 눈물과 콧물이 묻어 그의 셔츠를 엉망으로 만들고 있다는 것도 아랑곳하지 않고 나를 끌어안았다. 그는 전혀 신경 쓰지 않는 것 같았다. 내 어깨가 더는 떨리지 않을 때까지, 샘은 말없이 나를 안고 있었다.

"데니즈 그 여자 정말 너무하네." 샘이 말했다. "이건 싸워야 해. 부당해고로 소송해. 대체 무슨 개수작을 부려서 널 잘랐대?"

나는 그에게서 몸을 떼고 눈물을 훔쳤다. "약물 검사 결과가 메스암페타민 양성이래."

샘의 입이 벌어졌다. 그는 내 어깨에 얹었던 팔을 툭 내리고 한 걸음 물러섰다. "뭐라고?"

"오늘 아침에 데니즈가 그랬어." 내가 말했다. "어제 소변 검사를 했는데, 거기서 메스암페타민이 나왔다고."

샘이 고개를 저으며 또 한 걸음 물러났다. "장난하지 마."

설마 내가 진짜로 마약을 했다고 생각하는 건가? 그럴 리가 없는데. "가짜 양성이야, 샘. 나 마약 같은 거 안 해!"

그런데도 샘은 아무 말이 없었다. 그저 나를 빤히 바라볼 뿐이었다.

"샘!" 심장이 미친 듯이 뛰었다. "당신 정말 내가 마약 중독자라고 생각하는 거야?"

"아니…." 샘이 눈살을 찌푸리며 안경 너머로 나를 들여다봤다. "근데…, 솔직히 말해서, 요즘 네 행동을 보면 설명이 되긴 해. 밤마다 잠 못 자고 서성이고, 불안해하는 거."

"잠을 못 자는 건 스트레스 때문이야." 나는 그를 똑바로 봤다. "그리고 나 불안한 거 아니야."

“너 완전 불안해.”

“아니라니까!”

“애비.” 샘이 또 한 번 고개를 저었다. “어젯밤에 네가 한참을 화 냈잖아. 모니카 룸메이트한테 전화하려고 했는데 연결이 안 됐다고. 무슨 큰일이라도 난 것처럼.”

“그게 하나도 안 수상해 보여?”

“응, 전혀!” 샘이 답답하다는 듯 말을 몰아쳤다. “그리고 너 요즘 미팅 일정도 제대로 못 챙겼잖아. 모니카 진료 시간도 헷갈렸고. 게다가 계속 모니카가 뭔가 꾸미고 있다고 했고….”

“걔 때문에 잘릴 뻔했잖아!”

“아니.” 샘이 한 발 더 뒤로 물러섰다. “그건, 네가 자초한 거야.”

속이 꺼지는 느낌이 들었다. “샘, 진짜 맹세하는데…, 나 마약 같 은 거 안 해.”

샘은 대답하지 않았다.

“제발.” 눈물이 다시 차올랐다. “당신은 나 믿어야지. 내 남편이 잖아. 당신마저 안 믿으면, 그럼 나는….”

샘이 몇 번 눈을 깜박였다. “나…, 나 출근해야 해, 애비.”

“나 믿어?”

샘이 길게 한숨을 내쉬었다. “응. 뭐…, 그렇지.”

나는 다시 그에게 손을 뻗었지만, 샘은 홱 몸을 빼며 피했다. 말 로는 믿는다고 했지만, 표정이 다 말해 주고 있었다. 샘은 나를 믿 지 않았다. 이제 내 남편마저 내가 마약 중독자라고 생각하고 있 다.

26

나는 하루 종일 도시를 정처 없이 돌아다녔다. 좋아하는 가게들을 모조리 들렀다. 옷도 구경하고, 침구도 만져 보고, 향수도 시향했지만 아무것도 사지 않았다. 점심도 굶었다. 셸리가 몇 번이나 문자를 보냈지만, 가십거리를 더 얹고 싶지 않았다. 그냥 혼자 있고 싶었다.

샘은 9시가 훌쩍 넘어서야 집에 들어왔다. 그답지 않은 일이었다. 평소엔 5시면 집에 왔고, 어쩔 수 없이 늦어질 땐 꼭 연락을 했다. 내가 어디냐고 문자를 보냈는데도 답이 없었다. 해가 완전히 진 뒤에야 나타난 샘은 머리가 헝클어져 있었고, 술 냄새가 희미하게 났다. 그리고 이건 내 불안이 만들어 낸 상상일지도 모르지만 모니카가 쓰는 라벤더 향수 냄새도 묻어 있었다.

"저녁 먹을래?" 샘이 문을 열고 들어오자 내가 물었다. "피자 시켜놨어."

“먹고 왔어.” 그가 웅얼거렸다.

“어디서?”

샘은 어깨를 으쓱했다.

“모니카 집에서?” 나는 일부러 콕 집어 말했다.

샘이 나를 노려봤다. 말하지 말 걸 그랬나 싶었지만, 남편이 늦게 들어오고 다른 여자 향수 냄새까지 묻어 있는데 대체 무슨 말을 해야 했을까. 내가 잘못한 건 하나도 없었다. 나는 마약을 한 적이 없었고, 샘도 그걸 알아야 했다.

“나 잘래.” 샘이 느슨하게 목에 걸린 넥타이를 풀며 말했다.

“이제 겨우 9시 반이잖아.”

“그래, 뭐.”

하지만 그는 바로 침대로 가지 않았다. 욕실로 들어가더니 샤워기 소리가 한참 이어졌다. 나는 뉴스로 채널을 돌렸다. 지금 내 집중력이 허락하는 건 그게 전부였다. 오늘은 내 인생에서 손에 꼽을 만큼 최악의 날이었다. 입양이 무산됐던 날도 끔찍했지만, 오늘도 그에 못지않았다. 그때는 적어도 샘이 내 편이었는데. 샘이 내가 마약 중독자일 거라고 믿는다는 게 도무지 이해가 안 갔다. 내가 그렇게 이상하게 굴었나?

…그랬나?

자러 들어가려고 일어나려던 참에, 샘이 침실에서 쿵쿵거리며 걸어 나왔다. 머리는 젖어 있었고, 사각팬티에 흰 러닝셔츠 차림이었다. 손에는 비닐봉지를 들고 있었다.

“이게 대체 뭐야?” 샘이 말했다.

나는 그가 든 걸 멍하니 바라봤다. 작은 흰 결정이 가득 담긴 지퍼백이었다. "보석…, 같은 거 아니야?"

"지금 나 놀리는 거야?" 샘은 거의 소리를 지르다시피 했다. 그는 봉지를 내 얼굴 앞에서 흔들었다. "진짜로 이게 뭔지 모른다고 할 거야?"

나는 그의 손에서 봉지를 빼앗았다. 반짝이는 결정들. 사탕처럼 보이기도 했다. 도무지 뭔지 전혀 감이 안 잡혔다. 혹시….

"세상에, 이거 마약이야?" 나는 숨을 삼켰다.

"네가 말해 봐." 샘이 쏘아붙였다. "네 서랍에서 찾았어!"

"내 서랍 뒤졌어?"

"그래, 뒤졌어." 샘이 나를 노려봤다. "너 회사에서 약물 검사에 걸렸잖아. 게다가 요즘 정신 나간 사람처럼 굴고 있고. 그래서 네 서랍을 좀 뒤져봤어. 근데 지금 중요한 건 그게 아니야."

"샘, 정말이야. 맹세해." 내가 말했다. "나 그거 처음 봐."

"그럼 이런 게 왜 네 서랍에 있는 건데?"

"몰라."

"여기 사는 사람은 너랑 나뿐이야. 내가 넣어둔 건 아니고. 네가 아니라면 누가 넣었겠어?"

"나…, 나도 몰라." 나는 샘 얼굴에 떠오른 분노에 움찔했다. "근데 내 말 좀 믿어줘. 그거 내 거 아니야."

"그걸 누가 믿어?" 샘이 콧방귀를 뀌었다. "네 소변에서도 나오고 네 서랍에서도 나오는데, 네 거 아니라고? 내가 그걸 쉽게 믿을 수 있겠어?"

"누군가가 넣어둔 거야."

"누가? 산타클로스?"

나는 주먹을 꽉 쥐었다. "나도 몰라. 하지만 그 봉지는 태어나서 처음 봤어."

샘이 내 손에서 봉지를 홱 낚아채더니 혐오스럽다는 듯 들여다 봤다. "이거 변기에 버릴 거야."

"그러지 마!"

샘이 고개를 저었다. "왜?"

"증거가 될 수도 있잖아. 지문이 남아 있을지도 몰라."

"장난해?" 샘이 눈을 굴렸다. "이거 들고 있다가 걸리면 어떻게 되는지 알아? 너 감옥 가. 지금 버릴 거야. 미안하지만 다음에 취하고 싶으면 다른 데서 해."

나는 믿을 수 없다는 듯 샘의 뒷모습을 멍하니 봤다. 고개를 떨구자 손이 심하게 떨리고 있는 게 보였다. 대체 무슨 일이 벌어지고 있는 거지?

혹시 내가 마약 중독자인데 스스로 모르고 있는 걸까? 기억이 끊기는 사이에 다른 삶을 사는 사람들처럼? 정말 그게 가능할까? 샘 말이 맞다. 이 모든 걸 설명할 수 있는 논리적인 이유는 하나뿐이니까.

그리고 그 생각이 떠오르는 순간, 나 자신이 싫어졌다.

27

오랜만에 정말 푹 잤다. 가만 생각해 보면 이상할 정도였다. 어제 하루 종일 그렇게 불안했는데도 말이다. 보통 같으면 새벽 2시까지 머릿속이 정신없이 돌아가 눈이 말똥말똥했을 텐데. 요즘은 그게 거의 일상이었다. 그런데 어젯밤엔 베개에 머리가 닿자마자 그대로 뻗어버렸다. 수면제도 안 먹었는데. 밤중에 화장실 가느라 깨지도 않았다. 거의 기적 같은 일이었다.

아침에 눈을 뜨니 샘은 이미 침대에 없었다. 소파에서 잔 것도 아니고, 같은 침대에서 자긴 했다. 다만 자기 쪽 침대 가장자리로 바짝 붙어서, 마치 다른 침대에서 자는 사람처럼 멀찍이 떨어져 있었다. 우리가 서로를 안 지가 십 년이 넘었지만, 이렇게까지 크게 싸운 적은 한 번도 없었다. 우울했다.

나는 비틀거리며 침대에서 내려와 욕실로 향했다. 세면대 위 거울에 비친 내 얼굴을 보는 순간 숨이 턱 막혔다. 누가 봐도 엉망이었다. 머리는 오래 잔 날이면 늘 그렇듯 '프랑켄슈타인의 신부'처럼 사방으로 뻗쳐 있었고, 지난번 거울을 봤을 때는 없던 새치가 몇 가닥 더 늘어 있었다. 눈 밑엔 진한 보랏빛 다크서클이 깊게 패여 있었고, 볼살은 쏙 빠져 있었다. 솔직히 누가 내 사진을 들이밀면서 "이 여자가 마약 중독자래요"라고 하면, 나도 고개를 끄덕였을 것 같았다. 샘이 의심한 것도 무리가 아니었다.

샤워는 건너뛰었다. 갑자기 배가 너무 고팠다. 슬리퍼를 질질 끌며 부엌으로 나가 먹을 걸 찾으려다가 거실 소파에 앉아 있는 두 사람을 보고 그 자리에 굳어 섰다.

샘과 모니카.

얘가 왜 여기 있어?

"일어났네." 샘이 말했다. 입가에는 누가 봐도 억지스러운 미소가 걸려 있었다.

샘은 출근 준비를 마친 차림이었다. 하얀 셔츠에 넥타이까지 말끔하게 매고, 면도도 깔끔하게 했다. 프라다나 아르마니를 입은 건 아니어도 꽤 멋있어 보였다. 학부생 여자애들이 그에게 홀딱 반해버리는 바로 그 '닥터 애들러' 버전이었다. 모니카는 가슴선이 깊게 파인 파란 임부 원피스를 입고 있었고, 머릿결은 윤기가 흐르고 부드러워 보였다. 둘이 나란히 앉아 있으니 꽤 잘 어울리는 커플처럼 보였다. 방금 욕실 거울에서 본 내 모습이 떠올라 절로 인상이 찌푸려졌다. 게다가 잠옷 반바지에 헐렁한 티셔츠를 차림이라 한없이 초라했다.

"음…, 무슨 일이야?" 내가 물었다.

"잠깐만 앉아줄래, 애비?" 샘이 말했다.

나는 헝클어진 머리카락을 손끝으로 만지작거렸다. "나 샤워부터 하면 안 돼?"

"안 돼. 나 출근해야 하고, 지금 얘기해야 해."

샘의 갈색 눈이 내 눈을 똑바로 마주했지만, 늘 담겨 있던 다정함은 없었다. "금방 끝날 거야."

대체 무슨 얘길 하려는 건지 알 수 없었지만, 좋은 이야기일 리는 없어 보였다. 그래도 나는 그들 맞은편 1인용 안락의자에 앉았다. 모니카는 다리를 꼬고 앉아 친절한 척 미소를 지었다. 그 얼굴에 주먹을 날리고 싶었다.

"어제 모니카랑 길게 얘기했어." 샘이 말문을 열었다. 그래, 어쩐지. 샘 몸에서 라벤더 향이 났던 게 괜히 그런 게 아니었다. 대체 내 남편이랑 이 여자는 뭘 하고 있었던 걸까? "모니카가 걱정되는 게 있대."

"걱정?" 내가 되물었다.

샘은 모니카를 힐끗 보더니 말을 이었다. "너 요즘…, 그러니까 약 문제로 이런저런 일이 있었잖아. 그래서 입양을 계속 진행하는 게 괜찮을지 걱정된대."

"나 약 문제 없어!" 내가 소리쳤다. "이건 전부 엄청난 착오라고!"

둘은 서로 눈빛을 주고받았다. 저 의미심장한 눈빛 교환이 정말 싫었다. 대체 샘을 얼마나 안다고 저래? 아내는 나라고!

"모니카가 걱정하는 게 충분히 타당하다고 생각해." 샘이 말했다. "그래서…. 음, 우리가 절충안을 하나 생각했어. 네가 입원 재활 프로그램에 들어갔으면 해."

입이 떡 벌어졌다. "나더러 재활원에 가라고?"

샘이 고개를 끄덕였다. "그래. 좋은 프로그램이 많아. 어제 내가 몇 군데 알아봤는데—"

"나 재활원 안 가!" 미친 소리였다. 나는 평생 약 같은 걸 단 한 번도 해 본 적이 없었다. 그런데 무슨 재활이야!

모니카가 샘의 손 위에 자기 손을 포갰다. 나는 커피 테이블을 넘어가 맨손으로 그 목을 조르고 싶었다. "제가 말했잖아요. 애비가 원하지 않을 거라고."

"이건 협상할 문제가 아니야, 애비." 샘이 단호하게 말했다. "네가 안 가면, 모니카랑 한 계약은 없던 일로 할 거야."

믿을 수가 없었다. 내가 왜 이런 상황에 처해야 하지? 나는 약을 하지 않는다. 내 소변에서 마약이 나올 수 있는 방법이라곤 누군가가 몰래 먹였다는 것뿐인데, 그게 어떻게 가능하지? 내가 언제 그런 적이 있었….

잠깐만.

"내 커피!" 나는 헉 하고 숨을 삼키며 모니카를 가리켰다. "네가 매일 아침 커피 가져오잖아. 커피에 약을 타는 거야!"

모니카의 눈이 커졌다. 반대로 샘은 얼굴이 빨갛게 달아올랐다. "애비, 제발. 지금 이러는 거 창피하지도 않아?" 그가 말했다.

"아직도 모르겠어?" 내가 소리쳤다. "그거 말고는 설명이 안 돼!" 나는 모니카를 노려봤다. "그리고 내 가방에서 열쇠를 몰래 꺼내 복사해 놓고, 그걸로 서랍에 마약을 숨겨둔 거겠지."

샘이 두 손으로 얼굴을 감싸 쥐었다. "애비…."

나는 다리를 덜덜 떨며 의자에서 벌떡 일어섰다. "샘, 모니카 가방 좀 뒤져 봐. 분명 내 열쇠 복사본이 거기 있을 거야.”

샘도 일어섰다. “너 제정신이야, 애비? 내가 왜 모니카 가방을 뒤져!”

“제 가방은 보셔도 돼요.” 모니카가 끼어들었다.

“아니.” 샘이 팔짱을 끼며 말했다. “애비, 너 지금 완전히 제정신이 아니야. 재활 얘기한 거 다시 생각해 봐. 안 그러면…. 글쎄, 나도 어떻게 해야 할지 모르겠어.”

나는 샘을 똑바로 바라봤다. “그게 무슨 뜻이야?”

잠깐 침묵이 내려앉았다. 공기가 묵직하게 가라앉는 느낌이었다. 샘은 마침내 모니카를 내려다봤다. “모니카, 잠깐 밖에 나가 줄래? 애비랑 둘이 얘기해야겠어.”

“당연하죠, 새미.” 모니카가 부드럽게 말했다. “그럼…, 나중에 봐요.”

모니카. 새미. 그리고 ‘나중에’. ‘나중에’가 대체 무슨 말이야?

모니카는 조용히 우리 집을 나가며 문을 살짝 닫았다. 잠그긴 않았다. 잠글 수도 있었을 텐데, 굳이 안 잠갔다. 내 열쇠가 저 여자 가방 안에 들어 있다고 나는 백 퍼센트 확신했다. 샘이 가방을 뒤질 리 없다는 걸 아니까. 영악한 여자다.

둘만 남자 방 안은 묘하게 고요했다. 이런 상황인데도 샘은 셔츠와 넥타이 차림이 너무 멀쩡해 보였다. 이 약물 소동 같은 걸 전부 잠시 접어두고, 샘이 그냥 나에게 키스해 주면 좋겠다는 생각이 들었다. 하지만 그가 다시는 나에게 키스하지 않을지도 모른다는 생각이 자꾸 고개를 들었다.

“애비.”

샘이 내 손 하나를 잡았다. 그건 희망적인 신호였다. "모니카는 이제 갔어. 지금은 우리 둘뿐이야. 제발 진실을 말해줘."

"샘…."

"제발."

샘이 몇 번 눈을 깜박였다. 눈물을 참는 것처럼 보였다. "난 화 안 낼게. 너를 돕고 싶어, 애비. 그냥…, 솔직하게 말해줘. 우리 이렇게 오래 함께했잖아. 그 정도는 나도 자격이 있어."

와. 지금 이 순간만큼은, 차라리 내가 마약 중독자였으면 좋겠다는 생각이 들 정도였다.

"사실을 말하고 있는 거야." 내가 말했다. "모니카가 나한테 약을 먹이고 있어."

"젠장…." 샘이 이를 악문 채 중얼거리더니 고개를 떨궜다. "애비, 넌 내 입장 이해하지? 이건 그냥 평범한 입양이 아니야. 내 아이야."

"우리 아이지."

"아니." 샘이 딱 잘랐다. "내 아이야. 내 DNA가 반은 들어 있는, 내 아들이야."

그는 숨을 한 번 고르고 말을 이었다. "네가 마음을 바꿔서 이걸 못 하겠다고 하든, 아니면 모니카가 이런 상황 때문에 계약을 파기하겠다고 하든…. 솔직히 지금 상황이면 그럴 권리도 있어. 그래도 나는 모니카 곁에 있어야 할 책임이 있어. 난 이 일에서 절대 발 빼지 않을 거야."

속이 울렁거려 토할 것 같았다. "지금 무슨 소릴 하는 거야?"

"내 말은," 샘이 말했다. "그러니까…, 재활 프로그램, 제발 한 번만 진지하게 생각해 봐."

"샘…."

"생각해 봐." 샘이 다시 말했다. 그리고 길게 한숨을 내쉬었다. "나 출근해야 해. 나중에 더 얘기하자. 알겠지?"

아무 말도 안 나와서 그저 고개만 끄덕였다. 이제 알았다. 내가 약을 안 했다는 말을, 샘은 끝내 믿지 않을 거다. 이 상황에서 빠져나갈 길이 도무지 보이지 않았다.

28

모니카 얘기만 하면 아무도 날 믿어 주지 않는다. 아무도.

샘은 모니카를 끔찍이 아긴다. 모니카가 무슨 말을 하든 의심 없이 받아들인다.

전 상사 데니즈는 모니카를 천재라고 여긴다. 어쩌면 곧 내 자리를 꿰찰지도 모른다.

모니카가 자기가 말하는 만큼 대단한 사람이 아니라는 걸 증명해야 한다. 그 애가 뭔가 잘못을 저질렀다는 증거가 필요하다. 그런데 뭘까? 모니카가 노골적으로 노린 건 나뿐이었다. 아니, 나 말고도 한 명 더 있다….

거티.

예전 내 비서였던 거티가 한번 놀러 왔을 때, 누군가 자기를 계단에서 밀어 떨어뜨린 것 같다고 말했다. 농담이라고는 했지만, 확신할 수 없었다. 만약 거티가 정말로 누군가에게 밀려서 떨어진 거라면? 모니카가 거티를 치워버리려고 한 거라면? 그래서 내 '새 비서' 자리를 차지하려고 했던 거라면?

가능성은 희박했다. 그렇다고 오늘 딱히 더 할 일도 없었다.

휴대폰에서 거티 집 번호를 찾아 전화를 걸었다. 신호가 몇 번이나 가는데도 받지 않자, 혹시 모니카가 뒤탈을 없애려고 거티까지 처리한 건 아닐까 하는 생각이 스쳤다.

와, 나 진짜 편집증 걸린 거 아니야?

"여보세요?" 거티의 목소리가 수화기 너머로 고함치듯 들려왔다. 거티는 휴대폰만 잡으면 목소리 크기를 조절할 줄 모르는 사람이다. 예전엔 그게 미치도록 싫었는데, 지금은 그게 너무 그립다. 모니카의 딱딱하고 효율적인 말투보다 거티의 고함소리가 백배는 낫다. "누구세요?"

"안녕하세요, 거티. 애비예요."

"누구요?"

이것도 문제다. 거티는 전화로 들리는 말을 영 못 알아듣는다. 그래서 더 크게 말하는 건지도 모른다. "애비 애들러요! 회사요! 애비요!"

잠깐, 긴 침묵이 흘렀다. "아! 애비! 전화 줘서 너무 반가워, 애비!"

"거티, 있잖아요. 물어볼 게 좀 있어서요."

"뭐라고?"

나는 이를 악물었다. "거티, 우리 어디서 만나서 얘기할 수 있을까요? 편하신 곳으로 제가 갈게요."

"어머, 친절하기도 해라. 근데 나 방금 점심 먹었는데."

"거티." 나는 최대한 차분히 말했다. "그럼 잠깐만 얘기해요. 커피 한 잔 어때요?"

"아! 그거 좋지!"

나는 안도의 한숨을 내쉬었다. 가능성은 희박하지만, 그날 계단 근처에서 모니카를 봤던 기억이 거티에게 남아 있을지도 모른다. 회사 사람들이 그 말을 믿어 줄지는 모르겠지만, 샘은 믿어 줄 수도 있다. 나는 어떻게든 샘을 내 편으로 만들고 싶었다. 내가 모니카를 두고 괜한 피해망상에 빠진 게 아니라고 정말로 증명하고 싶었다.

거티는 자기 아파트에서 조금만 걸어가면 나오는 작은 커피숍을 골랐다. 나는 거티보다 먼저 도착해 블랙커피를 주문했다. 사실 진짜로 원하는 건 위스키 한 잔, 그것도 독한 걸로 한 샷이었지만. 그래도 대낮부터 취하는 건 별로겠지. 게다가 이 커피숍에 위스키가 있을 리도 없었다. 아마 술 판매 허가증도 없을 거다.

나는 작은 둥근 테이블에 자리를 잡았다. 한쪽엔 염소수염을 기른 남자가 노트북을 두드리며 미친 듯이 타이핑하고 있었고, 다른 한쪽엔 나이 지긋한 여자가 창밖을 멍하니 내다보고 있었다. 나는 블랙커피를 길게 한 모금 마셨다가, 쓰디쓴 맛에 몸서리쳤다.

몇 분 뒤 거티가 커피숍으로 들어왔다. 발이 네 갈래로 갈라진 지팡이에 몸을 거의 기대다시피 하고 있었다. 심하게 절뚝거리는 그녀의 고습을 보자 당장이라도 눈물이 터질 것 같았다. 계단에서 굴러떨어지기 전의 거티는 늘 사무실을 종종거리며 돌아다니던, 에너지 덩어리 같은 사람이었다. 그 부상이 그녀에게서 정말 많은 걸 앗아간 게 분명했다. 거티가 다시 예전처럼 돌아갈 수 있을까. 문득 그런 생각이 들었다.

거티가 우리 테이블까지 겨우 다다르자 나는 자리에서 일어나 그녀를 꼭 안았다. 아마 너무 오래 안고 있었던 모양이다. 거티가 결국 먼저 입을 열었다.

"애비, 무슨 일 있는 거야? 오늘 너무 슬퍼 보이는데."

나는 울음을 참느라 숨을 크게 들이켰다. 오늘 하루 내내 들은 말 중 가장 따뜻한 말이었다.

"전 괜찮아요. 거티, 요즘 몸은 좀 어때요?"

"아, 뭐 그냥 그렇지." 거티는 풍성한 흰머리를 쓰다듬으며 웃었다. "은퇴에도 좋은 점이 있어. 요즘 손자랑 시간을 많이 보내거든. 얼마나 까다로운 녀석인지 몰라!"

"정말 좋으시겠어요."

"어제는 레고 가지고 3시간을 놀았어!" 거티가 한숨을 쉬듯 말했다. "내가 레고를 그렇게 오래 가지고 놀 줄은 몰랐지. 근데 꽤 재밌더라. 정말 기발한 장난감 같아. 그래도 그걸로 영화를 어떻게 그렇게 많이 만든 건지 모르겠어. 그냥 블록일 뿐이잖아?"

나는 억지로 미소 지었다. "그러게요."

"아무튼, 애비 넌 앞으로 아기 때문에 정말 바빠지겠구나! 정말 잘 됐어. 축하해."

목이 꽉 막혔다. 울지 마. 울지 마, 애비.

"남편 샘은 잘 지내지?" 거티가 물었다. "참 다정한 사람이었잖아. 그 사람도 많이 들떠 있겠네."

거티가 그저 예의상 묻는 거란 걸 알았지만, 나는 더는 이 분위기를 견딜 수 없었다.

"거티. 물어볼 게 있어요."

"그래, 애비." 거티는 쭈글쭈글한 손으로 내 손을 덮었다. "무슨 일이야?"

나는 숨을 크게 들이켰다. "회사 계단에서 굴러떨어지셨던 날, 기억나세요?"

거티는 얼굴을 찡그렸다. "당연히 기억하지. 그런 일을 어떻게 잊겠어."

순간 죄책감이 스쳤다. 안 좋은 기억을 들춰내고 싶지 않았지만, 알아야 했다.

"그때 누가 민 것 같다고 하셨잖아요."

"아, 꼭 그런 뜻은 아니었어." 거티가 가볍게 웃었다. "그냥 말 그대로, 사람들이 흔히 하는 정도의 밀치고 부딪히고 그런 거였지. 요즘 젊은 사람들은 다들 그러잖아."

"제가 사진을 하나 보여드리면요." 내가 말했다. "그 사람이 낯이 익은지 말씀해 주실 수 있어요?"

거티는 모니카를 만난 적이 없었다. 그런데도 사진 속 모니카를 알아본다면, 그날 계단 근처에 모니카가 있었을 가능성이 생긴다. 그리고 어쩌면 기억 속 다른 장면들도 떠오를지 모른다.

예를 들면 모니카가 자신을 밀었다는 사실 같은 것들.

나는 휴대폰을 꺼내 모니카의 사진을 띄웠다. 첫 산부인과 진료 날, 대기실에서 찍은 사진이었다. 그날을 기념하고 싶어서 찍었던 건데, 지금 생각하면 참 멍청했다. 누가 알았겠어. 모든 게 이렇게까지 끔찍하게 망가질 줄은.

샘 말고도 셸리, 우리 엄마…. 그러니까 나만 빼고 다들 알고 있었겠지.

나는 휴대폰을 테이블 위로 밀어 거티에게 건넸다. 그러자 거티가 어김없이 독서용 안경을 꺼냈다. 아, 맞다. 거티는 보라색 테에 렌즈가 터무니없이 큰 그 안경을 늘 가방에 넣고 다녔다. 뭐든 읽어달라고 하기만 하면 그 바보 같은 안경을 꺼내느라 꼭 5분은 허비하곤 했다. 그 모습을 보니, 예전에 거티가 얼마나 짜증 났는지도 함께 떠올랐다.

마침내 안경을 쓴 거티가 내 휴대폰 화면을 들여다봤다. 잠깐 미간을 찡그리더니 빛이 더 잘 들어오게 하려고 휴대폰을 공중으로 들어 올렸다가, 또 이리저리 방향을 돌려 봤다. 그걸 몇 번이고 반복하자, 1분쯤 지나서는 정말로 거티를 한 번 흔들어 주고 싶어졌다.

"어때요?" 내가 물었다.

"음…. 좀 낯익긴 해." 거티가 인정했다.

"전에 본 적 있는 것 같아요?"

"그래. 그런 것 같아."

심장이 빨라졌다. "그럼 혹시…, 계단에서 민 사람이 저 사람일 수도 있을까요?"

거티가 번쩍 고개를 들었다. 커다란 안경을 벗어 들고는 미간을 모으더니 나를 뚫어지게 봤다. "애비, 너 괜찮은 거야?"

"아니요!" 그리고 그 순간, 더는 참을 수가 없었다. 나는 결국 울음을 터뜨렸다. 오늘 이 만남을 얼마나 기대했는데. 그런데 기대한 것 자체가 너무 어리석었다. 거티가 일 년 전에 있었던 일을 어떻게 제대로 기억하겠어? 팩스를 보내려면 '전송' 버튼을 눌러야 한다는 것도 매번 까먹던 사람이었는데. "저 안 괜찮아요. 누가 회사에서 제 커피에 약을 탔고, 그래서 해고됐어요. 남편은 제가 약물 중독자라고 믿고 있고요. 그리고…."

거티의 눈이 커졌다. 잠깐 멍하니 나를 바라보더니, 이내 나를 끌어안았다. "애비, 괜찮아질 거야. 정말로 괜찮아질 거야."

"아니에요! 어떻게 괜찮아져요?"

"날 믿어." 거티는 확신에 찬 목소리로 말했다. 그 말에 나도 모르게 거의 믿을 뻔했다. "넌 좋은 사람이잖아, 애비. 모두가 네가 잘못한 게 없다는 걸 알아. 결국엔 다 잘 해결될 거야."

거티가 나를 안고 있는 동안, 가방 안에서 '윙—' 하는 진동 소리가 울렸다. 나는 거티의 품에서 몸을 떼고 가방을 뒤져 휴대폰을 꺼냈다. 화면에 뜬 이름을 보는 순간, 눈이 확 커졌다.

데니즈 홀트였다.

29

데니즈 홀트가 왜 나한테 전화를 하지? 말이 안 된다. 그 여자는 이미 날 해고했다. 혹시 다시 해고라도 하겠다는 건가?

아니, 아마 별일 아닐 거다. 마지막 월급 정산 문제 같은 거겠지. 그래도….

"잠깐만요." 나는 어리둥절해하는 거티에게 말했다. "저…, 밖에서 전화 좀 받고 올게요."

나는 휴대폰을 움켜쥔 채 카페 밖으로 거의 뛰쳐나갔다. 문을 나서자마자 화면을 쓸어 전화를 받았다. 심장은 벌써 미친 듯이 뛰고 있었다. "여보세요?"

"애비게일?" 데니즈의 딱딱하고 끊어 말하는 목소리를 못 알아들을 리가 없었다. 저 멀리서도 얼음처럼 푸른 눈으로 나를 노려보는 모습이 선명하게 그려졌다. "데니즈 홀트야."

"네, 알아요." 내가 말했다.

"그래." 데니즈는 말을 뱉고는 잠시 머뭇거렸다. 그녀답지 않은 반응이었다. 데니즈는 머뭇거리는 법이 없었다. 인생에서 한 번도 자기 결정이나 생각을 의심해 본 적 없는 사람처럼 굴어왔으니까. 적어도 남들이 그렇게 믿어 주길 바라는 사람이었다. "저기, 애비게일⋯. 내가, 아니 우리가⋯, 실수를 한 것 같아."

나는 거의 휴대폰을 떨어뜨릴 뻔했다. 실수? 데니즈 홀트가 실수했다고? 게다가 실수를 인정한다고?

이건 현실일 리 없다. 마약에 찌든 환각이겠지. 꿈꾸는 게 아닌지 팔이라도 꼬집어 봐야 하나 싶었다.

"데니즈, 난 약 같은 거 한 적 없어요." 내가 말했다. "정말이에요. 목숨 걸고 맹세해요."

"그래⋯." 그녀는 수화기 너머로 길게 한숨을 내쉬었다. "그게 생각보다 좀 더 복잡해졌어."

숨이 턱 막혔다. "어떻게요?"

"음." 데니즈가 천천히 말을 이었다. "네가 나간 뒤에 모니카를 내 개인 비서로 썼거든. 그런데⋯, 오늘 아침, 내가 자리를 비운 사이에 걔가 내 책상을 뒤지고 있는 걸 봤어. 내 눈을 의심했다니까."

"모니카는 뭐라고 했는데요?"

"테이프를 찾고 있었대. 정말 어이없지?" 데니즈가 코웃음을 쳤다. "아무 말도 안 했지만, 그 상황 자체가 너무 찜찜했어. 그래서 걔가 점심 먹으러 나간 사이에 책상을 좀 뒤졌지."

데니즈가 예전에 내가 쓰던 작은 칸막이 책상을 뒤지는 장면을 떠올리자 웃음이 나올 뻔했다. 물론 지금 상황이 웃길 리는 없지만. "뭘 찾으셨어요?"

"음." 데니즈가 말했다. "너랑 관련된 게 하나 있었어."

나는 미간을 찌푸렸다. "뭔데요?"

"애더럴이라는 약병이었어. 찾아보니 암페타민 계열이라더군." 그녀가 헛기침을 했다. "모니카가 매일 아침 네 커피를 가져다줬지? 점심도 챙겨 줬고."

"네…." 나는 숨죽여 대답했다.

지금까지는 추측뿐이었다. 그런데 결국 내가 맞았다. 약물 검사 결과가 '실수'였던 게 아니다. 모니카가 날 해고시키려고 일부러 약을 먹인 거였다.

"이건 인사팀 입장에서 악몽이야." 데니즈가 신음하듯 말했다. "임신한 상태라는 것도 그렇고, 너랑 모니카 사이에 있던 그 '약속'도 그렇고…. 회사 차원에서 어떻게 해야 할지 모르겠어. 자칫하면 그 애가 우리한테 소송 걸어서 탈탈 털어갈 수도 있어."

"죄송해요." 내가 중얼거렸다.

데니즈는 잠깐 말이 없었다. 나는 숨을 죽였다. 혹시 데니즈 홀트식 설교가 날아오는 건 아닐까 해서.

"아니, 이해해." 마침내 데니즈가 말했다. "너는…, 정말 힘든 일을 겪고 있었잖아. 그리고 나도…, 나도 더 잘했어야 했어. 네 상사로서." 그녀가 잠시 멈췄다. "그리고…. 친구로서도."

어깨가 축 처졌다. 내가 데니즈를 친구라고 부를 날이 올 거라고는 상상도 못 했다. 나는 그녀를 미워했다. 하지만 불임 문제로 서로에게 쐐기를 박기 전까지만 해도, 우리는 친구였다. 아니, 친구 이상이었다. 그녀는 내 멘토였다. 내가 여태 만난 사람 중 가장 존경했던 사람이었다.

"있잖아." 데니즈가 말했다. "우리 만나서 얘기하자. 이 상황을 어떻게 처리할지 전략을 세워야 해. 그리고…, 솔직히 말하면 네 도움이 필요해."

"네, 물론이죠." 나는 단번에 대답했다.

"오늘 밤에 사무실로 올 수 있겠어?"

"네. 몇 시에요?"

"8시면 돼. 그땐 다들 퇴근했을 테니까." 데니즈 목소리에 미소가 살짝 묻어났다. "그 게으름뱅이들은 7시만 되면 싹 빠지잖아."

데니즈 사무실에서 밤늦게까지 일하던 수많은 저녁이 떠올랐다. 책상 위엔 중국 음식이 한가득 펼쳐져 있었고, 우리는 그걸 집어 먹으며 일했다. "그건 그래요."

"그럼 오늘 밤에 보는 거지?"

"네, 그때 갈게요."

데니즈는 마지막으로 잠깐 더 머뭇거리더니 말했다. "걱정 마, 애비게일. 이번엔 우리가 바로잡을 거야."

데니즈와 통화를 끊자마자 나는 거티에게 대충 핑계를 대고 카페를 나왔다. 머릿속이 빙글빙글 돌았다.

물론 그게 단순한 충격 때문만은 아니었을지도 모른다. 모니카가 내 커피에 암페타민을 타고 있었으니까.

집에 도착하자마자 샘에게 문자를 보냈다. '집에 오면 얘기 좀 해.'

샘은 곧바로 답장을 했다. '알겠어.'

데니즈가 내게 말해 준 걸 샘에게 당장이라도 털어놓고 싶었다. 하지만 전화로는 싫었다. 얼굴을 보고 말하고 싶었다. 그런데 7시 반이 다 되도록 샘은 집에 오지 않았다. 어디 있는지도 몰랐다. 어디 있는지 생각하고 싶지도 않았다. 샘 문제는 데니즈랑 얘기를 끝낸 다음에 처리하기로 했다.

무엇보다 중요한 건, 샘이 날 믿어 주는 거다.

회사 건물에 도착했을 때는 거의 8시였다. 직원들은 대부분 이미 퇴근한 뒤였다. 건물 앞에서 잠깐 머뭇거리다 문득 한 가지 생각이 스쳤다. 보안 요원이 나를 끌어내던 날 이후로, 혹시 '출입 금지' 같은 공지가 돌아다니고 있진 않을까? 게다가 회사에 올 만한 모습도 아니었다. 단정한 셔츠에 슬랙스를 입긴 했지만, 이건 '애비 애들러식 파워 슈트'가 아니니까.

뭐, 어때. 어떻게든 되겠지.

나는 아무렇지 않은 척 성큼성큼 건물 안으로 들어갔다. 역시 자신감은 생각보다 많은 걸 해결해 준다. 로비에 들어서자마자 패트릭이 눈에 들어왔다. 스튜어트에서 야근하던 수많은 밤마다 보던 얼굴이었다. 큰 키에 팔다리는 가늘고, 늘 싱긋 웃는 남자. 그는 거의 매일 밤 경비를 섰다. 나는 그가 나를 막아 세울 거라 생각하며 숨을 삼켰지만, 패트릭은 오히려 활짝 웃어 보였다.

"안녕하세요, 애비!" 패트릭이 손을 흔들었다. "또 야근이세요?"

"네, 또요." 내가 말했다.

그는 내게 윙크를 했다. "너무 늦게까지 있진 마세요."

예전엔 패트릭이 나한테 마음이 있는 줄 알았다. 내 자리도, 남편도 빼앗으려는 여자 때문에 자존감이 박살 나기 전까진 말이다.

그래도 다시 되찾을 수 있을지도 모른다. 데니즈가 정말 오랜만에, 처음으로 내 편이 돼줬으니까. 내 커리어도, 결혼도 망치지 않고 이 일을 해결할 수 있을지도 모른다는 희망이 생겼다.

스튜어트 광고대행사가 있는 층에 도착하자, 안은 아주 고요했다. 다들 퇴근한 뒤였다. 놀랄 일도 아니었다. 데니즈가 말했듯, 정기적으로 늦게까지 남아 일하는 사람은 그녀와 나뿐이었으니까. 익숙한 동선을 따라 데니즈의 사무실로 향하는 동안 내 하이힐 소리가 복도 바닥을 또각또각 울렸다.

데니즈 사무실 문에는 반짝이는 금색 글씨로 '데니즈 홀트'라고 적혀 있었다. 나는 보통 문을 살짝 열어두는 편이었지만, 데니즈는 늘 문을 꼭 닫아둔다. 그래서 가볍게 노크했다.

대답이 없었다.

설마 나갔을 리는 없는데…. 아니, 데니즈는 그럴 사람이 아니다. 그녀에 대해 확실히 말할 수 있는 게 있다면 책임감이 강하다는 점이었다. 사람을 불러놓고 연락도 없이 안 나타나는 일 따윈 절대 하지 않는다. 전혀 데니즈답지 않았다.

괜히 불길해져 문고리를 돌려봤다. 열려 있었다. 화장실에 갔겠지. 나는 문을 열고 안으로 들어가 기다리기로 했다.

그런데 데니즈는 화장실에 간 게 아니었다. 책상 앞에 앉아 머리를 팔에 파묻고 있었다. 잠든 건지, 울고 있는 건지 알 수 없는 모습이었다.

"데니즈?" 내가 불렀다.

대답이 없었다.

대체 무슨 일이야? 데니즈가 책상에서 졸고 있을 리가 없다. 차라리 창밖으로 돼지가 날아다니는 게 더 현실적이다. 그런데 왜 고개를 들지 못하는 거지? 왜 내가 앞에 서 있는데도 꿈쩍도 하지 않는 걸까?

"저기, 데니즈?" 내가 다시 말했다.

여전히 아무 반응도 없었다.

나는 책상 쪽으로 데니즈의 어깨에 손을 얹었다. 그런데도 데니즈는 움찔조차 하지 않았다. 이번엔 더 세게, 그녀를 흔들어 깨웠다. 그러자 데니즈는 몸을 일으키는 대신, 그대로 바닥으로 툭 쓰러졌다.

그리고 그제야 내 눈에 피가 보였다.

데니즈 사무실 주변엔 노란 출입 통제선이 둘러쳐져 있었고, 경찰들이 사무실 안을 빼곡히 메운 채 분주히 움직이고 있었다. 나는 아무 의자에나 주저앉아 몸을 웅크렸다. 온몸이 덜덜 떨려 멈추지 않았다.

데니즈가 죽었다. 정확히 무슨 일이 있었는지는 알 수 없었지만, 바닥에 쓰러진 그녀를 뒤집어 어떻게든 도우려 했다. 그때 생기 없이 푸르게 변한 눈이 허공을 향해 텅 빈 채 떠 있는 걸 보았다. 의사가 아니어도 알 수 있었다. 구급차를 불러도 소용없는 상태였다.

끔찍하게도, 순간적으로 도망칠까 하는 생각이 들었다. 나와 데니즈는 이미 돌이킬 수 없을 만큼 틀어져 있었다. 그런 내가 그녀가 살해된 현장에서 붙잡히는 건 상상조차 하기 싫었다.

하지만 패트릭이 이미 내가 들어오는 걸 봤다. 지금 도망치면 내가 범인이라고 광고하는 꼴이다. 게다가 내 몸 여기저기에 그녀의 피가 묻어 있다는, 결코 사소하지 않은 문제도 있었다.

하지만 그런 이유들보다 더 큰 게 있었다. 나는 그녀를 그렇게 두고 갈 수가 없었다. 데니즈는 한때 내 우상이었고, 마지막 순간에 나를 도우려 했던 사람이었다. 그녀를 밤새 사무실 바닥에 내 버려 둘 순 없었다. 썩어가는 시체로 남겨둘 수도 없었다. 데니즈는 그렇게 버려질 사람이 아니었다.

"애들러 부인?"

여형사의 목소리였다. 이름을 들었지만 금세 잊어버렸다. 그녀는 증거 봉투를 들어 보였다. 안에는 반짝이는 금속 물체가 들어 있었다.

"네?" 내가 간신히 대답했다.

"이 물건, 익숙해 보이시나요?"

"잘⋯. 모르겠어요." 내 목소리가 갈라졌다.

"좀 더 자세히 봐주시겠어요?"

나는 가늘게 눈을 뜨고 피로 젖은 그 물건을 들여다봤다. 한 박자 늦게 정체를 알아차렸다. 편지칼이었다.

거기엔 'ABBY'라는 이름이 새겨져 있었다.

"그건 제 거예요!" 숨이 턱 막혔다.

와, 일이 점점 더 꼬인다. 마약 중독자 누명만 쓰던 때가 차라리 그리울 지경이었다.

여형사는 다른 형사들 쪽으로 돌아가 뭔가를 상의했다. 그들이 말하는 내내 나를 힐끔거렸다. 그러다 급기야 손가락으로 나를 가리키기까지 했다. 아, 정말.

맙소사, 설마 나를 체포하려는 건 아니겠지?

여형사가 다시 내 쪽으로 다가왔다. 심장이 쿵쾅거렸다. 이건 정말 최악이다.

"애들러 부인, 몇 가지 질문이 있어서 경찰서로 함께 가주셔야겠습니다."

"저…, 체포되는 건가요?" 나는 쉰 목소리로 물었다.

긴 침묵 후에 여형사가 대답했다. "아니요. 그냥 몇 가지 질문만 드릴 겁니다."

"변호사를…," 나는 침을 삼켰다. "변호사를 불러야 하나요?"

"원하시면 그러셔도 됩니다." 그녀가 말했다. "하지만 저희는 정말로 몇 가지 질문만 드릴 거예요. 최대한 빨리 홀트 씨를 죽인 범인을 찾아야 해서요. 협조해 주시면 감사하겠습니다."

"알겠어요." 나는 멍하니 말했다. "갈게요."

"경찰서로 데리러 오실 분께 연락해 드릴까요?"

"남편이요." 내가 말했다.

샘의 번호를 불러주면서도, 그가 이 얘기를 들으면 무슨 표정을 지을지 감이 잡히지 않았다. 약물 문제만으로도 지옥이었는데, 이제 살인 혐의까지 뒤집어쓰다니.

이건 누가 봐도 함정이었다. 그 편지칼을 보는 순간, 내 안의 마지막 의심마저 사라졌다. 누군가가 나를 살인범으로 몰아넣고 있다. 데니즈가 너무 많은 걸 알고 있을까 봐 두려웠던 그 누군가가.

그리고 나는 그 누군가가 결국 자기 뜻을 이루게 될까 봐 두려웠다.

30

경찰서에 도착하자 아까 그 여형사가 다시 자기 이름을 스위니 형사라고 소개했다. 그녀는 나를 조사실로 안내했다. '조사실'이라는 말은 으레 무섭지만, 막상 들어가 보니 그 정도까진 아니었다. 하늘색으로 칠해진 작은 방이었다. 가운데엔 금속 테이블이 놓여 있고, 양쪽에 플라스틱 의자가 하나씩 있었다. 오래 있고 싶은 곳은 아니었지만, 그렇다고 겁이 날 만큼 음산하지도 않았다.

나는 한쪽 의자에 앉았고 스위니 형사가 맞은편에 앉았다. 그녀는 인상 좋은 얼굴로 사람을 안심시키는 미소를 띠고 있었다. 의도는 뻔하다. 방심하게 해서 스스로 발목 잡힐 말을 하게 만들려는 거. 하지만 난 안 그럴 거다.

내가 데니즈를 죽인 게 아니니까.

"애들러 부인." 스위니가 입을 열었다가 잠깐 망설였다. "애비라고 불러도 될까요?"

"네."

"좋아요, 애비." 그녀가 다시 그 '무장 해제용' 미소를 지었다. "몇 가지만 확인하고 싶어요."

"네, 알겠어요."

스위니는 두 손을 가지런히 모아 테이블 위에 올렸다. "어제 홀트 씨에게 해고되셨죠?"

나는 고개를 끄덕였다.

"해고 사유가 뭐였나요?"

잠깐 거짓말을 할까 했지만, 그건 너무 위험했다. 어차피 진짜 이유쯤은 금방 알아낼 테니까. "약물 검사를 했는데 마약 양성 반응이 나왔어요. 근데 그건 오진이었어요. 전 약 같은 거 안 해요."

"알겠습니다." 스위니는 고개를 끄덕였지만, 표정 어딘가가 미묘하게 달라졌다. "그런데 해고된 상황에서, 왜 다시 회사 건물에 계셨던 거죠?"

"데니즈가 오라고 했어요."

"무슨 일 때문에요?"

"약물 검사에 누가 손댄 것 같다고 하면서…, 그 얘기를 하고 싶다고 했어요."

스위니가 눈썹을 살짝 치켜올렸다. "홀트 씨가 직접 전화해서 그렇게 말했나요?"

"네."

"검사를 조작한 사람이 누구라고 하던가요?"

나는 잠깐 망설이다가 고개를 끄덕였다. "모니카 존슨이요. 전에 제 비서였어요."

"그렇군요. 홀트 씨는 왜 존슨 씨가 약물 검사에 손댔다고 생각 했을까요?"

"모니카…, 아니, 존슨 씨 책상에서 애더럴 약병이 나왔대요. 암 페타민 계열이잖아요. 그래서 제 커피에 그걸 타 넣었을 거라고 생 각한 거죠."

"그런데 홀트 씨는 왜 존슨 씨 책상을 뒤졌죠?"

나는 손을 꽉 맞잡았다. "존슨 씨가 자기 책상을 뒤지는 걸 봤 대요. 그래서…, 뭘 훔치는 건 아닌지 확인하려고 했던 것 같아요."

스위니가 고개를 살짝 기울이며 생각에 잠긴 듯했다. "애더럴은 ADHD 치료에 쓰이는 처방약이에요. 홀트 씨는 왜 그게 처방약일 수도 있다고 생각하지 않고, 바로 존슨 씨가 당신을 해치려 했다 고 결론 내렸을까요?"

"그건…, 잘 모르겠어요."

"그리고 한 가지 더요." 스위니가 말을 이었다. "애더럴이 소변 약물 검사에서 메스암페타민 양성 반응으로 나올 가능성은 아주 낮다는 사실은 알고 계셨나요?"

…몰랐다.

스위니는 내 대답을 기다리지도 않았다. 바로 다른 질문으로 넘 어갔다. 방금 흐름이 꺾였다는 걸 느꼈다. 괜히 심장이 조여 왔다. "그러니까 홀트 씨가 당신을 불렀다고 하셨죠…."

"네. 정말 전화 왔어요. 통화 기록에 남아 있어요."

"좀 볼 수 있을까요?"

나는 고개를 끄덕이고 가방에서 휴대폰을 꺼냈다. 적어도 전화 가 왔다는 흔적은 남아 있잖아. 통화 목록을 띄워 스위니에게 건

넸다. 스위니는 잠시 생각에 잠긴 얼굴로 화면을 들여다봤다.

"통화하는 걸 본 사람이 있나요?" 그녀가 물었다.

"아뇨." 데니즈 이름이 뜨자마자 카페 밖으로 뛰쳐나갔던 게 떠올랐다. "하지만 진짜로 전화가 왔어요. 여기 통화 기록에 있잖아요."

"그렇죠." 스위니가 고개를 끄덕였다. "문제는…, 그때 무슨 얘기를 했느냐죠."

"아까 말씀드렸잖아요."

"네." 그녀는 부드럽게 동의했다. "말씀하셨죠."

…그게 대체 무슨 뜻이지?

"홀트 씨가 존슨 씨에 대한 의심을 당신 말고 다른 사람에게도 말했나요?"

"음…, 아니요." 나는 인정했다. "적어도 제가 알기로는요."

"이상하다고는 생각 안 하셨어요? 직원 하나가 다른 직원 커피에 약을 타고 있다고 믿었다면, 인사팀에 먼저 알렸을 텐데요."

손바닥에 갑자기 땀이 찼다. "음…, 데니즈는 그게 좀 민감한 문제라고 생각했을 거예요. 아시다시피 존슨 씨가 임신 중이었으니까요."

어차피 언젠가 드러나겠지만, 지금은 말할 수 없다. 모니카가 우리의 대리모라는 사실을 형사에게 털어놓는 순간, 내가 어떻게 보일지 상상조차 하기 싫다. 그건 나중에 생각하자.

"자, 애비." 스위니가 말했다. "그 편지칼을 마지막으로 본 게 언제죠?"

"몇 주 전쯤이요." 나도 모르게 미간이 찌푸려졌다. "잃어버린 줄 알았어요."

"잃어버렸다고요?" 그녀가 고개를 갸웃했다. "사무실 밖으로 들고 나간 적은 없나요?"

"없어요. 그런데 원래 두는 서랍에 없었어요. 누가 잠깐 가져갔던 것 같아요."

아니면 날 살인범으로 몰려고 훔쳐 갔거나.

"어제 해고되기 전까지," 스위니가 물었다. "홀트 씨와의 사이는 어땠나요?"

"그냥…, 괜찮았어요."

"잘 지냈나요?"

"대체로요." 침이 잘 넘어가지 않았다. 목이 조여 오는 느낌이었다. "사람 사이에 이런저런 마찰은 있잖아요."

스위니가 옅게 웃었다. "그렇죠."

그 '지랄한다는 이메일' 얘기가 이 사람 귀에 들어가려면 얼마나 걸릴까?

"홀트 씨가 그렇게 늦게까지 회사에 남아 있는 게 흔한 일이었나요?" 스위니가 물었다.

"음, 네. 보통 그랬어요."

"그 시간대엔 사무실이 거의 비어 있나요?"

"대부분은요. 그래서 8시에 만나자고 한 거예요."

"홀트 씨에게 먼저 만나자고 요청하신 건가요?"

나는 미간을 찌푸렸다. "아니요. 아까 말씀드렸잖아요. 홀트 씨가 저한테 오라고 했어요."

"그러니까 애들러 씨가 홀트 씨에게 '얘기 좀 하자'는 이메일을 보낸 건 아니군요?"

"아니에요…."

스위니가 재킷 안쪽 주머니에 손을 넣어 접힌 종이를 꺼내는 순간, 심장이 쿵 내려앉았다. 그녀는 종이를 조심스럽게 펼쳐 훑어보더니, 천천히 입을 열었다.

"그럼 이런 이메일을 보내신 적 없다는 거죠? '널 망하게 할 정보를 알고 있어. 세상에 나가는 게 싫다면 오늘 밤 8시에 만나.'"

나는 그녀를 멍하니 바라봤다. "아뇨, 절대요."

스위니는 출력물을 테이블 위로 밀어 내게 보여줬다. 맨 위 발신자 주소는 내 회사 이메일이었다. 수신자는 데니즈. 그리고 방금 스위니가 읽어준 문장들.

협박이었다. 내가 쓴 적 없는 문장들이었다.

…내가 미친 게 아니라면.

"전 그런 메일 쓴 적 없어요." 나는 최대한 단호하게 말했다.

"그럼 확인할 수 있게 회사 이메일 계정 좀 볼 수 있을까요?"

"네. 물론이죠."

하지만 그 순간, 입안이 싸하게 식었다. 그들이 이메일을 들여다보면 무엇이 드러날지 왠지 알 것 같았다. 그제야 떠올랐다. 내 이메일 계정에 접근할 수 있는 사람은 나뿐이 아니었다. 예전 내 비서도 비밀번호를 알고 있었다. 모니카.

그 사실을 말하려는 찰나, 스위니가 몸을 앞으로 기울였다. 비밀을 털어놓듯 부드럽게, 얄미운 미소를 띤 채. "애비, 잘 들어요." 스위니가 말했다. "어제 해고당한 거…, 정말 힘들었겠죠. 누구에게나 그건 큰 충격이에요. 그리고 그런 일을 겪으면 평소엔 안 하던 선택을 하기도 하죠."

나는 얼어붙었다. 지금 무슨 말을 하는 거야?

"이해해요." 스위니가 말을 이었다. "요즘 같은 경기에 일자리 다시 구하는 것도 쉽지 않은데, 약물 얘기까지 나왔잖아요. 그리고 실제로 그 사람이 잘못한 게 아니라도…, 사람들은 결국 칼을 휘두른 사람을 탓하죠."

"저는…, 데니즈를 원망하지 않았어요."

"정말요?" 스위니가 눈썹을 치켜올렸다. "솔직히 말할게요, 애비. 지금 증거가 확실해요. 이대로면 감옥에 가게 될 거예요. 장담하죠. 하지만 지금 자백하면…, 형량 협상을 할 수 있어요."

나는 그녀를 똑바로 바라봤다. "전 데니즈를 죽이지 않았어요."

스위니는 안쓰러운 눈빛을 보냈다. "애비, 난 이 일을 오래 해왔어요. 앞으로 무슨 일이 벌어질지 말해 주는 거예요. 당신은 좋은 사람처럼 보여요. 다만 아주 끔찍한 실수를 한 거죠. 그래서 도와주고 싶은 거고요."

"전 죽이지 않았어요." 나는 다시 말했다.

"우리 둘 다 그게 거짓말인 거 알아요." 그녀의 눈이 내 눈을 꿰뚫었다. "지금 자백하면 내가 거래를 제안할 수 있어요. 하지만 당신이 이 방을 나가는 순간, 그 기회는 사라질 거예요. 그리고 우리가 당신을 체포할 땐 1급 살인 혐의가 될 겁니다. 종신형이에요."

속이 울렁거렸다. 지금 당장이라도, 앞에 있는 이 깨끗한 테이블 위에 토할 것만 같았다. 저 사람은 내가 살인범이라고 믿고 있다. 경찰들도 전부 내가 그랬다고 생각한다. 그리고 세상 누구나 결국 그렇게 믿게 되겠지.

“변호사를 부를게요.” 내가 말했다.

경찰서를 나왔을 때는 거의 자정이었다. 아직 체포된 건 아니었다. 그건 좋은 신호일 거라고 애써 믿었다. 증거가 충분하지 않은 거겠지. 아마 그래서 더 자백을 받아내려고 몰아붙였을지도 모른다. 스위니가 나가자 다른 경찰이 들어와 캐물었고, 뒤이어 또 다른 경찰이 들어왔다. 하지만 나는 입을 다물었다. 변호사 없이는 한마디도 하지 않을 생각이었다.

경찰 한 명이 나를 대기실로 데려갔다. 플라스틱 의자가 두 줄로 길게 늘어서 있었고, 보기만 해도 불편해 보였다. 낮이었다면 꽉 찼을 테지만, 지금은 몇 사람뿐이었다. 그중엔 술에 곯아떨어진 듯한 남자도 있었고, 두 번째 줄 한가운데쯤에 고개를 푹 숙인 채 양손으로 얼굴을 감싸고 있는 익숙한 뒷모습이 보였다.

샘이었다.

“애들러 씨?” 경찰이 불렀다. “부인분 오셨습니다.”

샘이 고개를 들었다. 아침에 내 눈 밑에 드리워져 있던 것처럼, 그의 눈 밑에도 검푸른 다크서클이 내려앉아 있었다. 그는 나를 보고도 웃지 않았다. 아니, 제대로 쳐다보지도 않았다. 그저 비틀거리듯 일어나 재킷을 집어 들었다.

“차는 한 블록 아래에 세워뒀어.” 그가 쉰 목소리로 말했다.

“응.” 나도 힘없이 대답했다.

나는 말없이 샘을 따라 밖으로 나갔다. 경찰이 샘에게 정확히 무슨 말을 했는지는 모르겠지만, 반응만 봐도 꽤 많은 걸 들은 게 느껴졌다. 샘도 조사를 받았을까? 그랬다면 무슨 말을 했을까?

'아내가 약물 문제가 있어요. 도와주려고 했는데 본인은 인정하지 않아요. 상사를 진짜 싫어했거든요. 그래서 그 사람을 죽였을지도 몰라요.'

차로 가는 내내 침묵만 이어졌다. 차에 타면 시동을 걸 줄 알았는데, 섬은 머리를 헤드레스트에 털썩 기대고 눈을 뜬 채 가만히 있었다.

"샘." 내가 불렀다.

그가 두 손으로 얼굴을 문질렀다. "왜."

무슨 말을 해야 할지 몰랐다. '내가 데니즈를 죽였다고 생각해?'라고 묻고 싶었지만, 대답이 두려웠다. 그래서 이렇게 물었다. "경찰이 당신한테도 뭐 물었어?"

샘이 고개를 저었다. "그냥 있었던 일만 얘기했어. 나도 조사 대상이라고 했는데 거절했어. 변호사 없이는 누구하고도 말 안 한다고. 너도 그렇게 했어야 했어."

"그래…." 나는 숨을 내쉬었다. "안에 들어가 보니까 얼마나 심각한지 그제야 알겠더라."

"내일 변호사 알아보자." 샘이 말했다.

가슴 한켠에 희미한 희망이 스쳤다. 샘이 내일 같이 변호사를 알아보자고 했다. 그건 아직 그가 내 편이라는 뜻이었다. 내 짐을 싸서 내쫓을 생각은 아니라는 뜻이기도 했다.

"나 데니즈 안 죽였어." 내가 말했다. "정말이야. 맹세해."

샘은 대답하지 않았다.

"진짜 아니야. 정말 내가 그랬다고 생각해?"

샘이 고개를 저었다. "몇 달 전에 네가 그렇게 물었으면, 아니라고 했을 거야. 절대 아니라고. 말도 안 된다고. 그런데 지금은…."

"샘!" 눈물이 확 차올랐다. "지금 나더러 살인범일 수도 있다는 거야? 내가 진짜 그럴 수 있다고 생각해? 내가 그런 짓을 할 사람이라고?"

샘은 한동안 말이 없었다. 다시 얼굴을 문질렀다. "아니. 아닌 것 같아."

어깨에서 힘이 풀렸다. 샘은 날 믿는다. "나 누명 쓴 것 같아, 샘. 누군가가 이메일을 보냈는데 그게―"

"그 얘긴 하기 싫어."

"하지만 당신이 알아야―"

"지금은 듣고 싶지 않아." 샘이 침을 삼켰다. "그냥 집에 가고 싶어. 알겠지? 내일 얘기하자."

차 안이 다시 조용해졌다. 나는 더는 아무 말도 하지 않았다. 샘은 나를 믿는다고 했지만, 그 말이 선뜻 믿기지 않았다. 적어도 샘 마음 어딘가엔 의심이 남아 있는 게 느껴졌다.

나는 늘 샘이 무슨 일이 있어도 끝까지 내 곁에 있어 줄 사람이라고 생각했다. 그런데 고작 8개월 만에 그 믿음이 무너졌다.

31

"이 혐의들, 정말 말도 안 되잖니. 네게 필요한 건 실력 좋은 변호사야."

남편과는 정반대로, 엄마는 내가 무죄라는 걸 100퍼센트 확신하고 있었다. 너무 확신한 나머지 경찰이 나를 체포하기라도 하면, 그쪽이야말로 부당 체포 소송을 각오해야 한다고 믿는 눈치였다. 엄마는 소송에 유난히 꽂혀 있는 사람이다. 작년에 삭스 피프스 애비뉴에서 바지 정장을 하나 샀다가 마음에 안 든다며, 변호사부터 찾아가 소송이 가능하냐고 물었다. 결론은 '불가'였다. 대신 반품은 했다. 애초에 그냥 반품하면 될 일을 왜 그랬는지는 여전히 미스터리다.

우리는 아파트에서 한 블록 떨어진 비스트로에 앉아 있었다. 엄마가 점심을 사 준다고 해서 따라왔다. 점심 피크 타임이라 가게는 사람으로 꽉 찼는데, 엄마는 호스티스에게 지폐 한 장을 슬쩍 쥐여주더니 금세 자리를 받아냈다. 식당 안에 웅성웅성한 대화 소리가 깔려 있는 게 오히려 다행이었다. 우리 얘기를 누가 엿듣는 건 절대 싫으니까.

"샘이 이미 변호사 구해줬어." 내가 말했다.

"오, 그래?" 엄마가 콧방귀를 뀌었다. 엄마 눈에 샘은 여전히 스물여섯 살짜리 애였다. 덜컹거리는 낡은 혼다를 몰고 와 엄마 집 우편함을 들이받아 넘어뜨렸던 그 애. 그때 샘 얼굴에 떠올랐던 풀이 죽은 표정을 나는 아직도 잊지 못한다. 마치 그 한 번의 사고로 엄마가 평생 자기를 싫어하게 될 걸 이미 알고 있었던 것처럼.

"그 변호사 진짜 괜찮아." 내가 말했다. 그리고 엄마가 솔깃해할 걸 알기에 덧붙였다. "비용도 우리한텐 꽤 비싸."

"'우리'가 아니라 '너'한테 비싸겠지." 엄마가 물컵 가장자리 너머로 나를 빤히 보며 말했다.

"샘이랑 나는 돈을 그런 식으로 나눠 생각 안 해."

엄마가 웃었다. "뭐, 샘한텐 딱 좋은 방식이겠네?"

"그만해. 엄마도 알잖아. 샘은 돈에 관심 없다고."

"애비, 세상에 돈에 관심 없는 사람은 없어."

나는 이를 악물고 무릎 위의 냅킨을 손가락 사이에서 구겨 버렸다. 이 비스트로에서 난리를 치고 싶진 않았지만, 솔직히 그러고 싶은 마음이 들었다.

"그래서." 엄마가 말했다. "샘이 구해줬다는 그 '멋진' 변호사 얘기나 좀 해 봐."

엄마가 '멋진'을 비꼬는 걸 알면서도 못 들은 척했다. "형사 사건 전문 변호사고, 경력 30년이야. 재판 성적도 엄청 좋고. 샘 말로는 그 분야에서 최고래."

그런데 엄마는 내 말을 제대로 듣고 있지 않았다. 시선이 방 건너편 어딘가에 꽂혀 있었다. 엄마의 시선을 따라가 보니, 핀스트라이프 정장에 빨간 '파워 타이'를 맨 매력적인 남자가 2인 테이블에 혼자 앉아 있었다. 시선은 스마트폰에 고정한 채였다.

"저 사람 어때?" 엄마가 물었다.

나는 눈썹을 치켜올렸다. "무슨 뜻이야?"

남자가 재킷 칼라를 매만지며 정리했다. 브리오니였던가. 비싼 브랜드다. 그가 고개를 들더니 내가 쳐다보는 걸 알아차렸다. 내 뺨이 화끈해졌다. 내가 시선을 피하기도 전에, 그가 나한테 윙크를 했다.

"너한테 윙크했잖아!" 엄마가 승리하듯 외쳤다.

"그래서?"

"그러니까 가서 말 걸어 보라고."

나는 입을 떡 벌렸다. "내가 왜 그래야 해?"

"왜 안 되니?"

"나 결혼했거든요?"

"예비 플랜 하나쯤은 있어야지."

샘과 내가 결혼한 뒤로 엄마가 이런 말을 한 게 이번이 처음이라고 말할 수 있으면 좋겠지만, 실은 그렇지 않다. 정말 이해가 안 된다. 솔직히 말하면 지겹다.

"엄마는 왜 그렇게 샘을 싫어해?" 나는 불쑥 물었다.

엄마가 몇 번 눈을 깜빡이며 당황한 표정을 지었다. "싫어하는 건 아니야."

"그럼 왜 다른 남자 만나 보라고 해?"

엄마는 잠깐 생각에 잠겼다. 물을 한 모금 더 마시고도 여전히 고민하는 얼굴이었다. 그러다 마침내 말했다. "난 늘 네가 더 나은 사람을 만날 수 있다고 생각했거든. 넌 부자고, 예쁘고, 커리어도 훌륭하잖아. 원하면 누구든 가질 수 있었어."

"근데 내가 원한 건 샘이었고, 샘은 내내 좋은 남편이었어."

"정말?"

"정말이야." 나는 테이블을 주먹으로 쾅 치고 싶은 충동을 억눌렀다. "그리고 좋은 변호사도 구해줬고. 이 끔찍한 실수도 바로잡아 줄 거야."

엄마가 말했다. "흠. 네 말이 맞으면 좋겠다."

32

"15년이면 솔직히 선물이나 다름없어요, 애비."

변호사 로버트 프리쉬의 말이 귓가에 맴돌았다. 그의 사무실 벽이 나를 향해 서서히 좁혀 오는 것 같았다. 사진 속 오바마의 미소가 마치 나를 비웃는 것 같았다. 이럴 리 없는데. 이런 일이 나한테 일어날 수는 없어. 15년이라니. 아니야. 말도 안 돼.

"제가 안 했어요." 백만 번째쯤 되는 그 말을 또다시 내뱉었다.

프리쉬가 한숨을 쉬었다. 그 짧은 숨소리만으로도 알 수 있었다. 그는 나를 믿지 않는다. 이 도시에서 손꼽히는 형사 전문 변호사라는 건 알지만, 지금 이 순간만큼은 차라리 내 말을 무조건 믿어주는 초짜 변호사와 바꾸고 싶었다. 아무도 날 믿지 않는다. 샘도, 프리쉬도. 심지어 가장 친한 친구 셸리마저 전화를 받지 않는다.

그리고 모니카는…. 그래, 진실을 아는 사람은 모니카뿐이다.

데니즈를 죽인 것도, 그 살인을 내가 뒤집어쓰게 판을 짠 것도

모니카였다. 내 관에 박히는 마지막 못. 내 소변에 약을 심어 나를
해고당하게 만든 것만으로는 부족했다. 내 남편이 아침저녁으로
그녀와 문자를 주고받는 것으로도 성에 차지 않았다. 그 정도로는
만족하지 못했다. 그녀는 내가 감옥에 가길 바란다. 내가 모든 걸
되찾을 기회조차 갖지 못하길.

"난 형량 협상을 하는 게 좋을 것 같아." 샘이 말했다. "그게 너
한텐 최선의 기회야."

"내가 하지도 않은 짓 때문에 평생을 감옥에서 보내라고?"

"평생은 아니잖아."

지금 나 놀리는 건가? "15년이야!"

나는 서른일곱이다. 15년 뒤면 쉰둘. 그땐 엄마가 될 가능성도
완전히 사라질 거다. 내 커리어도 끝이다. 그리고 내 결혼도….

샘은 프리쉬의 책상만 똑바로 바라본 채, 끝내 나를 보지 않았
다. 내가 감옥에 가면, 우리는 끝이다. 어떤 부부들은 철창 안에서
도 결혼을 지켜낸다지만, 우리는 아니다. 샘은 이미 내가 괴물이라
고 믿고 있으니까. 내가 이 합의안을 받아들이는 순간, 샘은 결국
모니카와 함께 살게 될 거다. 당장은 아닐지 몰라도 언젠가는. 둘
이서 아들을 키우겠지. 둘만의 해피엔딩을 누리면서.

어쩌면 그 해피엔딩을 내줘야 할지도 모른다. 샘은 불임 치료 내
내 내 곁에 있었다. 전부 내 탓이라는 걸 알면서도. 샘은 좋은 사
람이다. 행복해질 자격이 있다.

하지만 모니카랑은 안 된다.

모니카가 나한테 한 짓을 다 잊자고? 말처럼 쉬운 일이 아니다.
그래도 지금 내가 샘을 조금이라도 생각한다면, 그가 저 여자한테

더 깊이 빠져들게 놔둬선 안 된다. 모니카는 사이코패스다. 살인자다. 샘이 토스트를 태우기라도 하는 날엔, 샘 가슴팍에 칼부터 꽂을 사람이다.

"잘 생각해 봐요, 애비." 프리쉬가 말했다. "이 제안은 영원히 유효하지 않아요. 경찰이 확보한 증거만 봐도, 상황은 당신한테 상당히 불리해요."

샘의 차를 타고 아파트로 돌아오는 동안, 머릿속이 계속 빙글빙글 돌았다. 샘은 출근해야 하지만, 나는 오늘도 집에 남는다. 요즘은 매일 그랬다. 차가 절반쯤 왔을 때 샘이 입을 열었다. "난 네가 형량 협상안을 받아들이는 게 좋을 것 같아."

"당신 생각은 알아."

"프리쉬는 전문가야."

나는 창밖을 바라봤다. 가게들이 빠르게 스쳐 지나갔다. 감옥에 가면 이런 것들은 못 보겠지. 내 세상엔 쇠창살이랑, 운동장이랑, 교도관들만 남을 거다.

아, 젠장. 나 또 울고 있네.

"애비." 샘의 목소리가 한결 부드러워졌다. "울지 마."

하지만 눈물이 멈추지 않았다.

웃긴 건, 나는 원래 잘 우는 사람이 아니다. 정말로 거의 울지 않는다. 아마 1년에 한 번쯤, 속에 쌓인 걸 한 번에 다 쏟아내듯 한바탕 오열을 하고 나면 나머지 364일은 멀쩡한 편이다. 흐느끼는 동안 통제력을 잃는 느낌이 싫어서 더 그랬다. 그런데 요즘 나는 꼭 물 새는 수도꼭지 같다. 이제는 울기만 한다.

샘은 아마 이게 마약 때문이라고 생각하겠지. 어쩌면…, 정말 그럴지도 모르고.

"있잖아," 샘이 조심스럽게 말했다. "네가 재판까지 가고 싶다면 그렇게 하자. 알겠지?"

나는 손등으로 눈물을 훔쳤다. "내가 감옥 가면, 당신 모니카랑 같이 살 거잖아."

"아니. 안 그래."

"그럴 거야."

"그만해. 안 그런다니까."

하지만 그 말을 믿을 수가 없다. 샘의 눈을 보면 알 수 있다. 그는 이미 내게서 마음이 떠났다. 그동안의 다정함도 사라졌다. 누가 그를 탓하겠어. 그는 내가 끔찍한 짓을 했다고 믿고 있으니까.

나는 셔츠 소매로 다시 눈을 훔쳤다. 창밖을 보며, 앞으로 며칠 안에 벌어질 일을 애써 머릿속에서 밀어냈다. 감옥. 그 단어가 도무지 현실처럼 느껴지지 않았다.

수갑을 채우려나? 원래 다 그러는 건가? 얌전히 따라가겠다고 해도 수갑은 채워야 하나? 나는 수갑이 정말 싫다. 너무 중세 같다. 차라리 내가 먼저 경찰서에 가서 자수해 버릴까? 아니, 진짜로….

잠깐.

세상에.

"샘!" 내가 다급히 소리쳤다. "차 세워!"

"뭐?" 샘이 놀라며 말했다. "왜?"

마침 빨간 신호였다. 샘이 속도를 줄이자 차가 천천히 멈췄다. 완전히 멈추기도 전에 나는 문을 열고 뛰쳐 내렸다. 설명 따위를 할 틈은 없었다. 지금 샘은 분명 내 행동을 '약에 취한 여자의 정신 나간 돌발행동'쯤으로 치부하겠지. 상관없다. 샘이 날 조금 더 하찮게 볼까 봐 신경 쓸 여유 같은 건 없었다. 어차피 더 떨어질 데도 없잖아. 이미 바닥이니까.

아니지. 더 떨어질 수도 있지. 마이너스라는 게 있잖아. 음수 같은 거. 샘이라면 잘 알겠지.

차에서 내리자마자 브로드웨이를 미친 듯이 내달렸다. 하이힐을 신고 있어서 쉽진 않았지만, 저 여자애를 놓치면 평생 나 자신을 용서 못 할 거다. 내 결백을 증명할 수 있는, 거의 유일한 기회였다.

"첼시!" 숨이 닿는 만큼 가까워지자 나는 소리쳤다.

그 애는 돌아보지 않았다. 바람에 금발이 흩날렸고, 쇼핑백을 움켜쥔 채 빠른 걸음으로 길을 내려가고 있었다. 숨이 턱까지 찼다. 힐이 보도블록 틈에 끼어 앞으로 고꾸라질 뻔했지만, 기적처럼 자세를 바로잡았다. 나는 다시 한 박자 더 뛰어들어 결국 팔이 닿을 만큼 가까워졌고, 그대로 그 애의 팔을 움켜잡았다.

"첼시." 나는 헐떡였다.

그 애가 고개를 돌렸다. 파란 눈을 몇 번 깜빡이며 놀란 표정을 지었다. 맞다. 바로 그 애였다. 모니카 존슨이 얼마나 훌륭하고 이타적인 사람인지 열변을 토해내던. 그리고 이유도 모른 채 연락이 뚝 끊겨 버렸던, 바로 그 애.

"네?" 그 애가 말했다.

숨을 몰아쉬느라 말이 잘 나오지 않았다. 와, 나 진짜 체력 바닥이네. 뭐, 감옥에서 15년이나 살면 근육이라도 좀 붙겠지. 감옥에

선 다들 그러는 거 아니야? 운동하고 해골 문신 같은 거 새기고.

"저 애비 애들러예요." 나는 겨우 말했다. "예전에, 모니카 존슨 얘기할 때 만났었잖아요."

그 애가 몇 번 더 눈을 깜빡였다. "누구요?"

뭐?

"모니카 존슨." 내가 다시 말했다. "그때, 룸메이트라고 했던 사람 말이에요."

그 애는 미간을 찌푸린 채 고개를 저었다. 진짜 기억을 더듬는 사람처럼. 그 순간, 내가 정말 미쳐가고 있는 줄 알았다. 그날 나눴던 대화가 전부 내 상상이었나? 전부 마약 때문에 생긴 망상이었나?

그런데 갑자기 그 애 눈이 번쩍했다. "아! 아기 갖고 싶다던 그분이시네요!"

내가 미친 게 아니었다. 다행이다. 진짜로.

"그래서 그때 그 일은 어떻게 됐어요?" 그 애가 물었다.

"이제 모니카랑 같이 안 사나 보네요."

"어…," 그 애는 쇼핑백을 들지 않은 손으로 코를 긁적였다. "사실은요…."

나는 눈썹을 치켜올렸다.

그 애가 피식 웃었다. "모니카랑 저는 룸메이트였던 적이 없어요. 그냥 모니카가 그렇게 말해 달라고 했어요."

…뭐?

"그럼," 나는 눈을 가늘게 뜨고 물었다. "모니카랑은 어떻게 아는 사이인데요?"

그 애가 어깨를 으쓱했다. "대학교 때 좀 아는 사이였어요. 친하진 않았고요. 사실 걔 룸메이트랑 제가 더 친했어요."

"그럼 왜 모니카는 진짜 룸메이트 번호를 안 준 거예요? 제가 직접 만나 볼 수 있게."

그 애가 너무 크게 웃는 바람에, 지나가던 몇 사람이 우리 쪽을 흘끗 봤다. "아, 모니카가 그걸 원했을 리가요."

속이 울렁거렸다. 이게 바로 샘이 모니카를 '검증'하자고 했던 이유였다. 제정신인 사람인지 확인해 보자고. 그런데 모니카는 우리 앞에 거짓 친구며 가족을 줄줄이 내세웠다. 그 뒤로 모니카 엄마에게 다시 전화하진 않았지만, 지금 생각하면 그때 전화를 받았던 여자가 진짜 엄마였는지조차 의심스러웠다.

어쩌던 그래서 모니카가 자기가 레드삭스 팬이라고 했는지도 모른다. 인디애나 출신이라는 말부터가 헛소리였으니까.

"그러니까…, 모니카 룸메이트가 모니카를 싫어했단 말이에요?"

첼시가 콧방귀를 뀌었다. "싫어했다는 말로는 부족하죠."

"근데 첼시 씨도 모니카 안 좋아하셨잖아요, 그렇죠?"

"안 좋아했죠. 근데…."

"근데요?"

그 애가 고개를 숙였다. "모니카가 200달러를 줬어요. 자기가 내 룸메이트고, 자기가 엄청 괜찮은 사람이라고 말해 달라고요."

세상에. 이건 모니카가 임신하고 나서 샘을 사랑하게 된 정도의 문제가 아니었다. 처음부터 날 속일 작정이었던 거다.

그럼 거티를 계단에서 밀어 떨어뜨린 것도 모니카였던 걸까? 내 비서를 치워 버리고, 내 인생에 비집고 들어오려 했던 거야?

대체 뭐야? 왜 그런 짓을 한 거지? 왜 하필 나야?

첼시, 아니, 진짜 이름은 모르는 그 애가 내 표정을 보고 움찔하더니 한 발 물러섰다.

"음…, 정말 미안해요. 그날 제가 무슨 말을 해도 상관없을 줄 알았어요. 그리고 저…, 완전 굶어 죽기 직전인 배우거든요. 돈이 너무 필요했어요."

"당신 잘못은 아니에요." 내가 말했다. 사실 속이 부글부글 끓고 있었는데도. 고작 200달러 때문에 내 인생이 망가졌다. 최소한 500달러는 부르지 그랬어? "그래도 당신 도움이 필요해요."

"좋아요." 그녀가 말했다. "원하는 건 뭐든 할게요."

33

첼시는 가명이었다. 진짜 이름은 테일러 레이놀즈. 나는 제일 먼저 그녀의 '진짜' 전화번호를 확보했다. 샘은 내가 모니카 얘길 꺼내기만 하면 믿지 않는다. 하지만 다른 사람 입에서 나온 말이라면 다를지도 모른다. 무엇보다 샘이 내 무죄를 믿어줬으면 했다. 샘이 내 편이 아니면, 난 이 일을 버틸 수 없다.

테일러가 두 번째로 해준 일은 휴대폰을 꺼내 모니카의 옛 룸메이트, 신시아 홀러웨이에게 전화를 거는 것이었다. 테일러의 말만으로도 충분히 결정적이었지만, 신시아는 훨씬 더 할 얘기가 많아 보였다. 내가 확신하는 대로 모니카가 '진짜로 미친 사람'이라는 걸 증명할 수만 있다면…. 어쩌면 나 자신을 구할 수 있을지도 모른다.

어쩌면.

"정말 고마워요." 나는 테일러가 연락처를 찾는 동안 말했다. 예전엔 친구들 번호쯤은 다 외우고 살았는데. 지금은 내 번호만 제대로 기억하고 있어도 다행이었다.

"별거 아닌데요." 테일러가 웃었다. 솔직히 말하면, 그녀는 이 모든 상황이 꽤 흥미로운 모양이었다. 오늘 밤 술자리에서 친구들한테 떠들기 딱 좋은 이야깃거리를 내가 제공해 준 셈이겠지.

우리는 브로드웨이 길가에 나란히 서서 쇼핑백 든 사람들에게 길을 터주며 비켜섰다. 테일러가 번호를 찾더니 초록색 통화 버튼을 눌렀다. 나는 그 옆에서 엄지발가락에 잡힌 물집이 욱신거리는 걸 참으며 서 있었다. 하이힐 신고 뛰는 건 이번이 마지막이다. 교도소에서 강제 노역 같은 걸 하게 된다면…, 적어도 발은 멀쩡해야 하니까.

아니야. 그런 생각은 하면 안 돼. 반드시 이 일을 바로잡을 거야.

"신시아?" 테일러의 얼굴이 환해졌다. "나 테일러야! 잘 지내?"

둘은 거의 5분이나 수다를 떨었다. 내가 바로 옆에서, 내 인생이 걸린 채 숨을 죽이고 있다는 사실은 까맣게 잊은 듯했다. 테일러가 세일하는 앤트로폴로지 매장에서 뭘 얼마나 건졌는지 신나게 떠들기 시작하자, 나는 결국 그 애 어깨를 톡 치고 일부러 헛기침을 크게 했다.

"아!" 테일러가 말했다. "저기, 신시아. 너 모니카 존슨 기억나?"

불과 한 뼘 거리에서도 수화기 너머로 "아, 세상에." 하고 질색하는 소리가 들렸다.

테일러가 킥킥 웃었다. "여기 모니카 때문에 완전 큰일 난 분이 한 명 있거든. 너랑 얘기 좀 하고 싶대."

"가능하면 직접 만나서요." 내가 끼어들었다.

"그래, 직접 만나서." 테일러가 맞장구쳤다. 그녀는 잠깐 듣더니 내 얼굴을 훑어보며 말했다. "아니, 미친 사람 같진 않은데? 괜찮은 사람 같아. 들어보니까 모니카가 제대로 한 방 먹였네."

나는 발을 동동 구르며 초조하게 기다렸다. 제발, 이 여자가 나를 만나줬으면 좋겠다. 모니카의 옛 룸메이트가 그녀가 얼마나 이상한 사람인지 한마디만 해줘도, 샘은 적어도 내 말이 헛소리는 아닐 수도 있다고 생각해 볼 테니까. 물론 샘이 모니카를 쉽게 나쁘게 보지 못한다는 것도 안다. 그의 아이를 임신하고 있으니까. 그래도 눈앞에 증거가 차곡차곡 쌓이면, 샘도 결국 정신을 차리겠지. 그래야만 한다.

테일러가 휴대폰을 귀에서 떼며 말했다. "한 시간 뒤에 출근해야 하는데, 그때까지는 시간 된대요. 빌리지에 산대요."

나는 고개를 끄덕였다. "주소 알려 줘요."

신시아의 아파트까지는 택시로 30분쯤 걸렸다. 나는 기사에게 내내 속도를 내 달라고 재촉했고, 딱지를 끊어도 내가 다 내겠다고까지 했다. 내가 아는 사람은 죄다 모니카를 성녀처럼 여겼다. 딱 한 사람이라도, 모니카가 겉보기와 전혀 다른 사람이라고 말해 준다면…. 그건 내게 작은 승리나 다름없을 것 같았다.

적어도 나는 그렇게 되길 바랐다. 신시아가 해줄 얘기라는 게 '모니카가 시리얼을 혼자 다 먹고 새로 안 사 왔다' 같은 수준이라면, 정말 맥이 풀릴 것 같았다.

신시아는 웨스트 빌리지의 갈색 벽돌 건물에 산다고 했다. 건물 앞에는 비상계단이 지그재그로 엇갈리며 붙어 있었다. 현관 앞에서 '홀러웨이'를 찾아 벨을 누르고 잠깐 기다리자, 요란한 버저 소리와 함께 문이 열렸다.

아파트는 4층이었다. 엘리베이터가 있을 리 없었다. 나는 숨을 몰아쉬며 계단을 올라갔다. 발가락엔 물집이 하나둘 더 늘었지만, 아픈 건 신경 쓰지 않았다. 이 사람을 꼭 만나야 한다. 신시아가 모든 걸 풀 열쇠라고 나는 확신했다.

문을 연 신시아 홀러웨이는 모니카와 비슷한 키의 아담한 체구에, 귀가 드러날 만큼 짧게 자른 검은 머리와 코의 링 피어싱이 눈에 띄는 여자였다. 그녀는 나를 보자 삐뚤게 난 치아를 드러내며 환하게 웃었다. "모니카한테 당한 사람이라면서요?"

"애비예요." 나는 숨을 고르느라 힘겹게 말했다.

"그래요, 애비." 신시아가 고개를 끄덕이더니 방 안쪽을 힐끗 봤다. "우리 다른 룸메이트 엘리도 있어요. 걔도 모니카 얘기 좀 풀고 싶대요."

"지금 모니카 이야기하는 거야?" 안쪽에서 다른 목소리가 들려왔다. 연갈색 머리를 대충 틀어 올린 여자가 모습을 드러냈다. 그녀는 스키니 청바지에 손을 훔치며 다가왔다. "내가 먼저 해도 돼?"

신시아가 내게 윙크했다. "애비, 일단 앉을래요?"

나는 거실 한가운데 놓인 빈백 의자에 앉았다. 빈백에 앉아본 적이 있었나? 어색하게 몸을 내려놓으며 무릎 위에 가방을 꼭 끌어안았는데, 순식간에 알갱이들 사이로 푹 꺼져 버렸다. 이 우스꽝스러운 의자에서 어떻게 다시 일어나야 할지 감도 안 왔다. 그래도 꽤 편하긴 했다.

"그래서 애비, 모니카는 어떻게 알게 됐어요?" 신시아가 파파산

의자에 몸을 기대며 물었다.

자초지종을 전부 말하자면 지금 있는 시간으론 턱없이 부족했다. 최대한 짧게 끝내야 했다.

"같이 일했어요. 그러다 걔가 우리 상사랑 엮어서 저만 곤란해졌고…, 결국 해고됐죠."

두 여자가 눈빛을 주고받았다. "모니카 스페셜이네." 엘리가 중얼거렸다.

나는 헛기침을 했다. "그럼…, 같이 살 때는 어땠어요? 룸메이트로는, 좀 까다로웠나요?"

신시아가 쓸쓸하게 웃었다. "까다롭다는 말로는 택도 없어요. 걔는 사이코패스였어요. 솔직히 말하면…, 나중엔 우리가 잠든 사이에 칼 들고 덮칠까 봐 무서웠다니까요."

심장이 덜컥 내려앉았다. 좋아. 이 정도면 충분히 가능성 있어.

"설마 자는 사이에 죽이진 않았겠지." 엘리가 눈을 굴렸다. 당장이라도 모니카 얘길 쏟아내고 싶어 입이 근질거렸지만, 꾹 참았다. "근데 뭐, 맞아요. 걘 완전 미쳤어요."

"대학 4학년 때였어요." 신시아가 말을 이었다. "저랑 엘리랑 다른 친구 하나랑 셋이서 이 집을 계약했는데, 막판에 그 친구가 남자친구랑 살겠다고 빠진 거예요. 그래서 학교 신문에 룸메이트 구한다는 광고를 냈죠. 그리고 일주일 뒤에 모니카가 들어왔어요."

"그래서…," 나는 입술을 살짝 깨물었다. "많이 이상했어요?"

"처음 2주 정도는 멀쩡했어요." 신시아가 말했다. "미친 짓은 그 다음부터 시작됐고요."

신시아는 무릎을 긁적이며 기억을 더듬었다. "어느 날은 갑자기 내가 자기 요거트를 먹었다고 몰아세우더라고요. 진짜 별것도 아닌 일로요. 근데 전 그 요거트 안 먹었거든요. 먹으면 속이 불편해져서 화장실을 들락거리게 되니까, 요거트 같은 건 원래 싫어해요. 아무튼 모니카가 그걸로 미친 듯이 화를 내더니 쓰레기통을 뒤져서 요거트 용기를 찾아냈어요. 그러고는 열받았다고 쓰레기를 바닥에 죄다 쏟아놓고 나가버렸죠. 말이 돼요? 대체 누가 그런 짓을 해요?”

“아, 그리고 우리보고 자기 방 뒤졌다고 했잖아.” 엘리가 몸을 앞으로 기울이며 말을 보탰다. “문에 자물쇠까지 달아놨는데 우리가 어떻게 들어가. 말이 안 되지. 근데 걔는 진짜로 우리가 들어갔다고 확신했어. 방에 카메라까지 달아놓겠다고 했잖아, 우리가 들어가는지 보겠다고.” 엘리는 고개를 절레절레 흔들었다. “그 일로 얼마나 난리를 쳤는지 알아? 우리가 여기서 친구들이랑 조용히 앉아 있으면, 갑자기 방에서 튀어나와서 있는 힘껏 소리를 질렀다니까.”

“게다가 경찰도 불렀잖아.” 신시아가 덧붙였다. “그것도 한두 번이 아니라 계속. 보통 시끄러우면 문 두드리고 ‘음악 좀 줄여 줄래?’ 하면 끝이잖아. 근데 걔는 바로 경찰에 전화해서 소음 신고를 넣었어. 경찰이 들이닥쳤을 때 진짜 심장 멎는 줄 알았어. 한 번도 아니고 여러 번!”

“건물 관리인한테도 그랬고.” 엘리가 말했다.

“맞아.” 신시아가 몸서리쳤다. “아, 그리고 걔 때문에 나도 하마터면 잘릴 뻔했어. 내 상사한테 전화해서 내가 회사 물품 훔친다고 찔렀거든.”

엘리가 씩 웃었다. "근데 너 회사 물품 훔친 건 맞잖아."

"그렇긴 하지. 근데 그걸 굳이 일러바칠 게 뭐냐고!" 신시아가 커피 테이블을 주먹으로 쾅 내리쳤다. "진짜 누가 그래? 내가 그 일로 따졌더니 개가 막 이러는 거야. '도둑질은 나쁜 거야. 너는 잡힐 만했어.'"

"미친 모니카."

"응. 진짜 미친 모니카." 그러더니 신시아의 눈이 번쩍 커졌다. "아, 그리고 그 냄새 사건 기억나?"

엘리가 숨을 훅 들이켰다. "맞다, 나 그거 완전 잊고 있었어!" 엘리가 나를 돌아보며 말했다. "이게 진짜 제일 소름 끼치는 일이었는데요. 개가 어떤 남자랑 두어 달 사귀고 있었거든요? 근데 그 관계가 완전 롤러코스터였어요. 늘 싸우고 서로 고함치고. 벽 너머로 다 들릴 정도였죠. 그러다 어느 날 또 엄청 크게 싸우는데, 갑자기 '쿵' 하는 둔탁한 소리가 나더니⋯. 싸움이 뚝 끊겼어요."

"그리고." 신시아가 이어받았다. "그다음 주부터 개 방에서 냄새가 올라오기 시작했어요. 진짜 말도 못 하게 역겨운 냄새 있잖아요. 뭔가 썩고 있는 냄새요. 전 진짜로 개가 그 남자를 죽여서 방에 숨겨 둔 줄 알았어요. 시체가 안에서 썩고 있는 거라고요."

"그건 아니었어." 엘리가 딱 잘라 말했다.

"맞았거든!" 신시아가 발끈했다.

내가 이 얘길 아무것도 모른 채 들었다면 '둘 다 과민반응이네' 하고 넘겼을 거다. 하지만 지금 내가 아는 모니카라면? 난 그 가엾은 남자가 진짜로 죽었을지도 모른다고 생각했다. 어딘가에 처박혀 있거나⋯. 허드슨강 어딘가에 가라앉아 있을지도.

"신문도 찾아봤어요." 신시아가 말했다. "근데 그 남자 이름을 몰라서…. 뭐, 찾을 방법이 없었죠. 그래도 전 확신해요. 걔가 죽였어요."

엘리가 눈을 굴렸다. "미치긴 했어도 살인자는 아니었어."

"그럼 침대 밑에서 나온 그 말뚝은 뭐야?" 신시아가 나를 똑바로 보며 말했다. "걔가 나간 뒤에 내 침대 밑에서 빗자루 손잡이를 깎아 만든 말뚝을 찾았어요. 숨겨놨더라고요. 진짜 걔는 우리 둘 다 꿰어 박을 생각이었던 것 같아요. 우리가 지금 살아 있는 게 기적이라니까요."

나는 입술을 깨물었다. 이 정도면 충분할까? 모니카가 제정신이 아니라는 건 알겠는데, 결정적인 한 방이 없었다. 이 두 사람 얘기만으로 샘이 마음을 바꿀까? 잘 모르겠다. 그래도 내가 여기까지 온 이유는 하나였다. 샘을 내 편으로 돌려놓는 것.

"아, 그리고 제일 끔찍했던 건…," 신시아가 말을 이었다. "모니카 엄마였어요. 세상에, 그 여자는 진짜 소름 돋았어요. 맨날 여기 들락거렸고요."

"맞아, 최악이었지!" 엘리가 맞장구쳤다. "신시아, 내가 말했나? 밤에 물 마시려고 방에서 나왔는데 모니카 엄마가 그냥…, 내 방 문 앞에 서 있었어. 새벽 2시에!"

"그래도 요리는 잘했어." 신시아가 말했다. "브라우니 먹어본 적 있어?"

"아니. 난 그 여자 음식은 절대 안 먹었어! 뭐라도 섞어 놨을 것 같잖아. 청산가리 같은 거!"

머릿속이 어지럽게 빙글 돌았다. 작년에 나는 '진 존슨'이라는 여자와 통화했고, 그 여자는 자기가 모니카 엄마라고 했었다. 하지만 지금 보니 그 '진 존슨'도 첼시 윌리엄스만큼이나 가짜였던 게 분명했다. "그럼 모니카 엄마가 인디애나에 산다는 건 거짓말이었네요?"

"아, 그랬으면 얼마나 좋았겠어요." 엘리가 웃었다. "모니카는 원래 보스턴 출신이었는데, 가족이 뉴욕으로 이사 왔거든요. 업타운에 집이 있었어요. 적어도 그땐요."

모니카의 엄마. 진짜 엄마. 작년에 내가 통화했던 그 가짜 말고. 돈 몇 푼 받고 대신 전화받아 준 그 여자 말고. 엘리나 신시아의 증언보다도 그 사람 입에서 나오는 말이 훨씬 더 믿을 만할 것 같았다.

"혹시…," 내가 조심스럽게 물었다. "부모님 전화번호 알아요?"

"아뇨." 신시아가 고개를 저었다. 심장이 털썩 내려앉았다. "근데 주소는 알아요. 한동안 모니카 우편물을 거기로 보내야 했거든요."

주소면 충분했다.

34

신시아 홀러웨이의 아파트로 가는 내내, 가방 속 휴대폰이 쉴 새 없이 울렸었다. 하지만 꺼내 볼 엄두가 나지 않았다. 교통 체증에 갇힌 샘을 두고 멋대로 차에서 뛰쳐나왔고, 이유도 설명하지 않은 채 사라졌으니 샘이 난리가 났을 게 뻔했다. 신시아의 아파트를 나와서야 나는 마침내 휴대폰을 꺼냈다. 예상대로 남편에게서 부재중 전화가 여섯 통 와 있었고, 문자도 끝이 안 보일 만큼 쌓여 있었다.

'어디야?'

'애비, 어디 있어??'

'지금 어디 있는지 말해 줄래?????'

'달리는 차에서 뛰어내렸잖아. 최소한 괜찮다는 말이라도 해줘!'

달리는 차도 아니었거든. 빨간불에 멈춰 있었잖아.

나는 샘 번호를 눌러 통화 화면을 띄웠다. 초록색 버튼을 당장이라도 누르고 싶었지만 손이 멈췄다. 지금 내가 뭘 하고 있는지 말하는 순간, 샘은 분명 '미친 짓'이라고 할 거다. 내가 모니카가 내 커피에 약을 탔다고 했을 때처럼. '모니카를 싫어하는 룸메이트 몇 명쯤 있었다고 해서 뭐가 달라져?'라고 하겠지. 그리고 솔직히 그 말이 틀린 것도 아니다.

그래서 더 많은 정보가 필요했다. 모니카가 내게 "부모님과는 얘기할 필요 없다"고 했던 건, 그쪽이 내가 모르는 뭔가를 쥐고 있다는 뜻일 테니까. 왠지 모니카 존슨의 부모가 모든 걸 푸는 열쇠일 것 같은 예감이 들었다.

존슨 부부는 업타운에 살고 있었다. 다시 택시를 타고 한참 올라가야 했다. 미리 전화할 생각은 하지 않았다. 예고까지 해놓고 '당신 딸이 살인자 같아요' 같은 말을 꺼냈다간 문전박대당하기 십상이니까. 게다가 신시아랑 엘리 말대로라면 그 집도 만만치 않을 가능성이 컸다. 콩 심은 데 콩 나고 팥 심은 데 팥 난다잖아.

존슨 부부가 사는 건물은 초록색 차양이 달린, 겉보기엔 평범한 아파트였다. 입구엔 도어맨도 있었다. 로비에는 대리석 테이블이 띄엄띄엄 놓여 있고, 촌스러운 선홍색 소파들도 군데군데 보였다. 나는 아침에 프리쉬를 만나러 갔을 때 입었던 블라우스를 다시 매만지고, 최대한 '프로페셔널'한 미소를 지었다.

"실례합니다." 나는 고객들 앞에서 쓰는 것과 똑같은, 확신에 찬 목소리로 말했다. "존슨 씨 댁을 찾고 있는데요."

내가 꽤 그럴싸해 보였나 보다. 도어맨은 전혀 의심하지 않았다. "6B에 계십니다. 성함을 여쭤봐도 될까요?"

"애비게일 애들러입니다." 나는 또박또박 말했다. "따님 상사라고 전해 주세요."

택시 안에서 뭐라고 말해야 할지 계속 고민했다. 결국 가능한 한 사실에 가까운 쪽으로 가기로 했다. 모니카가 부모에게 뭘, 어디까지 말했는지 나는 모른다. 옛 룸메이트들 말이 맞다면, 모니카는 엄마와 꽤 가까운 사이일지도 모른다. 하지만 대개의 부모라면 딸의 상사가 찾아왔다고 하면, 게다가 멀끔해 보이기까지 하면 일단 위로 올려 보내겠지.

나는 숨을 죽이고 도어맨이 위층에 전화를 거는 걸 지켜봤다. 설령 내 말이 그럴듯하게 들렸더라도, 지금은 대낮이다. 부모가 집에 없을 수도 있다. 그러면 여기까지 온 게 전부 허탕이다.

그런데 다행히도 통화가 닿았다. 도어맨은 내가 한 말을 그대로 전했고, 잠깐 듣더니 고개를 끄덕였다. 그리고는 미소 지으며 나를 향해 손짓했다. "올라가셔도 됩니다."

이번엔 적어도 엘리베이터가 있었다. 하지만 위층으로 올라가는 내내 속이 뒤집혔다. 뭘 기대해야 할지 전혀 알 수 없었다. 모니카 부모는 지극히 평범한 사람들일 수도 있고, 아예 돌아버린 사람들일 수도 있다. 문을 열자마자 존슨 부인이 칼부터 들이밀 수도 있다. 아니, 그건 좀 오버인가. 그래도 세상일은 모르는 거니까.

6B 문 앞에 섰을 때쯤엔 기분이 영 좋지 않았다. 다리가 풀릴 것 같고 속은 울렁거렸다.

문을 연 건 존슨 부인이었다. 나보다 몇 센티쯤 더 커 보이는 키, 수수한 갈색 머리를 얼굴 뒤로 넘겨 단정한 포니테일로 묶고 있었다. 무테안경 너머로 보이는 주름을 보니 오십 대쯤 되어 보였다. 인상은…,

너무나도 평범했다.

그녀는 나를 보자 피곤한 기색을 내비쳤다. 반달 모양 안경 너머로 나를 훑어보더니 말했다. "미안한데, 성함을 못 들었네요?"

"애비게일 애들러입니다." 나는 말했다. "모니카가 광고대행사에서 제 밑에서 일하고 있어요."

존슨 부인이 내 쪽으로 손을 내밀었다. 악수는 단단했다. "루이즈 존슨이에요."

역시 내 예상이 맞았다. '진 존슨'은 또 하나의 허구였던 거다.

"그래서." 존슨 부인이 한숨을 푹 쉬었다. "이번엔 모니카가 무슨 짓을 저질렀나요?"

그 말에 나는 순간 말문이 막혔다. 딸 편부터 들고 나올 줄 알았는데. '우선…, 안에 들어가도 될까요?"

존슨 부인은 다시 한번 한숨을 쉬더니 작은 아파트 안으로 나를 들였다. 집은 소박했다. 거실은 우리 집보다도 작았고 가구들은 낡아 보였다. 나는 해진 소파에 조심스레 앉았고, 존슨 부인은 두어 걸음 떨어진 곳에 앉았다. 음료를 권할 생각은 없어 보였다.

"요즘은 정말 괜찮았는데." 존슨 부인은 안경을 벗고 눈가를 문질렀다. "모니카 소식을 1년 넘게 못 들었거든요. 그래서 이제 나쁜 시기는 지나갔나 보다, 그렇게 생각했어요." 나쁜 시기? "하지만 마음 한구석에선 알고 있었죠. 결국 시간문제일 뿐이라는 걸. 사람은 쉽게 안 변하잖아요."

그 말에 뭐라고 해야 할지 알 수 없었다.

"그러니까 말씀해 보세요." 존슨 부인이 말했다. "모니카가 무슨 짓을 했어요? 원하시는 게 뭔가요?"

나는 잠깐 망설였다. 몇 마디만 섞어봐도 알 수 있었다. 이 여자는 모니카와 나 사이의 '계약' 같은 건 전혀 모른다. "모니카랑 마지막으로 연락한 게 언제세요?"

"아까 말했잖아요. 1년은 넘었어요." 존슨 부인이 고개를 저었다. "요즘은 남편이랑 저는 꼭 필요할 때만 개입해요. 어릴 때처럼 전부 끌어안고 해결하려 들진 않고요."

"회사에서 도난 사건이 몇 번 있었어요." 나는 말했다. 살인 얘기는 꺼내지 않는 편이 낫다. 괜히 경계심부터 세우게 만들고 싶지 않았다. "그래서 지금 진상을 파악하려고 하는 중이고요."

존슨 부인이 또 한숨을 쉬었다. "모니카는 늘…, 사건의 바닥에 있어요." 말이 너무 나갔다는 듯, 그녀가 잠깐 멈칫했다. "죄송해요, 그런 말 하면 안 되는데. 그래도 어느 순간부터는 지치더라고요. 걔가 열네 살 때부터…."

존슨 부인은 말끝을 흐렸다. 더 말해봤자 딸에게 도움이 되지 않는다는 걸 깨달은 듯했다.

"존슨 부인." 나는 최대한 차분하게 말했다. "저는 모니카를 정말 좋아해요. 훌륭한 직원이고요. 모니카를 돕고 싶어요. 그러려면 모니카가 어떤 일을 겪고 있는지 알아야 해요. 어차피 곧 다 드러날 일이니까요."

나는 숨을 죽였다. 거짓말이 들통날까 봐. 존슨 부인의 눈이 가늘게 좁혀졌다.

"훌륭한 직원이요?" 그녀가 콧방귀를 뀌었다. "그건 좀 믿기 힘든데요."

"정말이에요. 능력도 있고, 일도 정리 잘하고, 그리고—"

"네, 근데 그 애는 미쳤잖아요!" 존슨 부인의 갈색 눈이 확 커졌다. 순간, 그녀 자신도 조금 미친 사람처럼 보일 정도였다. "이 말이 모니카에게 상처가 될 수도 있겠지만…, 당신을 위해서라도 그 애는 내보내는 게 좋아요. 더 큰 일을 저지르기 전에요. 겪어봐서 하는 말이에요."

"무슨 뜻이에요?" 나는 조심스럽게 물었다.

"전부 그 애 잘못은 아니에요. 아시죠?" 존슨 부인의 어깨가 축 처졌다. "모니카도 나름은…, 옳은 일을 하려고 해요. 가끔은요. 하지만 그 애는…, 음, 정신과 의사들도 진단을 두고 의견이 갈렸어요." 정신과 의사들이라고? "대부분은 심각한 경계성 성격장애라고 봤죠."

나는 입을 벌린 채 그대로 굳어버렸다. 모니카의 의료 기록을 그렇게 꼼꼼히 확인했는데. 어떻게 이런 중대한 걸 놓칠 수가 있지?

"경계성 성격장애요?"

존슨 부인이 고개를 끄덕였다. "영화 〈위험한 정사〉에서 글렌 클로즈가 했던 역할 있잖아요? 토끼 죽였던 그 여자."

아, 젠장. 나는 토끼를 죽이는 사이코패스를 내 아이 엄마로 고른 거네.

"의사들이 약도 정말 많이 써봤어요." 존슨 부인이 말을 이었다. 약을 '여러 개'나? "근데 별 효과가 없었어요. 조금 나아지는 때도 있었지만, 의미 있을 정도는 아니었죠."

나는 닥터 웡의 진료실을 떠올렸다. 모니카에게 약을 복용 중이냐고 물었더니, 아니라고 했었다. 당연하지. 임신 중이니까.

"그런데 진짜 문제는," 존슨 부인이 말했다. "그 애가 똑똑하다는 거예요. 위험한 이유가 그거죠. 검사해 보면 IQ가 천재 수준이에요. 그건 알고 있었나요?”

“네…, 어느 정도는요.”

“수학 천재였거든요.” 존슨 부인의 얼굴에 처음으로 아주 옅은 자부심이 스쳤다. “집중만 했으면 노벨상도 탔을 거예요. 하지만…, 이제 그런 건 불가능해졌죠.”

수학 부문 노벨상은 없다. 샘 덕분에 나도 그 사실을 안다. 대신 ‘필즈상’이 있는데, 4년에 한 번만 주고, 보통 마흔 넘은 수학자에게는 잘 주지 않는다. 샘은 필즈상 얘기만 나오면 늘 현실적으로 선을 그었다. 특히 이제 서른여덟이 된 뒤로는 더더욱. 스스로 말하길, 애초에 진짜 유력 후보였던 적도 없다고 했다. 가끔 농담처럼 “내 필즈상은 창밖으로 날아갔지 뭐”라고 말하곤 했다.

“모니카가 위험하다고 하셨잖아요.” 심장이 빠르게 뛰기 시작했다. “어떤 의미로요? 겉보기엔 너무 멀쩡한데요.”

“그 앤 그럴듯하게 연기하는 데 아주 능해요.” 존슨 부인이 웃었지만, 그 웃음엔 기쁨이 없었다. “그래도 속지 마세요. 남편이랑 저는 어느 순간부터 밤에 방문을 잠그기 시작했거든요. 무슨 뜻인지 알겠죠?”

나는 그녀를 멍하니 바라봤다. “설마요.”

“네, 진짜로요.” 존슨 부인은 먼 곳을 보듯 시선을 흐렸다. “문제가 있다는 건 알고 있었지만, 위험하다고 생각한 건 고등학교 2학년 때가 처음이었어요. 그 애랑 베스트 프렌드였던 샌디랑 같은 남자애를 두고 싸웠거든요. 뭐, 그 나이엔 흔한 일이죠. 사소한 문제예요. 근데 그 또래 여자애들은 감정이 확 치솟잖아요? 둘이 완전히 틀어졌고, 그러더니….”

가슴이 서늘해졌다. 그다음은 듣고 싶지 않았다. 그렇다고 안 들을 수도 없었다. “그러더니요?”

존슨 부인이 잠깐 눈을 감았다. “샌디가 사라졌어요.”

나는 무릎 위에서 두 손을 꼭 움켜쥐었다. 손가락이 아플 정도였다. 이런 사람을 내 인생에 들여놓다니. 어떻게 이렇게 멍청할 수가 있지. “그냥 가출했을 수도 있잖아요. 그 나이 또래 애들은…, 종종 그러기도 하고요.”

“아니에요. 샌디는 가출한 게 아니었어요.” 존슨 부인의 눈이 멀어졌다. 허공 어딘가를 바라보는 시선이었다. “일주일 뒤에 찰스강에서…, 떠 있는 채로 발견됐거든요.”

나는 입을 틀어막았다. 속이 뒤집혔다. 진짜로 토할 것 같았다. “존슨 부인, 저…, 화장실이 어디죠?”

존슨 부인이 길고 앙상한 손가락으로 복도 쪽을 가리켰다. 나는 가방을 움켜쥐고 거의 뛰다시피 했다. 간신히 변기 앞에 섰지만, 나온 건 메스꺼운 헛구역질뿐이었다. 프리쉬를 만나느라 불안해서 점심을 건너뛰었으니, 위에 남아 있는 게 있을 리 없었다.

몸을 일으켜 거울을 보자 머리가 빙글 돌았다. 얼굴은 핏기 하나 없이 창백했고, 검은 머리는 부스스하게 흐트러져 있었다. 손가락으로 대충 빗어 보고 물을 끼얹어 봐도 소용없었다. 화장을 고칠까 잠깐 생각했다가…, 이 상황에 그게 무슨 소용인가 싶었다.

화장실에서 나왔을 때, 존슨 부인은 휴대폰을 만지작거리고 있었다. 나를 보더니 무표정한 얼굴로 말했다. “샌디 기사 찾아뒀는데, 혹시 보실래요?”

나는 손을 들며 고개를 저었다. "아뇨…. 괜찮습니다."

존슨 부인이 눈썹을 살짝 치켜올렸다. "애들러 씨, 괜찮아요?"

나는 소파에 다시 앉으며 힘없는 미소를 지었다. "네. 괜찮아요. 정말요."

그녀는 어깨를 으쓱하더니 휴대폰을 테이블 위에 내려놓았다. "그 일은, 뭐…, 상상하시는 것처럼 꽤 떠들썩했어요. 그리고 대부분은 모니카가 관련됐다고 봤죠. 증거는 못 찾았지만요. 그래서 우리가 보스턴을 떠나 여기로 이사 온 거예요."

등줄기가 서늘해졌다. 모니카는 십대 때도 빠져나갔다. 그 말은 모니카가 살인자라는 것뿐 아니라, 흔적을 지우는 법도 안다는 뜻이었다. 그때도 그랬다면 지금은 더 능숙해졌겠지.

존슨 부인이 소파 등받이에 몸을 기대며 말했다. "미안해요. 이런 얘길 당신한테 해선 안 됐는데. 난 원래 모니카 편을 들어야 하는 사람이잖아요." 그녀가 쓸쓸하게 웃었다. "알아요. 나도 예전에 상담을 받았거든요. 근데 주제가 늘 모니카였어요. 모니카, 모니카, 모니카…."

나도 상담을 받는다면 딱 그 얘기만 하게 될 것 같았다.

"존슨 부인, 질문 하나 해도 될까요?" 내가 말했다.

그녀가 고개를 끄덕였다. "물론이죠."

"모니카랑은 어떻게 연락이 끊기게 됐어요?"

"아…." 존슨 부인이 고개를 저었다. "불륜 문제로 싸우기 시작했어요. 한 3년 전쯤이었나. 그 뒤로는 그냥 계속 무너졌죠."

"불륜이요?"

존슨 부인이 눈을 굴렸다. "대학 때 수학 교수랑 엮이기 시작했어요. 난 당연히 안 된다고 했죠. 근데 걔는 내 말을 들을 생각이 없었고요."

그 말에 몸이 굳었다. "수학 교수요?"

"네." 그녀가 아무렇지 않게 고개를 끄덕였다. "그 남자, 참 잘생긴 사람이었어요. 솔직히 모니카가 왜 빠졌는지 알겠더라고요. 물론 모니카보다 한참 나이가 많았고 결혼도 했고요."

"결혼을 했다고요…?" 목구멍이 꽉 막혀 침을 꿀꺽 삼켰다. "모니카가 다닌 대학이 어디였죠?"

존슨 부인이 대학 이름을 말하는 순간, 숨이 턱 막혔다. 내가 아는 그 학교. 내 남편이 가르치는 대학.

아니야. 설마. 그럴 리 없어.

그럴 리가 없는데.

"그 교수는 어린애를 갖고 논 거예요." 존슨 부인이 말을 이었다. "근데 모니카는 그렇게 안 봤죠. 그 남자한테 완전히 빠져 있었거든요. 내가 그 사람을 조금만 나쁘게 말해도, 꼭 자기를 공격하는 것처럼 받아들였어요."

나는 땀에 젖은 손으로 치맛자락을 꽉 움켜쥐었다. "그 교수…, 이름이 뭐였는지 기억하세요?"

존슨 부인이 곰곰이 생각하더니 말했다. "스티브…였나." 이마를 찌푸렸다. "아니, 그건 아니고. 사이먼? 그것도 아닌데…."

"혹시…, 샘인가요?" 간신히 목소리가 나왔다.

존슨 부인이 손가락을 탁 튕겼다. "맞아요, 샘. 그 이름이었어요. 그 애가 어떤 남자한테 그렇게까지 홀린 건 처음 봤죠. 둘이 사랑에 빠졌대요. 상상이 가요?"

이제 더는 모르는 척할 수도 없었다. '샘'이라는 수학 교수라니. 이게 우연일 리가 없다.

"그럼…, 그 둘이 어떻게 됐는지 아세요?"

존슨 부인이 고개를 저었다. "아까 말했듯이, 그 일 이후로 우리 관계가 완전히 망가졌어요. 모니카가 그 뒤로 뭘 하며 살았는지 난 몰라요. 아마 그 남자가 아내를 버릴 생각이 없다는 걸 알고 다른 사람을 찾았겠죠. 아니면…, 그 교수를 잘리게 했을지도 모르고요. 그랬다면 자업자득이긴 하겠지만."

아니면…,

아니면 둘은 결국, 함께 있을 방법을 찾아낸 걸지도 모른다.

35

샘이랑 모니카가 바람을 피우고 있다.

모니카의 엄마가 말해 준 타임라인을 보면, 둘의 관계는 최소 3년은 됐다. 3년 동안 내 뒤에서 몰래 만나 온 거다. 샘은 강의 스케줄이 들쭉날쭉했고, 나는 늘 야근에 시달렸으니 숨기기엔 더없이 좋은 조건이었겠지. 대학 연구실에 있는 그 헤진 소파에서, 둘은 수없이 뒹굴었을 거다.

어떤 면에선 믿기지가 않았다. 지난 10년 동안 샘은 내 버팀목이었다. 그런데 또 한편으론, 의심했던 조각들이 착착 맞아떨어졌다. 샘은 몇 년 동안이나 매력적인 여대생들이 달라붙는 환경에 있었고, 그가 돌부처도 아니니까. 언젠가 한 번쯤 무너졌을 수도 있다. 이해한다는 뜻은 아니다. 그저 충분히 '있을 법한' 일이라는 거다. 어쩌면 모니카가 첫 외도는 아니었을지도 모른다.

엄마 말이 맞았다. 샘은 지나치게 잘생겼다. 내가 그걸 몰랐던 게 아니라 그를 믿은 게 실수였다.

샘은 늘 나를 있는 그대로 사랑하는 것처럼 굴었다. 오히려 내가 가진 돈이 많다는 사실을 못마땅해하는 것 같기도 했다. 우리가 충분히 감당할 수 있는 것들, 예컨대 주차장 정기 자리 같은 것도 내가 내겠다고 하면 끝까지 못 내게 했다. 그런데 생각해 보면, 내 돈이 없었다면 애초에 가질 수 없었을 그 아파트는 누구보다 좋아했다. 결국 샘이 사랑한 건 나라는 사람보다 내가 가진 것들이었을지도 모른다.

그리고 샘이 정말로 아이를 원했다면, 수업에서 마주치는 젊고 건강한 학생들을 볼 때마다 얼마나 속이 뒤집혔을까. 그 애들 중 누구라도, 내가 못 낳아준 아이를 낳아줄 수 있다는 걸 생각하면. 모니카는 처음부터 그걸 노렸을 것이다. 둘이 만나기 시작했을 때부터, 그리고 이 악랄한 계획을 짜기 시작했을 때부터.

자넬. 우리에게 아이를 주겠다고 약속했던 그 여자애는, 절대 마음이 바뀔 것처럼 보이지 않았다. 애초에 엄청 적극적이었으니까. 그런데 돌이켜보면, 나는 자넬과 직접 얘기해 본 적이 한 번도 없었다. '자넬이 마음을 바꿨다'는 말은 샘이 전해 준 게 전부였고, 그걸로 끝이었다. 나는 샘을 믿었다.

그리고 당연히, 모니카의 뒷조사도 샘이 맡았었다. 지금 생각하면 그가 그런 걸 제대로 했을 리 없다. '첼시'의 번호도, 모니카 '엄마'의 번호도 샘이 내게 알려 준 거였다. 다 확인해 봤다고? 말도 안 돼.

샘이랑 모니카가 산부인과 진료 일정에서 나를 떼어내려고 얼마나 신나게 작당했는지 눈에 선했다. 내 캘린더 시간대를 슬쩍 바뭐놓은 것도 둘 중 하나였겠지. 아니면 둘이 같이 했을지도. 내 음식에 약을 탄 것도 혼자 했을 리 없다. 공동 작업이었을 거다.

아, 그리고 샘이 '발견했다'고 했던 내 서랍 속 마약 봉지. 그 미스터리도 이제 풀렸다.

데니즈를 죽인 그 편지칼…, 그건 샘이 나한테 준 선물이었다. 나는 그게 다정하고 사려 깊은 결혼기념일 선물인 줄 알았다. 그런데 알고 보니, 그는 내 손에 살인 도구를 쥐어준 거였다.

지금 샘은 내가 형량 협상을 받아들이게 만들려고 밀어붙이고 있다. 프리쉬한테 무슨 말을 했길래 저쪽이 그렇게 나를 설득하려 드는지 누가 알겠어. 샘이 원하는 건 딱 하나다. 최대한 적은 비용으로 나를 치워버리는 것. 그래야 모니카와 '드디어' 함께할 수 있으니까.

문제가 하나 있다.

샘이 정말 이 모든 걸 꾸몄다면, 그는 그냥 쓰레기 남편 정도가 아니다. 단순한 바람둥이도 아니고, 완전히 사이코패스라는 뜻이다. 이혼하고 싶었으면 그냥 이혼하면 됐잖아. 골치 아프기도 하고 내 돈도 포기해야 했을 테니 아까웠겠지만, 샘이 무직에 무능력한 인간도 아니었다. 이혼하고도 얼마든지 먹고살 수 있었을 거다. 설령 데니즈를 직접 죽인 게 그가 아니라 해도, 나를 살인범으로 몰아넣는 판을 짠 건 정상이라면 할 수 없는 짓이다. 그건 완전히 망가진 사람만 할 수 있는 짓이다.

샘을 안 지도 10년이 넘었다. 어제까지만 해도 나는, 이 세상에서 샘을 제일 잘 아는 사람이 나라고 말했을 거다. 나는 샘이 그런 인간이라고는 생각하지 않았다. 그런 짓을 할 수 있는 인간일 거라고는, 상상조차 못 했다.

하지만 생각해 보면, 악한 여자 하나가 사람을 얼마나 바꿔놓는지는 아무도 모르는 일이다. 그리고 내 두둑한 통장 잔고.

그리고 섹스. 그 영향도 꽤 크지.

머리를 식히려고 존슨 부부 아파트에서 집까지 걸어왔다. 집에 돌아오자마자 샘 옷장과 서랍을 모조리 뒤졌다. 솔직히 뭘 찾고 싶은 건지도 알 수 없었다. 내 것이 아닌 립스틱 자국? 모니카가 써놓은 러브레터? 샘 속옷에 배어 있는 모니카 특유의 라벤더 향? 뭐든 간에 '뭔가'가 나오길 바랐다. 하지만 아무것도 없었다. 셔츠와 바지와 속옷뿐이었다. 전부 우리 집 세제 냄새, 그리고 샘의 애프터셰이브 냄새가 희미하게 섞여 있을 뿐이었다.

방을 샅샅이 뒤진 끝에, 나는 거실 소파에 털썩 주저앉아 울기 시작했다. 그래, 또 울고 있다. 남편이 나한테 이런 짓을 했다는 사실이 믿기지 않는다. 나는 샘을 사랑했다. 그도 그랬다고 믿었다. 판사 앞에서 내 손을 꼭 잡고, 내 눈을 똑바로 보며 "죽음이 우리를 갈라놓을 때까지 사랑하겠다"고 말하던 그 순간도 전부 거짓말이었을까?

그가 그 말을 했던 표정이 떠올랐다. 진지함이 지나칠 정도였다. 그는 우리 관계를 가볍게 대하는 법이 없었다. 입 밖에 낸 약속은 영혼까지 걸고 지키는 사람처럼 보였다.

젠장.

나는 휴대폰을 집어 들었다. 즐겨찾기 목록을 열자 맨 위에 샘 이름이 떠 있었다. 세 번째 데이트가 끝난 뒤, 내가 직접 맨 위로 올려둔 이름. 하지만 지금은 전화를 걸 수가 없었다. 아직 그를 마주할 준비가 안 됐다. 대신 셸리 이름을 눌렀다.

신호음이 세 번 울리는 동안, 나는 '또 안 받겠지' 하고 확신했다. 데니즈가 죽은 뒤로 셸리는 줄곧 나를 피했다. 결국 셸리도 내가 그랬다고 생각하는 거겠지. 그런데 그때, 수화기 너머로 그녀의 목소리가 들려왔다. 기운이 축 가라앉은 목소리였지만, 어쨌든, 받았다.

"안녕, 애비." 셸리는 조심스러운 기색이 역력했다. "괜찮아…?"

참으려 했는데도 눈물이 또 차올랐다. "셸리, 제발…. 나 살인자 취급 좀 그만하면 안 돼?"

수화기 너머로 침묵이 흘렀다. 뭐라고 할지 기다리는 동안 속이 꼬였다. 내가 아끼는 사람에게 또 한 번 외면당하면 정말 더는 못 버틸 것 같았다.

마침내 셸리가 길게 한숨을 쉬었다. "미안해, 애비. 그냥 현실적으로, 너가 봐도 상황이 너무 안 좋잖아."

"나도 알아."

"그리고 너만큼 데니즈를 싫어한 사람도 없었고…."

"싫어한 게 아니야." 나는 솔직하게 말했다. "그냥 사이가 틀어진 것뿐이지. 미워한 건 아니었어." 나는 잠깐 숨을 고르고 덧붙였다. "애초에 누군가를 싫어하는 거랑, 편지칼로 찌르는 건 차원이 다르잖아."

셸리가 숨 막힌 듯한 웃음을 터뜨렸다. "그래. 그건 그렇네."

"저기." 내가 말했다. "혹시…, 커피 한잔할 수 있을까? 할 말이 있어."

"그래 애비." 셸리가 바로 답했다. "언제, 어디로 갈까?"

셸리에게 처음부터 끝까지 모든 걸 털어놓는 데는 대략 30분쯤 걸렸다. 신시아의 아파트에 찾아간 이야기까지 마무리했을 때, 셸리는 입을 벌린 채 그대로 굳어 있었다. 충격을 받은 건지, 내가 미쳤다고 생각하는 건지 모르겠다. 제발 전자이길.

"와…," 셸리가 숨을 내쉬듯 말했다. "그거, 진짜…."

나는 고개를 숙인 채 커피 머그 안을 멍하니 내려다봤다. "알아. 넌 예전부터 샘이 지나치게 완벽하다고 했잖아. 네 말이 맞았나 봐."

"음." 셸리가 잠깐 생각하더니 말했다. "완벽하진 않았지. 착하긴 했는데…."

나는 미간을 찌푸렸다. "근데?"

"가끔은 좀 지루했잖아. 안 그래?" 셸리가 라테를 한 모금 마셨다. "평소엔 괜찮다가도, 아무 뜻 없이 던진 말을 갑자기 거창한 수학 문제로 만들어 버릴 때가 있었잖아. 예전에 소프트아이스크림 사 먹었을 때 기억나? 내가 '너무 높게 쌓으면 떨어지니까 조심해' 했더니, 샘이 콘을 어느 높이까지 쌓아야 넘어지는지 계산해 보겠다고 달려들었던 거."

나도 모르게 피식 웃음이 났다. 요거트 가게에서 샘이 펜을 꺼내 냅킨에 계산을 시작하자, 셸리가 얼마나 정색했는지 아직도 생생했다. "모니카라면 좋아했겠지."

"수학 농담도 그렇고. 으, 진짜."

"모니카는 그런 것도 좋아했어." 커피잔을 너무 세게 움켜쥐는 바람에 손바닥이 뜨거워질 정도였다. 모니카는 여러모로 샘이랑 너무 잘 맞았다. 솔직히 샘이 그녀에게 빠진 걸 탓할 마음도 별로 안 들었다.

아니, 거짓말이다. 탓하고말고. 바람피운 개자식.

나는 숟가락으로 커피를 힘없이 휘저었다. "그래서…, 너도 그게 진짜라고 생각해? 샘이랑 모니카 얘기."

셸리가 망설였다. "솔직히?"

"당연히 솔직히 말해야지."

"응. 난 그렇다고 봐."

가슴이 철렁 내려앉았다. 셸리는 샘을 정말 잘 안다. 그런 셸리가 가능하다고 말한다면 아주 안 좋은 신호다. "확실해?"

"음…." 셸리가 한숨을 쉬었다. "나도 확신은 없는데. 예전부터 샘한테 뭔가…, 말로 딱 설명은 못 하겠는 찜찜함이 있긴 했어."

"그런 걸 한 번도 안 했잖아!"

"그러니까. 나도 그냥 내가 예민한 줄 알았지."

그때 가방 속 휴대폰이 울렸다. 꺼내 보니 샘에게서 문자가 와 있었다.

'어디야? 우리 얘기 좀 해.'

내가 고개를 들자 셸리가 눈썹을 치켜올렸다. "샘이야?"

나는 고개를 끄덕였다. "얘기하자네."

셸리는 커피를 한 모금 마시며 잔 가장자리 너머로 나를 빤히 봤다. "지금 집에 가서…, 샘이랑 단둘이 있어도 괜찮겠어?"

"무슨 소리야?"

"내 말은." 셸리가 목소리를 낮췄다. "정말 샘이랑 모니카가 데니즈를 죽이려고 판을 짠 거라면, 샘은 무슨 짓이든 할 수 있다는

거잖아. 혹시 지금 집에 둘 다 있고, 칼이랑 덕트 테이프라도 들고
기다리고 있으면 어쩌려고?”

“말도 안 돼! 샘이 그럴 리가 없잖아!”

“정말 없을까?”

나는 남편이 보낸 문자를 내려다봤다. 이제는 뭘 믿어야 할지
모르겠다. 답장을 쓰려다 손끝이 멈췄다.

‘오늘은 늦게 들어갈 것 같아. 내일 얘기해.’

36

셸리와 나는 결국 아주 늦게까지 밖에 있었다. 커피를 마신 뒤에는 저녁을 먹으러 식당에 갔고, 그다음엔 바에 들러 술을 몇 잔더 했다. 아니, 솔직히 말하면 '몇 잔' 수준이 아니었다. 이제 그만마셔야 한다고, 지금은 그 어느 때보다 정신을 똑바로 차려야 한다고 몇 번이나 다짐했지만, 샘의 배신이 남긴 통증을 무디게 해주는 건 술뿐이었다. 비틀거리며 집에 돌아왔을 때는 자정도 훌쩍넘은 뒤였고, 아파트 안은 불이 모두 꺼져 있었다.

나는 최대한 조심히 어두운 침실로 들어갔다. 그런데 방 한가운데 아무렇게나 던져져 있던 샘의 신발에 발이 걸려 휘청하는 바람에, 나도 모르게 욕이 새어 나왔다. 샘은 늘 이렇게 내가 걸려넘어지기 딱 좋은 자리에 신발을 내팽개쳐 놓곤 했다. 예전엔 그게 미치도록 싫었다. 세상에, 신발을 신발장에 넣는 게 그렇게 힘든 일이냐고.

한때는 그런 사소한 게 우리 사이에선 큰 문제였던 때도 있었다.

샘은 침대에서 곯아떨어져 있었다. 러닝셔츠에 사각팬티 차림이었고, 잠결에 이불을 거의 다 걷어찬 상태였다. 이것도 샘의 버릇이었다. 처음엔 이불 두 겹을 가지런히 덮고 자다가, 한 시간만 지나면 홀딱 걷어차고 만다.

침대 옆 협탁 위에는 안경이 놓여 있었고, 샘은 코를 골 듯 깊게 숨을 쉬고 있었다. 턱에는 거뭇한 수염 자국이 올라와 있었다. 그 얼굴을 내려다보고 있자니 모니카가 그에게 빠진 걸 탓하기가 어려울 정도였다. 나 역시 처음 샘을 만났을 때 그를 거부할 수 없었다. 그리고 지금도…, 못 한다. 진실을 알아버린 지금 이 순간에도.

내 시선이 협탁 위의 샘 휴대폰에 멈췄다. 충전기에 꽂힌 채였다. 샘은 내게 비밀번호를 알려줬고, 아직 바꾼 것 같진 않았다. 마음만 먹으면 폰을 열어 볼 수 있다. 그리고 그동안 모니카와 무슨 이야기를 주고받았는지 전부 보게 되겠지. 예전엔 그의 사생활을 침해하고 싶지 않았다. 하지만 그때는 살인 혐의 같은 건 끼어 있지 않았으니까.

나는 진실을 알아야 했다.

마음이 바뀌기 전에 재빨리 휴대폰을 집어 들었다. 샘이 쓰는 여섯 자리 숫자를 눌러 넣자, 놀랍게도 화면이 바로 열렸다.

곧장 메시지 앱을 눌렀다. 맨 위에 모니카 이름이 떠 있었다. 숨길 생각조차 없는 것처럼. 나는 두 사람의 대화창을 열고 마지막으로 주고받은 몇 줄을 읽었다.

샘: 애비를 어떻게 해야 할지 모르겠어. 상황이 너무 안 좋아.

모니카: 알아요.

샘: 오늘 밤 애비가 집에 안 들어왔어. 그 계획은 물 건너갔어.

계획? 무슨 계획? 내가 오늘 밤 원래대로 집에 들어왔더라면, 샘은 뭘 하려고 했던 거지? 그 계획에 설마 덕트 테이프 같은 게 필요했던 건 아니겠지?

"뭐 하는 거야?"

나는 깜짝 놀라 휴대폰을 떨어뜨릴 뻔했다. 샘이 깨어 있었다. 어둠 속에서 그가 나를 똑바로 쳐다보고 있었다. 휴대폰 불빛에 비친 그의 갈색 눈이 보였다. 심장이 미친 듯이 뛰기 시작했다.

"어…." 내가 간신히 말했다.

샘이 미간을 찌푸렸다. "그거 내 폰이야?"

"응…."

샘은 침대에서 몸을 일으키더니 눈을 몇 번 깜빡이고 안경을 다시 썼다. "지금 내 폰 뒤지는 거야?"

부정해 봤자 소용없었다. 내가 뭘 하고 있었는지 너무 뻔했다. 적어도 폰을 들고 다른 방으로 갔어야 했다. 왜 하필 바로 옆에서 이러고 있었을까. 내가 왜 이 모양인지 나도 모르겠다. 역사상 최악의 스파이가 따로 없다. "…그런 셈이지."

"왜?" 샘은 진심으로 이해가 안 된다는 듯한 목소리였다.

샘은 내가 뭘 알아냈는지 모른다. 아직도 내가 아무것도 모르는 줄 알고 있다. 더 많은 걸 알아내기 전까진 내 패를 보여주고 싶지 않아서 잠깐 망설였다. 그런데 결국 참지 못하고 말이 튀어나왔다. "당신 모니카랑 바람피우고 있어?"

샘의 눈이 동그래졌다. 그는 한동안 입을 벌린 채 나를 보더니, 벌떡 일어나 내 손에서 휴대폰을 낚아챘다. 그 순간, 나는 새삼 샘이 얼마나 큰 사람인지 느꼈다. 샘을 '덩치 큰 남자'라고 생각해 본 적은 없지만, 키가 거의 180에 가까웠다. 나보다 15센티는 훌쩍 컸고, 헬스장에서 보낸 시간 덕에 팔에는 단단한 근육이 도드라져 있었다. 그가 나를 내려다보는 순간, 눈빛이 어두워졌다. 나는 본능적으로 한 발 뒤로 물러섰다.

샘이 마음만 먹으면 나를 헝겊 인형처럼 방 반대편으로 내던질 수도 있겠지. 내게 무슨 짓이든 할 수 있을 거다.

하지만 샘은 그러지 않았다. 대신 침대에서 베개를 획 집어 들고 내 옆을 지나쳐 밖으로 나가려 했다.

"뭐 하는 거야?" 내가 물었다.

"거실에서 잘 거야." 샘이 말했다. "지금은 너랑 한 침대 쓰고 싶지 않아."

"아…." 나는 입술만 달싹였다.

샘은 침실 문에 다다르자 잠깐 멈춰 서더니 돌아봤다. "나, 이제 너를 모르겠어. 애비."

"나도 그래." 내가 대꾸했다.

샘이 눈을 가늘게 떴다. "그리고 너한테서 위스키 냄새나."

그건 맞는 말일지도 몰랐다.

"잘 자." 샘이 문을 쾅 닫고 나갔다. 그가 아직 바람을 피우고 있던 게 아니었다면, 방금 내가 등을 떠밀어 준 셈일지도 모르겠다.

그래도 다행인 건, 적어도 나를 의자에 덕트 테이프로 묶어 두진 않았다는 거였다.

37

다음 날 아침, 눈을 뜨자마자 어젯밤 술을 퍼마신 걸 뼈저리게 후회했다. 머리는 쿵쿵 울렸고, 입안은 사포로 문지른 것처럼 텁텁했다. 모래라도 씹은 기분이었다. 침대에서 뒤척이다가 옆을 보니 자리가 비어 있었다. 샘이 소파로 나가 잔 건 결혼 생활을 통틀어 처음이었다. 그리고 그게 마지막이 아닐 것 같은 불길한 예감이 들었다.

침대에 누워 멍하니 있는데, 아파트 전체에 초인종 소리가 울렸다. 나는 눈을 비비며 인상을 찌푸렸다. 주중 아침에 누가 찾아올 리도 없는데.

…설마 경찰이 날 체포하러 온 건가?

심장이 미친 듯이 뛰기 시작했다. 맨발로 문까지 달려가 도어뷰를 들여다봤다. 그리고 문밖에 선 사람을 보는 순간, 안도의 한숨이 절로 나왔다. 예전 비서 거티였다. 한 손에는 마트 봉투를 꼭 쥐고, 다른 손에는 지팡이를 짚은 채 문을 바라보며 환하게 웃고 있었다.

나는 거의 문을 내던지듯 열었다. 거티도 나를 보자마자 활짝 웃다가 내 얼굴을 제대로 보더니 표정이 굳었다. 그녀는 눈이 동그 래지더니 한 걸음 물러섰다. 너무 티가 나서 순간 움찔했다. 거울 이라도 보고 나왔어야 했는데.

"애비!" 거티가 숨을 헉 들이켰다. "너 몇 주 동안 잠도 못 잔 사 람 같아!"

아뇨, 그냥 숙취예요. 하지만 그 말을 할 순 없었다. "네, 요즘 좀 힘들었어요."

"그래서 내가 온 거잖니!" 거티가 마트 봉투를 번쩍 들었다. "지 난번에 봤을 때 네가 너무 우울해 보였거든. 아침이라도 해주고 싶 었어."

"정말 고마운데, 그래도…"

거티는 거절 같은 건 들을 생각이 없어 보였다. 내 옆을 쓱 지나 치더니, 우리 집 부엌을 제 집처럼 휙휙 돌아다니기 시작했다. 순 식간에 물을 틀고 냄비를 꺼내는 바람에, 부엌이 쨍그랑쨍그랑 요 란해졌다.

"뭐 도와드릴까요?" 내가 물었다.

거티가 손사래를 쳤다. "아니! 넌 가서…, 음, 좀 씻고 와."

무슨 뜻인지는 충분히 알았다.

비틀거리며 침실로 가 내 꼴을 확인했다. 거울을 보자 놀라서 소리를 지를 뻔했다. 눈 밑에는 시커먼 다크서클이 짙게 깔려 있 었고, 머리는 중력 따위는 신경도 안 쓰겠다는 듯 사방으로 떠 있

296

었다. 20대였을 땐 밤새 술을 퍼마셔도 아침엔 멀쩡했는데, 이제는 그게 안 된다. 나는 머리를 대충 빗고, 화장도 조금 했다.

됐다. 좀 나아졌다.

부엌으로 돌아오자 달걀 굽는 냄새가 확 풍겼다. 숙취가 아직 가시지도 않았는데, 배에서 꼬르륵 소리가 났다. 몇 달 전 샘이 아침에 오믈렛을 해주겠다고 나섰던 일이 떠올랐다. 팬에 달걀을 너무 많이 부어버려서 가운데는 질척거리고, 바깥은 시커멓게 타버렸었다. 우리는 그걸 '살모넬라 서프라이즈'라고 부르며 한참 웃었다. 결국 아침은 시리얼로 때웠지만.

샘이 모니카랑 잔다니, 아직도 믿기지가 않는다. 대체 어떻게 그럴 수가 있어?

"자, 애비, 여기 앉아." 거티가 말했다. 샘의 '나는 파이를 조금 먹었다' 앞치마를 두르고 프라이팬 속 달걀을 휘휘 뒤적이고 있었다. 거티는 팬을 들고 달걀을 접시 두 개에 나눠 담았다. 내 접시를 식탁 위에 내려놓고는, 절뚝이며 다시 부엌으로 돌아가 오렌지주스 한 잔을 들고 왔다. "자, 아침 식사 대령이야!"

배가 고픈지는 잘 모르겠지만, 거티를 괜히 실망시키고 싶지 않아서 식탁에 앉았다. 어쨌든 목이 너무 말라 오렌지주스를 세 번에 걸쳐 크게 들이켰다. 두통이 조금은 가라앉는 느낌이었다.

달걀은 처음엔 시큰둥하게 포크를 댔다가, 한 입 먹는 순간 태도가 완전히 바뀌었다. 나는 허겁지겁 떠먹기 시작했다. 진짜 맛있었다. '살모넬라 서프라이즈'랑은 비교도 안 되게.

"어때?" 거티가 맞은편에서 씩 웃으며 물었다.

"이거 남편한테도 좀 가르쳐 줘요." 내가 말했다. 뭐, 샘이 다시 내게 달걀을 해줄 일은 없을 것 같지만. 그런 시절은 끝났다.

"그럼, 기꺼이." 거티가 윙크했다. 가까이서 보니 그녀 눈가에 주름이 생각만큼 많지 않다는 게 새삼 눈에 들어왔다. 나는 늘 거티가 70대일 거라고 생각했는데, 지금 보니 60대일지도 모르겠다. 그렇게 젊은 나이에 골반뼈를 크게 다쳤다는 게 너무 안타까웠다. 그리고⋯, 여전히 그게 모니카 때문이었을지도 모른다는 생각이 들었다. 진실은 아마 영영 알 수 없겠지.

맛있는 달걀을 거의 다 먹어갈 즈음, 초인종이 다시 울렸다.

거티가 자기 접시에서 고개를 들었다. "애비, 또 누가 와?"

나는 고개를 저었다. 이번엔 진짜 경찰일지도 모른다. 거티가 챙겨 준 냅킨으로 입가를 닦고 자리에서 일어나 문 쪽으로 갔다. 그런데 문밖에 서 있는 사람이 모니카라는 걸 보는 순간, 차라리 집에 없는 척해버릴까 싶었다.

모니카랑 단둘이 있고 싶지 않았다. 존슨 부인이 들려준 끔찍한 이야기들이 아직도 머릿속을 울리고 있었다. 난 그 애를 한순간도 믿지 않는다. 데니즈를 무자비하게 죽인 것도 분명 그 애일 거다.

하지만 거티가 있다. 목격자 앞에서 무슨 짓을 하진 않겠지.

⋯그렇겠지?

나는 문 잠금을 풀고, 체인은 걸어둔 채로 문을 조금만 열었다. 모니카는 선명한 빨간 드레스를 입고 있었다. 검은 머리는 실크처럼 윤기 있게 풀어 어깨를 덮고 있었는데, 내 시선은 본능적으로 그녀의 배로 향했다. 세상에, 진짜 엄청 커졌잖아. 금방이라도 아기가 나올 것처럼.

"여긴 왜 왔어?" 내가 날카롭게 쏘아붙였다.

"좀 들여보내 줄래요?" 모니카가 두 손으로 배를 감싸 쥐었다. "할 얘기 있어요."

"그래? 우리가 할 말이 있어?"

모니카가 잠깐 주춤했다. "샘이…, 와서 얘기 좀 해보라고 했어요."

"누구야?" 식탁 쪽에서 거티가 불렀다.

나는 문틈 너머로 모니카를 노려봤다. 그녀는 지금 당장이라도 쓰러질 것처럼 힘겹게 서 있었다. 최악의 상태라면 위험했겠지만, 지금은 아니었다. 지금이라면 나도 해볼 만했다. 설령 그녀가 편지 칼같은 걸 가지고 있다 해도. 게다가 거티가 있으니까, 2대 1이잖아.

"알았어." 나는 문을 다시 닫고 체인을 풀었다. 그리고 문을 활짝 열었다. "들어와."

모니카가 아파트 안으로 뒤뚱거리며 들어왔다. 그래도 완전히 어색한 걸음은 아니었다. 배가 저렇게 나온 사람치고는 묘하게 자연스럽기까지 했다. 샘은 저 모습을 어떻게 볼까? 분명 엄청 섹시하다고 생각하겠지. 샘이랑 나는 한 달째 섹스를 안 했다. 그럼 답은 하나다. 모니카랑 하고 있는 거다.

모니카는 식탁에 앉아 있는 거티를 보자 걸음을 멈췄다. "손님이 계신 줄 몰랐네요."

"어머!" 거티가 힘겹게 일어섰다. "애비, 내가 나가 있을까?"

"아니에요." 나는 재빨리 말했다. 지팡이 짚은 노인이긴 해도 거티가 여기 있다는 게 이상하리만큼 든든했다. "그냥 여기 계세요."

거티가 모니카를 힐끗 보며 잠깐 망설였다. 거티에게 있어 달라고 하는 건 이기적인 걸지도 모른다. 특히 모니카가 예전에 거티를 계단에서 밀어 넘어뜨린 장본인이라면 더더욱. 거티를 위험에 끌어들이고 싶지 않았다. 하지만…. 아니다. 괜찮을 거다. 우리가 둘이나 있는데, 모니카가 뭘 어쩌겠어.

"그럼 나는 부엌에서 정리 좀 하고 있을게." 거티가 말했다.

모니카는 의자에 앉았고, 거티는 부엌으로 절뚝이며 들어갔다. 대화가 들리지 않을 만큼 멀어졌다. 모니카가 검은 머리를 어깨 뒤로 휙 넘겼다. 그 순간 다시 한번, 머리카락 뿌리 쪽이 희끗한 게 눈에 들어왔다. 그녀의 어두운 눈이 내 눈과 맞닿자, 나는 본능적으로 몸이 움찔했다.

"샘은 오늘 아침 일찍 강의가 있었어요. 그래서 제가 대신 당신이랑 허심탄회하게 얘기하겠다고 했죠." 그녀는 웃었지만, 눈은 전혀 웃고 있지 않았다. "상황이 좀…, 선을 넘은 것 같지 않아요?"

나는 달걀 접시를 내려다봤다. "무슨 말인지 모르겠는데."

"어젯밤에 당신이 한 행동이 샘한테 얼마나 상처였는지, 굳이 말 안 해도 알겠죠." 모니카가 혀로 입천장을 툭 치며 딱딱 소리를 냈다. "휴대폰이나 뒤지고. 참…, 격 떨어지네요."

나는 턱을 치켜들었다. "그럴 만한 이유가 있었어."

모니카는 한동안 말이 없더니 조용히 말했다. "그래요. 그랬겠죠."

그 대답이 오히려 불편했다. "그게 무슨 뜻이야?"

"당신도 답을 알잖아요." 그녀의 목소리가 낮아졌다.

나는 눈을 들어 그녀를 똑바로 바라봤다. "뭐?"

"애비." 모니카가 말했다. "이제 끝났어요."

300

나는 멍하니 그녀를 봤다. "뭐라고?"

"당신이랑 샘. 결혼 생활. 끝났다고요."

배 속의 오렌지주스와 달걀이 확 치밀어 올라왔다. "지금 무슨 소리 하는 거야?"

"생각해 봐요, 애비." 그녀는 불쌍하다는 얼굴로 나를 봤다. "당신 지금 엉망이잖아. 자기 꼴 좀 봐요. 약물 중독자에다, 곧 살인 혐의로 체포될 거잖아요." 모니카가 고개를 저었다. "샘이랑 나는 당신이 다른 데로 옮겨 사는 게 좋겠다고 생각했어요. 그래야 우리가 여기서 아기랑 지낼 수 있으니까."

그 말과 함께 모니카는 배를 보호하듯 두 손으로 감쌌다. 저 아이는 원래 내가 샘이랑 함께 키워야 했던 아기였다. 이제 샘은 여전히 아기를 키우겠지만, 거기엔 내가 없다.

"나…." 나는 속이 울렁거리는 걸 느끼며 빈 접시를 내려다봤다. "샘한테 직접 듣고 싶어."

"샘은 당신한테 그런 말 할 마음이 없어요. 그 사람한테도 너무 괴로운 일이니까."

"아, 그래?" 내가 비꼬며 되물었다.

모니카가 콧방귀를 뀌었다. "솔직히 말해서, 당신이 애초에 그 사람이랑 결혼한 것부터 말이 안 됐어요. 외모도 별로고, 지적으로는…. 뭐, 비교가 되나? 당신은 실수가 뭔지도 모르잖아요."

아니, 실수가 뭔지는 안다. 실수는…, 실제로 존재하는 숫자겠지. 상상 속 숫자 말고.

그렇다고 지금 그걸 입 밖에 내면 안 된다. 틀릴 수도 있으니까.

"샘이 당신이랑 결혼한 이유는 돈이에요." 모니카가 말했다. "신탁기금. 그게 다예요. 그리고 이제 당신은 쓸모를 다 했죠."

그녀 말이 맞나? 샘은 정말 돈 때문에 나랑 결혼한 걸까? 불과 1년 전만 해도, 누가 그런 말을 했다면 비웃었을 거다. 그런데 지금은….

머리 뒤쪽이 윙윙거리기 시작했다. 정신을 차리려 고개를 흔들었지만 가라앉지 않았다. 모니카를 바라보는 순간, 잠깐 그녀가 두 개로 보였다. 눈을 깜빡이자 다시 하나로 돌아왔다. 나는 얼굴을 문질렀다.

모니카가 미간을 찌푸렸다. "괜찮아요?"

"나…," 나는 눈을 꼭 감았다가 다시 떴다. "좀…, 어지러워."

모니카는 내 앞에 놓인 달걀 접시를 내려다봤다. 그러고는 의자에 기대며 부엌 쪽을 힐끔 봤다. "달걀에 넣었어요?"

그 순간, 거티가 부엌에서 나왔다. 내 손수건으로 손을 닦고 있었다. 이상하게도 지팡이가 없었다. 아까까지만 해도 지팡이 없이는 한 발도 못 떼는 사람처럼 보였는데. "아니." 거티가 말했다. "오렌지주스에 넣었어. 한 10분 전에 마셨지."

나는 입이 떡 벌어졌다. "거티?"

"병 하나를 통째로 넣은 거예요?" 모니카가 물었다.

"한 알도 안 남기고 전부." 거티가 말했다.

모니카가 거티를 향해 미소 지었다. 이번엔, 진짜 미소였다. "고마워요, 엄마."

38

머리가 어질어질했다. 오렌지주스에 뭔가 들어 있었던 탓인지, 아니면 거티와 모니카가 갑자기 한패가 된 것도 모자라 어쩌면 진짜 모녀일지도 모른다는 사실 때문인지. 혹시 내가 꿈을 꾸고 있는 걸까. 헛것을 보고 있는 건가. 아무리 그래도…, 이게 현실일 리는 없잖아.

"당신…," 나는 흐려지는 초점을 억지로 거티에게 맞췄다. 눈앞이 자꾸 흔들려 점점 더 힘들어졌다. "당신이…, 모니카 엄마라고요?"

"오, 눈치가 빠르네." 거티가 웃었다. "어쩌면 너도 샘이랑 어울릴 만큼 똑똑한 걸지도 모르겠어."

"하지만…," 말이 꼬였다. "난 모니카 엄마를 만났어요. 며칠 전에 그 여자 아파트에 갔단 말이에요. 그 사람은…, 당신이 아니었잖아요."

모니카가 비웃듯 코웃음을 쳤다. "그건 내 새엄마 루이즈였어. 어떻게 그 여자가 내 엄마라고 생각해? 나랑 하나도 안 닮았는데!"

나는 모니카와 거티를 번갈아 봤다. 그리고 그제야 보였다. 눈매와 턱선이 꼭 닮은 모습이었다. 겉모습만이 아니었다. 신시아가 했던 말이 떠올랐다. 모니카의 '미친 엄마'가 툭하면 찾아온다고 했던 그 말.

"고마워해야 할 사람은 나야, 애비." 거티가 눈을 번뜩이며 말했다. "샘이 처음 회사로 널 보러 왔을 때, 자기가 우리 딸이 다니는 학교의 수학 교수라고 하더구나. 그래서 내가 모니카한테 바로 말했지. 그 사람, 꼭 엮어보라고. 그렇지, 모니카?"

모니카가 고개를 끄덕였다. "다음 학기에 바로 그 사람 수업을 수강 신청했죠. 그리고 뭐, 엄마 말이 늘 그렇듯 맞았어요. 샘이랑 나는 보자마자 사랑에 빠졌으니까."

"내가 조기 퇴직하도록 판을 짜고 나서," 거티가 자랑스럽게 말을 이었다. "모니카한테 뭐라고 말해야 네 회사에 채용될지까지 다 일러줬지. 요거트 광고 얘길 꺼내면 네가 알아서 넘어올 거라고."

그들은 나를 완전히 가지고 놀았다. 어지럼증이 다시 한번 확 밀려와서 테이블 모서리를 꽉 잡았다.

"난 네가 얼마나 아기한테 집착하는지 알고 있었거든." 거티가 말했다. "입양이 성사됐을 땐, 샘이 너한테 영영 묶일까 봐 걱정했어. 그런데 뭐, 그건 우리가 알아서 처리했지. 입양이 무산된 뒤엔 넌 너무 절박해서 시키는 건 뭐든 하려는 상태였잖아. 혹시라도

네가 망설이면, 전화 몇 통만으로도 의심쯤은 말끔히 지울 자신도
있었고."

순간 시야가 뿌옇게 흐려졌다. 정신을 붙잡고 몇 번 눈을 깜빡이
자 다시 초점이 돌아왔다. "전화로…?"

모니카가 입꼬리를 말아 올렸다. "네가 내 엄마랑 얘기하고 싶다
고 했잖아." 그녀가 거티 쪽으로 턱짓했다. "그래서 통화하게 해줬
지."

인디애나주 지역번호로 통화했던 그 여자가 거티였다니. 그 목
소리를 왜 못 알아챘지?

"하지만 데니즈가 네 정체를 알아챘잖아." 내가 말했다. "그래서
데니즈를 없앤 거고."

모니카가 코웃음을 쳤다. "웃기지 마. 데니즈가 날 알아챈 게 아
니야. 난 그 여자보다 훨씬 똑똑하거든. 너희 둘 보다도 훨씬." 그
녀는 태연하게 덧붙였다. "데니즈가 내가 책상 서랍 뒤지는 걸 보
게 만들고 싶었어. 그리고 일부러 점심을 길게 비웠지. 그사이에
내 서랍을 뒤져서 약을 찾게 하려고."

"하지만…, 왜?"

"그 여자가 너한테 바로 전화할 걸 알았으니까." 모니카가 눈을
굴렸다. "넌 몰랐겠지만, 데니즈는 널 진짜 대단하게 생각했거든.
네가 없으면 늘 '애비게일은 이렇게 하는데 왜 너희는 못 해?'라든
가, '애비게일은 일찍 나가는 법이 없는데 왜 넌 가족 보러 가?' 같
은 소릴 했어. 너랑 사이가 틀어진 것도 후회하고 있었어."

가슴이 콕 찔리는 것 같았다. 데니즈는 나를 미워한 적이 없다.
내가 내린 선택을 이해하지 못할 때도 있었지만, 늘 내가 최고의

직원 중 하나라고 믿었다.

그런데 모니카는…, 그 이유로 데니즈를 죽였다.

"아, 그리고." 모니카가 덧붙였다. "네가 먹은 애더럴은 전부 합법이었어. 경찰에 물어봐도 확인해 줄 거야. 소변 검사에서 양성 반응이 나온 건 그 약 때문이 아니야. 그건 진짜 메스암페타민 때문이었어."

모니카는 정말 모든 걸 계산해 놨다. 새엄마, 아니 진짜 엄마의 말이 맞았다. 이 애는 진짜 천재다.

"왜 이런 짓을 하는 거야?" 나는 겨우 입을 뗐다.

머릿속이 출렁거렸다. 그래도 아직 의식은 붙어 있었다. 약 기운이 완전히 돌기 전인 모양이다. 약을 토해내기만 하면, 어쩌면…. 어차피 곧 토할 것 같긴 하지만, 혹시라도 못 토하게 되더라도 최소한 뭘 먹었는지는 알아야 한다.

"뻔하잖아?" 모니카가 말했다.

"아니." 내가 말했다. "넌 이미 내가 앞으로 15년은 감옥에서 썩게 만들어 놨어. 그런데 왜 굳이 날 죽이려고 해?"

"이게 훨씬 깔끔하니까." 모니카는 두 손을 가지런히 모으고, 스스로가 대견하다는 듯 미소 지었다. "넌 네가 저지른 일 때문에 우울해졌고, 더는 빠져나갈 길이 없다고 느껴서…, 수면제 한 병을 통째로 삼키고 과다복용으로 죽는 거야."

수면제. 젠장. 그래서 샘이 그렇게 재처방을 받으라고 들들 볶았던 거구나.

나는 발목을 살짝 움직여 봤다. 다리 감각은 아직 멀쩡했다. 지금이라도 뛰쳐나갈 수 있을까? 모니카는 임신한 몸이고, 거티는…,

생각보다 멀쩡하긴 하지만 그래도. 해볼 만하지 않을까.

"얘를 묶어야 해." 거티가 눈을 가늘게 뜨고 나를 노려봤다. 내가 무슨 생각을 하는지 아는 눈치였다. "도망 못 치게."

"안 돼." 나는 이를 악물었다. "날 묶을 순 없어. 내가 가만있을 줄 알아?"

모니카가 웃었다. "가만히 있게 될걸?"

모니카는 의자 옆에 걸어둔 가방을 뒤적였다. 그리고 그 안에서 권총을 꺼냈다. 순간 내 입이 턱 벌어졌다. 총이었다. 내게 겨누진 않았지만, 존재만으로도 몸이 얼어붙었다. 너무 불길했다.

"어릴 때 우리 집 근처에 사격장이 있었어." 모니카가 아무렇지 않게 말했다. "나 사격 꽤 잘해. 뭐, 이 거리면 굳이 잘할 필요도 없지만."

나는 모니카와 거티를 번갈아 바라봤다. 심장이 미친 듯이 뛰었다. 모니카가 나를 쏴버리면 모든 게 끝이다. 난 아무것도 할 수 없다.

모니카는 다시 가방을 뒤져 하얀 편지지 한 장을 꺼냈다. 그리고 식탁 위로 쓱 밀어 내 앞에 놓았다. 나는 종이 위 문장을 멍하니 읽었다. 누가 봐도 내 글씨였다. 1년 동안 내 메모를 훔쳐보고, 필체를 흉내 내며 연습한 사람이 만들어 낸 완벽한 모사였다. 서명까지 흠잡을 데가 없었다. 누가 일부러 필적 감정을 의뢰하지 않는 이상, 절대 티가 안 날 것이다. 그리고 그런 일은…, 일어나지 않겠지.

거기엔 모든 것에 대한 자백이 적혀 있었다. 통제를 잃어버린 약물 문제. 협박에 응하지 않는 전 상사를 살해한 일. 그리고 마지막에는 샘에게 사과하며, 그가 새 삶을 살 수 있길 바란다는 말까지.

"네가 마지막으로 남긴 말이야." 모니카가 미소 지었고, 나는 몸서리쳤다. "꽤 시적이지 않아? 이런 식으로 기억된다니 좋지?"

나는 모니카 손에 들린 총을 힐끗 보며 말했다. "근데 나를 쏘면 네 '자살' 계획이 틀어지는 거 아니야? 내 집에서 총 맞아 죽어 있으면 그걸 어떻게 설명할 건데?"

"아, 준비 다 해놨어." 모니카는 한 손으로 총을 쥔 채 다른 손으로 배를 감쌌다. "난 아직도 네 회사 이메일 계정에 들어갈 수 있거든. 오늘 아침 네가 나한테 '얘기 좀 하자'면서 집으로 오라고 메일을 보냈어. 그리고 내가 도착하니까, 질투심에 미친 네가 나한테 총을 겨눴지. 실랑이가 있었고…, 결국 내가 이긴 거야. 여기 불쌍한 거티는 그걸 전부 목격한 증인이고."

"그래도…, 내가 왜 총을 갖고 있냐고."

모니카는 눈 하나 깜빡이지 않았다. "그건 모르지. 네가 마약 딜러들 집에 들이느라 필요했나 보지. 누가 알겠어? 등록도 안 된 총이야. 아마 훔친 거겠지. 암시장에서 샀다고 하면 끝이야."

나는 할 말을 잃었다. 진짜 모든 걸 짜 놨다.

"그래도 자살이 훨씬 품위 있는 결말이잖아." 모니카가 말했다. 그리고 총구를 내 쪽으로 겨눴다. 숨이 턱 막혔다. 누가 나한테 총을 겨눈 건 태어나서 처음이었다. 총을 손에 잡아본 적도 없었고, 솔직히 이렇게 가까이에서 본 것도 처음이었다. "그러니까 이제 침실로 가자." 내가 미동도 하지 않자, 모니카가 눈을 가늘게 떴다. "아니면 두 번째 옵션으로 갈까?"

다리가 고무처럼 흐물거렸다. 수면제가 슬슬 도는 건지, 아니면 공포 때문에 몸이 풀리는 건지 알 수 없었다. 나는 겨우 일어서서 침실로 갔다. 그리고 거의 넘어지듯 침대에 쓰러졌다. 매트리스가 내 몸을 받아주는 게 고맙기까지 했다.

"거기 그대로 있어." 모니카가 명령하듯 말하며 내 얼굴 앞에서 총을 흔들었다.

내가 침대에 누워 있는 사이, 모니카는 배를 잡고 잠깐 얼굴을 찡그렸다. 아주 잠깐. 지금 총을 뺏어볼 수 있지 않을까 하는 생각이 스쳤다. 배가 저렇게 큰데 균형도 안 잡힐 거고, 혹시 진통이 시작된 걸지도 모르잖아. 말이 안 되는 생각은 아니었다. 어차피 나는 죽는다. 차라리 싸우다 죽는 게 낫지 않을까?

그런데 방금 침대까지 오는 길에도 제대로 걷지 못했다. 싸울 상태가 아니었다. 설령 모니카를 제압한다 해도 다음은 거티다. 지금 내 몸으로 거티까지 상대할 수는 없다.

그때 코니카가 가방에서 덕트 테이프를 꺼내 들더니 내 발목에 칭칭 감아올리기 시작했다. 젠장. 역시 덕트 테이프가 나올 줄 알았어. 회사 비품 창고에 있던 그 싸구려 덕트 테이프였다. 아마 슬쩍 훔쳐 왔겠지. 정말 웃기다. 나 하나 묶어둘 돈조차 아까운 모양이다.

손목까지 테이프로 칭칭 감기는 순간, 도망칠 길은 완전히 사라졌다. 그리고 나는 시도조차 하지 않았다. 위험한 순간에 기지를 발휘해 살아남은 사람들 이야기, 반대로 그냥 가만히 앉아 죽음을 받아들인 사람들 이야기를 수없이 읽어 왔다. 나는 당연히 끝까지 버티고 싸우는 쪽일 거라 믿었다. 그럴 줄 알았다. 그런데 지금의 나는 후자였다.

살고자 하는 의지의 문제일까. 설령 여기서 살아남는다 해도 내게 남는 게 뭐가 있을까? 커리어는 끝났다. 살인 혐의가 내 목을 옥죄고 있다. 그리고…, 내 남편은 자기 애인과 짜고 내가 스스로 죽은 것처럼 꾸미고 있다.

이쯤이면 그냥 놓아버리는 게 낫지 않을까.

"이게 맞지." 거티가 모니카가 내 팔다리를 고정하는 걸 보며 말했다. "넌 샘이 행복해지는 걸 가로막았어. 이게 샘이 원하던 삶이었거든. 아이. 그리고 자기랑 맞는 여자를 곁에 두는 삶. 넌 그걸 다 가로막았잖아. 네 밑에서 일할 때, 나는 샘이 너무 불쌍했어."

하지만…, 난 그를 사랑했는데.

그리고 샘도 나를 사랑한다고 믿었는데.

"진짜 이기적이야." 모니카가 거의 침을 뱉듯 말했다. "정상적인 여자라면 진작 물러났어야지."

"너라고 다를 줄 알아?" 나는 이를 악물고 중얼거렸다.

모니카의 눈이 동그래졌다. "뭐라고?"

"샘 수업엔 너보다 젊고 예쁜 애들이 널렸어. 네가 걔들보다 나은 게 뭔데?" 내가 말했다.

모니카가 으르렁거리듯 내 얼굴 앞으로 바짝 들이밀었다. "난 그의 아이 엄마가 될 거야." 팔다리도 꼼짝 못 하는데 그렇게 들이대니까 소름이 돋았다.

"그래, 그건 맞지." 내가 고개를 끄덕였다. "근데 너, 애 키우느라 지쳐서 샘 신경 쓸 틈이나 있겠어? 그리고 출산하고 나면 그 살 빼는 것도 엄청 힘들다던데."

모니카의 얼굴이 일그러졌다. 당장이라도 내 뺨을 후려칠 기세였다. 제발 쳐라. 세게 쳐서 멍이라도 남겨라. 그러면 내 죽음이 단순한 자살이 아니라는 흔적이 될 테니까. 죽고 나서라도 억울함을 알릴 흔적. 그 정도 증거는 남겨둘 자격이 나한테도 있다.

하지만 모니카를 더 자극할 말을 꺼내기도 전에, 현관문 자물쇠가 돌아가는 소리가 들렸다.

39

"젠장." 모니카가 이를 악물고 중얼거렸다.

"누구야?" 거티가 물었다.

"내가 어떻게 알아?" 모니카가 짜증 섞인 목소리로 쏘아붙였다.

무슨 영문인지 알 수 없었다. 누가 온 거지? 관리인? 아니면 날 잡으러 온 경찰? 누구라도 좋았다. 하지만 그들이라면 이렇게 들이닥치기 전에 노크부터 했겠지.

뭘 물어볼 틈도 없이 모니카가 덕트 테이프를 또 뜯어, 내 입에 홱 붙였다. 그리고 나를 있는 힘껏 밀쳤다. 나는 침대에서 굴러떨어져 침대와 벽 사이, 한 뼘 남짓한 틈에 처박혔다. 어깨가 바닥에 세게 부딪히며 숨이 턱 막혔다. 벽에서 튀어나온 라디에이터 모서리는 날카로웠고, 차가운 금속이 팔뚝을 파고들며 살이 찢기는 느낌이 들었다.

"애비? 집에 있어, 애비?"

샘이었다. 샘의 목소리였다.

대체 어떻게 된 거지?

모니카가 침대 위에서 몸을 숙여, 틈에 끼어 있는 나를 내려다봤다. 얼굴이 새빨갰다. "꼼짝 하지 마. 움직이면…, 끝이야."

마지막으로 확인하듯, 모니카는 내 위로 담요까지 던졌다. 소리가 먹먹해지고 숨쉬기도 답답했지만, 그래도 바깥 소리가 어렴풋이 들렸다. 모니카가 거티에게 낮게 말했다. "엄마, 옷장에 숨어. 알겠지?"

침대 옆 옷장 문이 열렸다가, 곧 단단히 닫히는 소리가 났다. 혼란스러웠다. 왜 거티가 옷장에 숨지? 샘이 거티가 누군지 모를 리 없는데….

설마?

"안녕, 새미." 얇은 벽 너머로 모니카 목소리가 흘렀다.

"모니카?" 샘은 당황한 기색이 역력했다. "여기서 뭐 하는 거야?"

"애비가 잠깐 보자고 해서요." 모니카가 말했다. "근데 막상 오니까 계속 소리 지르고 횡설수설하더니, 결국 뛰쳐나가 버렸어요."

"뛰쳐…, 나갔다고?"

"근데 당신은 왜 여기 있어요? 강의 중 아니었어요?"

"취소했어." 샘이 한숨 쉬는 소리가 들렸다. "어제 애비랑 좀 심하게 다퉜는데…, 계속 마음이 안 좋아서. 애비랑 얘기해야 돼. 어떻게든 이 상황을 정리해야 하잖아."

가슴이 뜨겁게 부풀어 올랐다. 샘은 모니카와 한패가 아니었다. 내 편이었다. 내가 무슨 짓을 했다고 믿고 있든, 그래도 나랑 풀고 싶어 한다. 물론 처음부터 내 말을 믿어줬으면 더 좋았겠지만….
솔직히 경찰이 확보한 증거가 워낙 흉악했으니까.

"어디로 갔는지 알아?" 샘이 물었다.

"아뇨." 모니카가 말했다. "솔직히 말이 거의 안 통했어요. 아마
약에 취해서 제정신이 아니었겠죠."

샘이 잠시 말이 없었다. 믿지 마. 제발 믿지 마.

모니카가 다시 말을 이었다. "어디로 떠난다고 했던 것 같아요.
공항에 전화하고 있었거든요."

"공항?"

나는 그들의 대화를 더 잘 들으려고 억지로 숨을 죽였다. 라디
에이터가 팔을 점점 더 파고들었다. 피가 나는 것 같기도 했다.

"네. 라과디아 공항으로 가는 우버도 불렀으니까…. 아마 그쪽으
로 갔겠죠."

"젠장. 알겠어…. 그럼 거기 가서 찾아볼게. 혹시 어디로 표 끊었
는지 들었어?"

"미안해요, 못 들었어요."

"알았어."

세상에, 샘이 모니카 말을 믿어버렸어. 나가잖아! 제발 가지 마,
샘! 믿지 마!

"그래도 일단 휴대폰으로 전화는 해볼게." 샘이 말했다. "혹시라
도 말이 통하면…, 정신 좀 차리게 할 수 있을지도 모르잖아."

"안 돼요, 샘." 모니카가 다급하게 말했다. "애비 상태가 정상이
아니었어요…. 정말로요."

그 순간, 들렸다. 벨소리. 내 벨소리였다.

“모니카?” 샘 목소리가 점점 더 굳어졌다. “왜 애비 가방이랑 휴대폰이 여기 있어?”

“어…” 모니카가 더듬거렸다. 나는 숨을 멈췄다. “너무 제정신이 아니어서 그냥 다 놓고 갔나 봐요.”

“휴대폰도?”

“그런…, 것 같아요.”

“미안한데.” 샘이 낮게, 단단하게 말했다. “내가 아는 애비는 휴대폰 두고는 절대 안 나가. 애비 어디 있어, 모니카?”

“말했잖아요. 저도 몰라요!”

“애비!” 샘이 소리쳤다. “애비! 여기 있어?”

여기 있어! 여기!

“애비!” 목소리가 더 가까워졌다. 침실 쪽으로 다가오는 소리. “애비! 어디 있어?”

“새미, 여기 없―”

“애비!” 침실 문이 벌컥 열렸다. 목소리가 코앞이었다. “애비!”

나는 있는 힘을 다해 침대 옆구리를 발로 걷어찼다. 둔탁한 소리. 그 순간, 샘이 숨을 멈춘 듯 조용해졌다. 침대 스프링이 삐걱거렸다. 그리고 1초 뒤, 내 몸을 덮고 있던 담요가 확 들렸다. 샘이 나를 나려다보고 있었다. 얼굴에 공포가 번져 갔다.

“애비…” 그가 숨을 헉 들이켠 채 몸을 숙였다. “이게…, 이게 무슨 일이야?”

경찰을 불러.

…하지만 이미 늦었다.

너무, 너무 늦었다.

40

"일어나, 샘."

모니카는 보이지 않았지만 모습이 눈앞에 그려졌다. 선명한 빨간 드레스 아래로 불룩 나온 배, 얼굴에 흘러내린 검은 머리칼, 번뜩이는 눈. 그리고 내 남편을 겨눈 권총.

"모니카." 샘이 쉰 목소리로 말했다. "지금 뭐 하는 거야?"

"일어나라니까."

샘의 얼굴이 시야에서 사라졌다. 나는 고개를 조금 들어 그가 일어서는 걸 봤다. 두 손을 들어 올린 채였다. 몸을 비틀면 조금은 움직일 수 있었지만, 기껏해야 제자리에서 꿈틀거리는 정도였다. 나는 라디에이터 모서리가 팔을 찢지 않게 옆으로 몸을 조금 옮겼다. 빌어먹을 라디에이터. 날카로워서 뭔가를 잘라낼 수도 있을 것 같았다. 예를 들면…

…덕트 테이프.

"정말 기가 막히네." 모니카의 목소리에 날이 서 있었다. "내가 이렇게 모든 걸 주겠다는데, 결국 저 여자뿐이네."

"하지만 애비는 내 아내야." 샘이 말했다. 너무도 간단하게. 마치 결혼한 사람은 평생 한편이라는 게 당연한 사실이라는 듯. 그 말을 듣는 순간, 내가 어떻게 그의 충실함을 의심할 수 있었는지 이해가 안 됐다. 샘은 원래 저렇다. 끝까지 변하지 않는 사람.

"저 여자는 당신이 원하는 걸 하나도 못 주잖아!" 모니카가 악을 썼다. "당신 욕망을 하나도 못 채워 준다고!"

"모니카, 내 말 믿어. 애비는 내게 충분해."

나는 다시 몸을 비틀었다. 라디에이터의 날카로운 모서리가 손목에 닿도록 몸을 위쪽으로 끌어올렸다. 손목과 발목이 묶여 있는 데다 수면제 기운이 슬슬 올라오기 시작해서 쉽지 않았다. 눈을 뜨고 있는 것도 버거웠고, 몸이 점점 바닥으로 꺼져 내렸다.

너무…, 무겁다.

"그래도 난 더 해줄 수 있어." 모니카가 말했다. "난 준비됐어. 다 줄 준비가 됐다고."

샘이 목소리를 한 톤 낮췄다. "모니카, 그 얘긴 네 아파트에서 며칠 전에도 했잖아. 난 안 된다고 했어."

이젠 두 사람이 무슨 말을 하는지도 귀에 잘 들어오지 않았다. 손목에 닿은 라디에이터 모서리에 온 신경이 쏠렸다. 회사 비품 창고에서 쓰던 덕트 테이프가 얼마나 허접한지 잘 안다. 싸구려라서 각도만 잘 맞추면….

"그날 밤 얘기가 아니야, 샘." 모니카의 목소리가 갑자기 부드러워졌다. "3년 전 얘기야. 학교에서."

"학교?"

"내가 당신 선형대수 수업 들었잖아." 모니카가 말했다. "상담 시간에도 빠짐없이 갔고."

"아…."

샘은 모니카를 기억 못 한다. 얼굴을 보지 않아도 목소리에서 느껴졌다.

"그때는 머리가 금발이었어." 모니카가 말했다. "당신 연구실에 걸려 있는 애비 사진을 보고 나서 염색했지. 그래도 매주 갔었잖아. 당신이 나한테 '가능성이 정말 크다'고 했었어."

"그, 그랬다면 진심이었겠지. 하지만…."

"그리고 그날 수업 끝나고 커피도 마셨잖아." 모니카의 목소리가 다시 높아졌다. "스타벅스에서. 당신이 카푸치노도 사줬고."

샘이 크게 헛기침을 했다. "너랑 내가…, 커피를 마셨다고? 단둘이?"

"음…." 모니카가 잠깐 망설였다. "정확히는 단둘이만 있던 건 아니었어. 다른 학생 둘이랑 같이 있었고…, 당신이 우리 셋 다 사줬어. 근데 당신은 내내 나한테서 눈을 못 떼고 있었잖아."

"그런 적이 있었는지 난 잘…."

"그리고 어느 날," 그녀는 샘이 대답할 틈도 주지 않고 말을 이었다. "면담 시간에 우리 둘만 있었을 때, 내가 당신한테 키스하려고 했는데 당신이…," 목소리가 감정에 찢겨 나갔다. "휙 피했잖아. 내가 무슨 전염병이라도 되는 것처럼."

샘은 아무 말이 없었다.

모니카가 다시 입을 열었을 땐 분노가 뚝뚝 떨어지는 목소리였다. "당신, 정말 그게 하나도 기억 안 나?"

"그게…, 음…. 그런 일은…." 샘이 머뭇거렸다. "꽤 자주 있어. 비슷한 일이."

"그러면 한 번도 흔들린 적이 없어?"

샘이 코웃음을 쳤다. "당연히 없지. 난 결혼했잖아."

내 남편은 진짜 상이라도 줘야 한다. 지금 당장 벌떡 일어나 껴안고 싶은데, 팔다리가 완전히 묶여 있다.

그런데 그 순간, 라디에이터의 날카로운 모서리에 테이프가 쩍 하고 찢어지는 게 느껴졌다. 그리고 1초 뒤.

손목이 풀렸다. 팔을 다시 움직일 수 있다. 다리는 아직 묶여 있지만, 절반은 성공이다. 모니카가 계속 샘만 보고 내 쪽을 보지 않기만 하면 된다. 그리고 내가 잠들지만 않으면. 솔직히 지금 그대로 잠들어 버릴 것 같긴 했지만.

"샘." 모니카의 목소리가 다시 부드러워졌다. "우리 아직 늦지 않았어. 나 좀 봐. 당신 아이를 가졌잖아. 그리고…, 당신도 나한테 끌리고 있잖아."

"모니카, 제발…."

나는 이를 악물었다. 제발 영화처럼, 딱 몇 분만이라도 관심 있는 척해 주면 안 되나? 총만 뺏을 수 있을 때까지. 영화에서는 그런 게 종종 통하던데. 나한테 지금 필요한 건 1분이다. 발목을 풀 1분.

"당신이 뭘 할 필요도 없어." 모니카가 말했다. "애비는 이미 수면제 한 병을 다 먹었으니까, 지금쯤 의식이 없을 거야."

아니거든. 나 지금 발목 풀고 있거든. 물론…, 지금 이렇게 아드

레날린이 미친 듯이 돌고 있지 않았더라면, 진작 정신을 잃었을지도 모르지만.

"수면제…, 한 병?" 샘이 숨을 헉 들이켰다. "너…, 너 애비한테 약을 먹였어? 애비…"

모니카의 목소리가 차갑게 가라앉았다. "이게 최선이야. 알겠어? 그 여잔 당신이랑 안 맞아. 이제 그만 놔줘. 이렇게 쉬운 걸 왜 못 해?"

"세상에…"

"샘, 이게 맞아. 이제 죄책감 가질 필요 없어. 힘든 건 내가 다 했잖아."

그리고 마침내 내 발목도 풀렸다. 그런데 생각만큼 도움이 되진 않았다. 나는 아직도 침대와 벽 사이, 한 뼘짜리 틈에 끼어 있었다. 게다가 수면제 기운 때문에 반쯤 잠든 상태였다. 여기서 어떻게 튀어 나가 누굴 제압하라는 건지, 도무지 감이 안 왔다. 못할 것 같다.

"모니카." 샘의 목소리는 차분했지만, 그 밑바닥에 깔린 공포가 또렷하게 들렸다. "애비를 병원으로 데려가야 해. 네 문제도…, 그러니까, 전부 어떻게든 방법을 찾을게. 그러니까 제발, 모니카. 제발…" 그 순간, 샘의 목소리가 갈라졌다. "제발 애비를 병원에 데려가게 해줘."

"미친." 모니카 목소리에 혐오가 가득했다. "진짜 한심해. 눈앞에 백만 배는 더 나은 게 있는데도, 끝까지 그걸 못 보네. 우리 엄마가 당신을 좋게 봤던 건 완전히 틀렸어." 그녀가 코웃음을 쳤다. "뭐, 어차피 상관없지. 이제 너무 늦었거든. 엄마한테도, 너희 둘한

320

테도."

샘이 주먹을 휘두르는 걸 그동안 한 번도 본 적 없었다. 애초에 그럴 사람이 아니었다. 몸은 탄탄하지만, 싸움이라곤 할 줄 모르는 타입이었다.

그런데 내가 겨우 몸을 일으켜 앉았을 때, 샘이 모니카에게 덤벼들었다.

샘이 몸을 날리는 순간, 총성이 터졌다. 아파트에 울려 퍼지는 소리에 귀가 찢어질 듯했다. 총소리가 이렇게 크다고?

그때는 샘이 맞았는지조차 알 수 없었다. 샘은 모니카의 오른쪽 손목을 왼손으로 꽉 붙잡고 있었고, 모니카는 비명을 질러댔다. 몇 초 버둥거렸지만, 불룩한 배 때문에 중심을 잃은 모니카가 결국 바닥에 털썩 넘어졌다.

하지만…, 그 빌어먹을 총은 아직도 그녀 손에 있었다.

나는 몸을 일으키려 했지만, 있는 힘을 다 쥐어짜도 꿈쩍하지 않았다. 마치 진득한 시럽 속을 헤치고 움직이는 느낌이었다. 이 상태로 내가 샘을 어떻게 도울 수 있을지 가늠이 안 됐다. 그런데 그보다 더 끔찍한 게 있었다. 간신히 상체를 일으키자, 바닥에 번진 피가 보였다. 조금이 아니었다. 엄청났다. 그리고 샘 셔츠 사이로 붉은색이 번져 나오는 게 선명하게 보였다.

바로 그때, 옷장 문이 살짝 열렸다.

거티였다.

거티가 나와 바닥의 피를 보는 순간, 숨이 얼어붙었다. 거티는 그 피가 전부 샘의 피라는 걸 모르는 것 같았다. 그녀 얼굴에 공포가 차올랐다. 샘을 모니카에게서 떼어놓으려고 당장 달려들 기세웠다. 거티까지 끼어드는 순간 2대 1이다. 게다가 모니카는 여전히 오른손으로 총을 죽도록 움켜쥐고 있다.

내 몸에 힘이 한 톨 남지 않았어도 상관없다. 거티와 모니카가 이기게 둘 순 없다. 막아야 한다.

움직여, 애비. 움직여!

내 몸이 움직였다. 처음엔 말을 안 듣더니, 이내 방을 가로질러 거티 쪽으로 달려갔다. 팔과 다리가 내 것이 아닌 듯 흐느적거렸지만, 믿기지 않게도 앞으로 나아갔다. 나는 거티에게 몸을 던져 벽으로 거칠게 밀쳤다. 그리고 그 찰나, 모니카와 눈이 정면으로 마주쳤다. 모니카가 총을 들어 올리는 게 보였다.

두 번째 총성이 방 안을 갈랐다.

심장이 미친 듯이 뛰었다. 샘의 셔츠에서 번져 나오던 그 붉은색이, 이제 거티의 왼쪽 관자놀이에 난 구멍에서 똑같이 흘러나왔다. 거티의 입술이 충격에 'O' 자로 벌어졌다가, 두어 박자 뒤 그대로 바닥으로 꺾여 쓰러졌다.

"엄마!" 모니카가 비명을 질렀다.

총성에 놀란 샘이 순간 힘이 풀렸는지, 모니카가 그의 몸 아래에서 어떻게든 빠져나왔다. 우리 둘은 말없이 그 광경을 지켜봤다. 모니카는 배를 끌어안은 채 거티에게 달려가 옆에 풀썩 주저앉았다. 눈에는 눈물이 그렁그렁 맺혔다. "엄마…, 엄마아…"

샘은 그대로 얼어붙어 있었다. 그렇게 창백한 모습은 처음이었다. 그는 왼손을 들어 이마를 짚었고, 손이 심하게 떨리고 있었다. 셔츠 소매는 피로 흠뻑 젖어 있었다. "젠장…." 그가 숨을 헐떡이며 내뱉었다.

"샘…." 나는 겨우 입을 열었다.

머리가 핑 돌았다. 그다음 순간, 나는 힘이 풀려 바닥에 털썩 무너졌다. 정신이 아득해서, 내가 쓰러지고 있다는 걸 바닥에 닿고서야 알았다. 더는 눈을 뜨고 있을 힘이 없었다.

"애비?" 샘이 반쯤 기어 오다시피 나에게 다가왔다. 그는 차갑게 식은 내 손을 꼭 감쌌다. "깨어 있었네."

"응." 나는 간신히 대답했다. "…겨우."

"버텨." 샘이 말했다. "병원에 데려갈 거야." 그는 내 얼굴에 달라붙은, 땀에 젖은 머리카락 몇 가닥을 조심스럽게 쓸어냈다. 얼굴은 종이처럼 새하앴다. 피를 얼마나 흘린 걸까. "약속할게. 거실 가서 휴대폰만 가져올게. 알겠지?"

"나 혼자 두지 마…." 나는 속삭였다.

"30초만. 금방 올게."

"아니." 모니카의 목소리가 우리를 가로막았다. "어딜 가."

나는 남아 있는 힘을 다 끌어모아 눈을 들었다. 모니카가 우리를 노려보고 있었다. 눈가는 붉게 부어 있었고, 눈물에 젖어 번들거렸다. 그리고 총을 아직도 들고 있었다. 완전히 잊고 있었다. 아니, 이제는 뭘 잊고 뭘 기억하는지도 헷갈렸다. 너무 지쳤다.

"죽었어." 모니카가 이를 갈며 말했다. "우리 엄마가 죽었다고."

"네가 쐈잖아." 샘이 낮게 말했다.

"원래는 애비를 쏘려고 했어." 모니카의 눈이 칼날처럼 번뜩였다. 그녀가 총을 들어 올렸다. "그리고 이번엔 안 빗나가."

샘의 눈이 커졌다. 그리고 바로 다음 순간, 그가 한 행동을 보며 내가 어떻게 그를 의심했는지 도무지 이해할 수 없었다. 샘은 망설임 없이 내 앞에 몸을 던져 나를 가렸다. 모니카가 방아쇠를 당기면, 총알은 샘을 먼저 맞힐 수밖에 없었다. 그만두라고, 나 때문에 희생하지 말라고 외쳐야 했다. 하지만 그럴 수가 없었다. 눈꺼풀이 자꾸 내려앉았다. 말 한마디 내뱉는 것조차 너무 먼일처럼 느껴졌다.

"날 먼저 죽여야 할 거야." 샘이 모니카를 향해 말했다.

"샘, 바보 같은 짓 하지 마."

샘은 아무 말도 하지 않았다. 그의 손이 내 손을 꽉 쥐는 게 느껴졌다.

"진심이야?" 모니카가 믿을 수 없다는 듯 말했다. "정말…, 그 여자를 택하겠다고? 쟤를?"

"그래."

샘이 말했다. "애비를 택할 거야."

내 영웅.

죽는 순간에야, 남편이 나를 얼마나 사랑하는지 알게 됐다. 그래도…, 헛된 죽음은 아니겠지, 분명.

눈꺼풀이 더는 버티지 못하고 무겁게 내려앉기 시작했다. 그때, 총을 장전하는 '찰칵' 소리가 들렸다.

그리고,

세 번째 총성이 터졌다.

41

나는 하얀 방에서 눈을 떴다.

처음인 죽어서 천국에 온 걸지도 모른다고 생각했다. 하지만 아니다. 천국일 리가 없다. 천장엔 금이 가 있고, 침대 옆 에어컨은 요란하게 울어대고, 내 팔엔 링거 바늘이 꽂혀 있으니까.

병원…, 인가.

침을 삼켰지만 목이 바싹 말라 잘 넘어가지 않았다. 마지막으로 기억나는 건 총성이었다. 모니카가 총을 들고 있었고, 방아쇠를 당겼다. 샘을 향해.

아, 안 돼….

샘은 죽었겠지. 코앞에서 맞았는데. 그걸 맞고도 살아 있을 리 없었다.

그런데…, 모니카가 샘을 죽였다면, 나는 어떻게 병원에 온 거지? 모니카가 구급차를 불렀을 리는 없잖아.

그때 오른쪽에서 신음 소리가 났다. 관자놀이가 지끈거렸다. 침대 옆에는 파란색 리클라이너가 놓여 있었고, 그 위에 얇은 담요를 덮은 채 사람이 자고 있었다. 내 남편, 샘이었다. 잠결에 뭐라 중얼거리며 몸을 조금 뒤척였다.

살아 있다.

세상에, 살아 있어. 게다가 인공호흡기 같은 것도 하지 않았다. 내 병실에서 이렇게 자고 있다는 건 상태가 꽤 괜찮다는 뜻이었다.

"샘." 나는 속삭였다. 샘은 살짝 움직이긴 했지만 눈은 뜨지 않았다. "샘!"

이번엔 갈색 눈이 번쩍 뜨였다. 샘은 리클라이너에서 몸을 일으키더니 천천히 미소 지었다. "깼네."

"응." 나는 고개를 끄덕였다. "나 깼어."

샘이 손을 뻗어 내 손을 잡았다. 그의 손은 따뜻하고 든든했다. 반면 내 손은 축축하고 차가워서 괜히 민망해졌다. "정말 다행이야. 네가 괜찮은지 얼마나 걱정했는지 몰라, 애비…."

나는 링거가 안 꽂힌 팔로 눈가를 문질렀다. "무슨 일이 있었던 거야?"

"어디까지 기억나?"

나는 그의 왼팔을 바라봤다. 겉으론 멀쩡해 보였다. "당신 총 맞았잖아."

"아, 그거?" 샘은 내 손을 잠깐 놓고 팔을 문지르더니, 살짝 찌푸리며 말했다. "겉만 스친 정도래. 응급실에서 바로 붕대 감아줬고. 난 괜찮아."

"근데 모니카는…;" 나는 입술을 깨물었다. "당신한테 총을 겨누고 있었잖아. 다시 쏘려고 했고."

샘이 길게 한숨을 내쉬며 고개를 푹 숙였다. "…나한테 쏜 게 아니야. 모니카가…;"

나는 미간을 찌푸렸다. "뭐?"

"스스로를 쐈어."

숨이 턱 막혔다. "스스로를?"

샘은 손을 내려다보며 말했다. "모니카가 날 쏠 줄 알았어. 진짜로 날 죽일 줄 알았지. 이제 끝이구나 싶었는데…, 갑자기 총을 자기한테 돌리더니 턱 밑에 대고 방아쇠를 당겼어. 엄마가 죽은 걸 깨닫고는…, 그냥…, 모르겠어. 순간적으로 완전히 무너진 것 같아."

거티가 내게 했던 짓을 생각하면 치가 떨리지만, 그녀가 죽었다는 사실에는 가슴이 콕 아팠다. 거티는 수년 동안 내 비서였다. 내가 알던 거티는 그저 다정하고 상냥한 나이 든 여성이었다. 그 모든 게 연기였다고는 아무리 생각해도 믿기지 않았다. 거티의 웃음과 쿠키가 문득 생각났다.

하지단 모니카가 스스로를 쏜 이유가 정말 거티의 죽음 때문이었는지는 확신할 수 없다. 샘이 나를 지키려 했을 때 모니카 얼굴에 스친 표정을 나는 똑똑히 봤다. 엄마를 잃은 슬픔도 있었겠지만, 그게 그녀를 벼랑 끝으로 민 건 아니었다. 모니카는…, 내가 이겼다는 걸 알았고, 그래서 방아쇠를 당겼다.

샘이 조용히 말했다. "애비, 이것만은 꼭 알아줬으면 해. 나랑 모니카 사이엔 아무 일도 없었어. 정말 아무것도. 난 그 애한테 손끝

하나 댄 적 없어. 맹세해."

"믿어."

샘의 어깨가 툭 내려앉았다. "정말…, 믿어?"

"당연하지."

샘은 손으로 머리를 쓸어 올렸다. "그럼 너밖에 없네. 경찰은 나를 사람 취급도 안 했고, 네 엄마는 '네가 가진 걸 전부 빼앗아 버리겠다'고 협박했어. 내가 가진 게 대체 뭐가 있다고. 모니카 새엄마는 내 뺨을 때리기까지 했고. 다들 내가 개랑 안 잤다는 게 말이 안 된다는 눈치더라." 샘이 고개를 저었다. "아내를 두고 바람피울 생각이 없었다는 게 그렇게 이상한 일이야?"

나는 애써 웃어 보였다. "사람들 눈엔…, 그런가 봐."

"모니카가 사람들한테 내가 자기 남자친구라고, 남편이라고 떠들고 다녔더라. 난 몰랐어. 그걸 그냥 두고 있었다는 게…, 내 자신이 너무 멍청해 보여."

"글쎄." 내가 말했다. "모니카는 사람 조종하는 데 진짜 능하잖아. 애초에 이 일을 끝까지 밀어붙인 건 나였어. 당신은 처음부터 내키지 않아 했는데, 내가 설득해서 같이 한 거고."

"알아, 근데…."

나는 손을 뻗었고, 샘은 다시 내 손을 꼭 잡았다. "침실에서 당신이 모니카한테 한 말, 나 다 들었어. 당신이 그 애랑 자지 않았다는 것도 알아. 그리고…," 목이 칼칼해 침을 삼켰다. "나 대신 총 맞으려고 내 앞에 뛰어든 것도."

샘은 내 손가락을 꼭 쥐며 고개를 숙였다. "넌 내 전부야, 애비. 너한테 무슨 일이라도 생기면…."

328

"응." 내가 말했다. "무슨 말인지 알아." 나도 샘을 잃을까 봐 거티 앞에 몸을 던질 수밖에 없었다.

샘이 자세를 고쳐 앉았다. "그리고…, 약 얘기. 널 믿지 않은 거 정말 미안해. 네가 그런 짓을 할 사람이 아니란 걸 알았어야 했는데."

나는 고개를 끄덕였지만, 그날의 상처는 아직 덜 아물어 있었다. 그때 내 말을 믿어줬으면 얼마나 좋았을까.

"난 네가 데니즈를 죽였다고 생각한 적 없어." 샘이 말했다. "진짜야. 두슨 일이 벌어지는지 몰라서 혼란스러웠을 뿐이지, 그건 믿지 않았어." 샘이 고개를 저었다. "모니카가 네 기념일 선물로 그 편지칼을 사라고 그랬어. 회사에 널 데리러 갔다가 걔를 마주쳤는데, 선물 아이디어를 물었거든. 그때부터 이미 계획하고 있었다니…, 실감이 안 나."

"거티랑 모니카는 수년 전부터 준비해 온 거야…"

생각하면 할수록 속이 뒤집혔다. 내가 거티를 '일 열심히 하는 다정한 노인'으로 믿고 있던 시간 내내, 거티는 딸에게 줄 남편감을 고르고 있었다. 샘과 내가 난임 문제로 힘들어한다는 것도, 내가 아기를 얼마나 절실히 원하는지도 진작부터 알고 있었겠지. 그래서 나를 치워버리고, 내 돈과 내 남편을 딸에게 주려고 했던 거다.

그러고 보니 문득 떠올랐다. 아침에 눈을 떴을 때는 머리가 너무 멍해서 그 생각은 미처 못 했는데.

"샘, 아기는…." 목이 턱 막혀 숨이 제대로 안 쉬어졌다. "아기는…, 죽은 거야?"

샘의 입가에 희미한 미소가 스쳤다. "아니. 무사히 꺼냈대. 신생아 중환자실에 있어. 상태도 괜찮고."

"아…."

나는 길게 숨을 내쉬었다. 모니터에 둘러싸인 인큐베이터 안에 누워 있을 아주 작은 아기. 나는 그 아기를 오래도록 꿈꿨다. 아직 한 번도 본 적 없는데도 이상하게 마음 한쪽이 먼저 반응하고 있었다. 하지만…, 모니카가 우리에게 한 일을 생각하면….

"괜찮아." 샘이 갑자기 말했다.

"뭐가?"

샘의 갈색 눈이 슬퍼 보였다. "네가 그 아기를 원하지 않을 수도 있다는 거, 나도 알아."

"샘…."

"아니, 진짜로." 그가 말했다. "어제 오늘 겪은 일을 생각하면…, 다 이해해. 어떻게든 다른 방법을 찾으면 돼."

나는 몸을 일으키려 했지만 머리가 지끈거려 다시 누웠다. 최소 하루는 더 누워 있어야 할 것 같았다. "당신은…, 이 아기를 원해?"

"당연하지."

당연히 그렇겠지.

샘은 잠깐 머뭇거리더니 말했다. "사진 볼래?"

나는 고개를 끄덕였다.

샘은 휴대폰을 꺼내 몇 초 만에 화면을 켰다. 그리고 내게 사진을 보여 줬다. 나는 눈을 가늘게 뜨고 화면 속 신생아를 들여다봤다.

정말 작았다. 너무 작아서 보기만 해도 마음이 아릴 정도였다. 조그만 코에는 산소 줄이 꽂혀 있었고, 자그마한 흰 모자와 스웨터를 입었는데 그것마저도 헐렁해 보였다. 왼손엔 작디작은 손가락 다섯 개가 또렷했다.

"당신 닮았네." 내가 말했다.

아기는 보통 다 비슷하게 생겼다고들 하는데 이 아기는 정말로 샘을 닮았다. 정확히 집어 말하긴 어렵지만…, 코나 입매, 그 어딘가가.

"나도 그렇게 생각했어." 샘이 싱긋 웃었다. "오늘 아침에 잠깐 안아보게 해줬어. 딱 1분이었지만…, 진짜…."

그는 고개를 살짝 돌렸다. 들뜨는 마음이 죄책감처럼 느껴지는 모양이었다. 이 아이의 엄마가 우리 둘을 죽이려 했던 사람이니까. 그래도…, 그 순간 내가 할 수 있는 '옳은 일'은 하나뿐이었다.

"나도 원해." 내가 말했다.

샘의 눈이 환하게 빛났다. "진짜?"

"당연하지. 너무 예쁘고, 사랑스럽고…. 당신 닮았잖아."

'그리고 이 아이에겐 엄마가 없으니까.' 나는 마지막으로 떠오른 말을 삼켰다.

"네가 좀 더 괜찮아지면," 샘이 말했다. "같이 보러 가자. 알겠지?"

나도 모르게 웃음이 새어 나왔다. "응."

"그리고…," 샘이 윙크했다. "이름도 지어야지."

그래. 이제 우리 아이가 된 이 아기의 이름을 우리가 직접 지을 수 있다. 그리고 그 애를 집으로 데려갈 거다. 불과 며칠 전까지만 해도 불가능한 꿈처럼 느껴졌던 일이었다.

"드디어 우리 아이가 생겼다는 게…, 아직도 믿기지 않아." 내가 한숨 섞어 말했다.

샘이 고개를 끄덕였다. "나도 그래."

"우리가 그렇게 오랫동안 바라던 거잖아."

"응…."

"근데…," 나는 목소리를 낮췄다. "그 애 엄마가 죽었기 때문에 우리가 아이를 갖게 됐다는 게…, 마음이 복잡해."

샘은 아무 말이 없었다. 그런데 그의 표정이 어딘가 이상했다. 그 묘한 얼굴이 나를 불안하게 했다.

"왜?" 내가 결국 물었다.

샘은 목 뒤를 문지르며 시선을 피했다. "모니카가 죽었다고…, 말하진 않았잖아."

에필로그

1년 후

데이비드는 이제 걷기 시작했다.

사실 나는 아이 이름을 데이비드로 짓고 싶지 않았다. 하지만 샘은 끝까지 그 이름을 밀어붙였다. 그 이름이 샘 아버지의 이름이기도 했으니까. 샘은 심장마비로 가족 곁을 떠난 아버지를 얼마나 그리워하는지 좀처럼 입 밖에 내지 않는다. 대신 아들의 이름을 아버지에게서 따온다는 게, 그에게는 정말 큰 의미였다. 그리고 그 이름에는 나를 지금의 나로 만들어 준 데니즈를 기리는 뜻도 아주 조금은 담겨 있었다.

이제 데이비드는 한 살이다. 커피 테이블을 붙잡고 일어서서, 거실이라는 미지의 세계로 조심스레 첫걸음을 내디딘다. 데이비드는 신중하고 진지하다. 꼭 샘처럼. 다정한 것도 샘을 닮았다. 여러모로 이 아이는 샘을 빼닮았다.

나는 이 아이를 너무나 사랑한다. 다른 사람을 이렇게까지 사랑할 수 있으리라고는 상상도 못 했다. 부모님도, 샘도 사랑했지만, 이건 그 모든 것과는 결이 다르다. 나는 데이비드의 작고 완벽한 손을 몇 시간이고 들여다보며 감탄한다. 안아 줄 때면 아무리 꼭 껴안아도 모자란 느낌이 든다. 밤에 잠이 오지 않을 때도 데이비드 방에 들어가 곤히 잠든 그 작은 얼굴을 내려다보고, 고른 숨소리를 듣고 있으면 신기하게도 몸에 남은 긴장이 스르르 빠져나간다.

이 아이는 내 삶을 바꿔 놓았다.

샘이 플라스틱 이유식 통을 들고 거실로 들어왔다. 내가 이유식 맛이 얼마나 끔찍한지 계속 투덜거렸더니, 샘은 아예 자기가 직접 만들어 먹이겠다고 마음먹었다. 신기하게도 샘이 평소 만들던 음식은 끔찍한 수준이었는데, 데이비드를 위해 차리는 작은 한 끼들은 놀랄 만큼 맛있다. 나조차 인정할 만큼. 재능이 있는 게 아닐까 싶을 정도다. 나는 샘에게 음식 회사를 차려 보라고까지 했지만, 샘은 수학이나 계속하겠다고 한다.

데이비드도 그 음식을 좋아한다. 이유식 통을 보자마자 통통한 볼이 쭉 올라가며 환하게 웃는다. 그 미소를 볼 때마다 가슴이 저절로 녹는다.

샘은 데이비드의 머리를 다정하게 헝클어뜨린 뒤 하이체어에 앉혔다. 데이비드가 우리 둘과 닮지 않은 게 하나 있다면 금발이라는 점이다. 샘은 자기도 어릴 땐 금발이었다고 주장하지만, 난 사진을 봤다. 거짓말이다. 지금보다 연한 갈색이긴 했지만, 데이비드처럼 새하얀 금발은 아니었다. 그 머리색만큼은 모니카 쪽이다.

내 아들 덕분에 나는 하루도 그 여자를 잊지 못한다. 데이비드 얼굴에서 그녀의 흔적을 찾지 않은 날이 하루도 없다. 나는 앞으로도 계속 데이비드를 지켜볼 것이다. 혹시 이 아이가 모니카처럼 망가지는 건 아닐까 싶어서, 나는 그의 행동 하나하나를 살핀다.

다행이라고 해야 할까. 모니카가 스스로를 쏜 뒤 경찰이 그녀의 아파트를 수색했을 때, 데니즈 홀트 살인과 관련된 증거가 충분히 나왔다는 것이었다. 모니카와 그녀의 어머니를 그 사건과 연결하는 것들, 그리고 모니카가 회사 돈을 빼돌려 왔다는 흔적들. 일이 조금만 다른 방향으로 흘러, 내게 누명이 씌워졌을지도 모른다고 생각하면 등골이 서늘해진다. 아마 그래서 그들은 모든 걸 '내가 자살한 것'처럼 정리하려 했던 거겠지. 모니카는 수사가 시작되는 순간 진실이 드러날 거라는 걸 알고 있었을 테니까.

그리고 또 하나. 모니카는 내 대리모가 되겠다고 나서기 전부터 자넬과 접촉하고 있었다. 자넬을 설득해 '나와 샘은 부모로 적합하지 않다'는 생각을 심어 줬다. 우리 아이가 될 뻔한 그 아기를 빼앗아 간 장본인이 결국 모니카였다.

그리고…, 모니카는 아직 살아 있다.

"냠냠." 샘이 데이비드에게 작은 플라스틱 숟가락을 내밀며 말했다. "맛있는 칠면조 으깬 거야. 냠냠."

데이비드는 그걸 마치 데친 랍스터라도 되는 것처럼 덥석덥석 받아먹었다. 솔직히 말해, 꽤 맛있기도 했다. 나는 샘이 만드는 건 뭐든 한 입씩 꼭 맛본다. '살모넬라 서프라이즈' 사건 이후로 아직도 어딘가 샘을 완전히 믿지 못하는 마음이 남아 있어서인데, 다행히도 늘 괜찮다.

"냠냠." 데이비드가 옹알거렸다.

샘이 웃었다. 샘은 데이비드랑 정말 잘 논다. 내가 상상했던 것보다 훨씬 더 이 아이를 사랑한다. 데이비드도 샘을 똑같이 사랑한다. 그럴 때마다 가끔 마음이 시큰해진다. 우리가 이 행복을 이렇게 오래 기다려야 했다는 사실 때문에. 그리고 모니카가 아니었다면 아직도 기다리고 있었을 거라는 사실 때문에.

그렇다. 모니카는 아직 살아 있다.

살아 있긴 하되, 식물인간 상태로. 마지막으로 내가 그녀를 봤을 때 모니카는 병원 침대에 누워 인공호흡기에 의지해 숨을 쉬고 있었고, 턱 옆으로 침이 흘러내리고 있었다. 두피는 수술용 스테이플러로 촘촘히 꿰매져 있었다. 심각한 뇌손상이라고 했다. 의미 있는 회복은 거의 불가능할 거라고도.

최근에 들은 바로는 인공호흡기는 뗐다고 한다. 하지만 여전히 먹지도, 말하지도, 걷지도 못한다. 주위에서 무슨 일이 벌어지는지도 모른다. 여전히 식물인간 상태다. 1년이 지나면 그 상태가 영구적인 것으로 간주된다고 했다.

샘이 데이비드에게 이유식을 다 먹이고 나니, 데이비드는 거의 온몸에 이유식을 뒤집어쓴 수준이었다. 턱받이는 말할 것도 없고, 통통한 팔과 머리카락, 볼에도 잔뜩 묻어 있었고, 심지어 눈꺼풀 위에는 덩어리 하나가 떡하니 붙어 있었다.

"대체 어떻게 먹으면 매번 이렇게 엉망이 되지?" 내가 중얼거렸다.

"너 닮아서 그래."

"아, 그러세요?"

"응." 샘이 눈을 동그랗게 뜬 채 고개를 끄덕였다. "저녁 먹고 나면 늘 네 머리카락에 음식이 붙어 있잖아. 내가 매번 떼어내느라 얼마나 고생하는데." 샘이 씩 웃었다. "진짜 골치 아프다니까, 애비."

나는 샘 팔을 툭 쳤고, 그는 더 크게 웃었다. 사람들은 아기가 생기면 부부 사이가 멀어진다고들 말한다. 우리도 예전처럼 불붙어 있지는 않다. 둘 다 전보다 훨씬 지쳐 있고, 데이비드가 세상에서 제일 잘 자는 아기도 아니다 보니. 그래도 우리는 여전히 둘만의 시간을 갖는다. 정기적으로 데이트도 하고, 데이비드가 침대에서 잠든 밤이면 소파에서 키스도 한다. 가끔 손 많이 가는 아기 때문에 예민해질 때도 있지만, 대체로는 이 아이가 우리 가족을 완성시켜 줬다.

"내가 데이비드 목욕시킬까?" 내가 물었다.

샘이 고개를 저었다. "아냐, 내가 할게." 그리고 데이비드를 보며 말했다. "목욕할 준비 되셨나요, 우리 아드님?"

데이비드가 신나서 두 팔을 번쩍 들었다. "바—!"

데이비드는 이유식만큼 목욕도 좋아한다.

샘은 데이비드를 하이체어에서 들어 올리며 최대한 이유식을 닦아내 보려 했지만, 이미 손쓸 수 없는 수준이었다. 두 사람은 복도를 따라 욕실 쪽으로 사라졌다. 나도 모르게 웃음이 났다. 데이비드에게 모니카의 유전자가 섞였다는 건 엄밀히 말하면 맞는 말이겠지단, 금발 머리 말고는 그녀의 흔적이 거의 느껴지지 않는다. 지금까지는…, 그냥 샘 그 자체다.

데이비드가 하이체어에 남겨 놓은 참사를 치우고 있는데, 아래층에 손님이 왔다는 알림과 함께 인터폰 벨이 울렸다. 나는 싱크대로 가 손가락에 묻은 칠면조 이유식을 급히 씻어냈다. 그리고 누가 왔는지 확인하려고 벽에 달린 버튼을 눌러 화면을 켰다.

"애들러 부인?" 인터폰 너머로 도어맨의 금속성 목소리가 들려왔다. "손님이 오셨습니다. 루이즈 존슨이라고 하시네요."

루이즈 존슨. 모니카의 새엄마다.

여긴 대체 왜 온 거지?

"올라오시라고 해주세요." 나는 생각할 새도 없이 말했다.

모니카가 스스로를 쏜 뒤로 루이즈 존슨과는 서너 번쯤 통화했다. 모니카가 회복 가능성이 없다는 게 분명해지자, 그녀와 모니카의 아버지는 모니카를 집으로 데려가 돌보기로 했다. 솔직히 놀랐다. 모니카가 어렸을 때부터 얼마나 끔찍한 짓을 했는지 알고 있으니까. 두 사람은 생각보다 괜찮은 사람들 같았다. 나는 선뜻 이해가 안 됐지만, 샘은 그들에게 가끔 데이비드를 보러 와도 된다고 했다. 그런데 존슨 부인은 친절하지만 단호하게, 그럴 생각은 없다고 말했다. 나는 안도했다.

그녀가 왜 왔을까. 혹시 모니카에게 무슨 일이 생긴 건 아닐까.

만약…, 모니카가 깨어났다면? 눈을 뜨고 침대에서 몸을 일으켜, 자기 아들을 보겠다고 요구한 거라면?

…아니, 그럴 가능성은 거의 없겠지. 의사들이 깨어날 가능성은 없다고 못 박았으니까.

하지만 세상일은 모르는 거다.

초인종이 울렸을 때 나는 거의 숨이 막힐 것만 같았다. 문을 홱 열자 익숙한 얼굴이 보였다. 전보다 흰머리가 더 늘었고, 미간 사이엔 깊은 주름이 패여 있었다. 모니카를 돌보는 일이 얼마나 힘들지 짐작이 갔다.

"안녕하세요, 존슨 부인." 나는 최대한 침착하게 인사했다.

"안녕하세요, 애들러 부인." 그녀가 대답했다.

아무래도 이름 부를 사이는 아닌 모양이다.

"잘 지내셨어요?" 나는 딱딱하게 물었다.

"네, 그마워요." 그녀는 아주 엷은 미소를 지었다. "애들러 부인은요?"

"네, 저도요." 목이 탁 막혀 침을 삼켰다. "…모니카는요? 모니카는 좀 어때요?"

"그대로예요." 그녀가 시선을 피했다. "변화 없어요."

처음 떠오른 생각이 '다행이다'라는 게 끔찍한 걸까. 우리 가족을 거의 몰살시킬 뻔한 여자가 다시 멀쩡히 돌아다니는 걸 바라지 않는 내가 잔인한 사람일까. 이제 더는 모니카 존슨에 대해 걱정할 필요가 없다는 사실이 솔직히…, 안심이 됐다.

그런데 존슨 부인이 덧붙였다. "다만…."

심장이 철렁 내려앉았다. 다만? 모니카는 식물인간 상태다. 영구적이라고 했다. 절대 깨어나지 못할 거라고. 의사들은 "죽은 거나 마찬가지"라고도 했었다. 다만, 뭘까?

나는 헛기침을 했다. "다만 뭐예요?"

"아." 그녀는 내 질문에 놀란 듯 고개를 저었다. "아무것도 아니에요. 신경 쓰지 마세요."

아무것도 아니라고? 신경 쓰지 말라고? 나는 당장이라도 그녀를 붙잡고 흔들어 ‘다만’이 뭔지 말하게 만들고 싶었지만, 겨우 이성을 붙들었다. 하마터면 쓸데없는 짓을 할 뻔했다.

“저기⋯,” 존슨 부인이 눈을 내리깔더니 가방을 뒤적이기 시작했다. 나는 흠칫했다. 지난번 이 집에서 모니카가 가방에서 총을 꺼내던 장면이 떠올랐다. 하지만 존슨 부인은 그럴 사람이 아니다. 걱정할 필요 없다. 그래도 그녀가 가방에서 작고 가장자리가 해진 노란 담요를 꺼낼 때까지는 몸의 긴장이 풀리지 않았다.

“어제 옷장 맨 뒤에 있던 오래된 상자들을 정리하다가 발견했어요.” 그녀가 담요를 내려다보며 말했다. “모니카가 예전에 쓰던 거예요.”

나는 담요를 멍하니 내려다봤다. 마치 손대면 안 되는 물건처럼.

“어릴 때 그 애가 제일 좋아하던 담요였어요.” 존슨 부인이 한숨을 내쉬었다. “십대가 되어서도 침대에 두고 잤죠. 그 애한테는⋯, 정말 의미가 큰 물건이었어요.”

“아⋯.” 나는 그 말에 뭐라고 대답해야 할지 몰라 짧게 숨만 뱉었다.

“애비.” 존슨 부인이 고개를 들어 내 눈을 똑바로 바라봤다. “모니카에 대해 당신이 어떤 마음일지 알아요. 저도⋯, 비슷한 감정을 많이 겪었으니까요. 하지만 그 애는 당신에게, 사람이 사람에게 줄 수 있는 가장 큰 선물을 줬어요.”

그 말에 반박할 수 없었다.

“모니카라면 자기 아들이 이 담요를 갖고 있길 바랄 거예요.” 그녀의 시선이 낡고 바랜 노란 천으로 내려갔다가 다시 내게로 돌아왔다. “물론 결정은 당신이 하는 거지만⋯, 이걸 아이에게 줬으면 해요. 아이가…, 친모의 작은 일부라도 곁에 두고 자라도록요."

친모의 일부? 이미 그 피가 저 아이 몸 안을 흐르고 있는데. 내가 아들을 볼 때마다 그 여자의 흔적을 찾게 되는 걸로도 충분하지 않나. 데이비드를 그토록 사랑하면서도, 그의 유전자 절반이 모니카라는 사실만은 지울 수가 없는데.

그래드 존슨 부인이 담요를 내 쪽으로 내밀자, 나는 결국 받아들었다. 말해 봤자 소용없다. 이 담요를 데이비드에게 줄 거라고 믿어야 그녀 마음이 편해진다면, 그냥 그렇게 믿게 두는 수밖에. 어차피 이 담요가 갈 곳은 쓰레기통뿐이니까.

문을 닫고 걸쇠까지 채우려던 그때, 욕실에서 샘이 데이비드를 안고 나왔다. 데이비드는 반짝반짝 깨끗해진 채 초록색 수건에 폭 싸여 있었다. 샘은 목욕만 시키면 꼭 이렇게 데이비드를 내게 데려온다. 내가 수건에 둘둘 말린 데이비드 모습을 얼마나 귀여워하는지 아니까. 데이비드는 내게 활짝 웃어 보이며, 작디작은 이 여섯 개를 자랑하듯 드러냈다.

"누가 왔었어?" 샘이 물었다.

"모니카 새엄마." 말끝이 떨렸다.

샘 얼굴이 창백해졌다. 내 얼굴도 똑같이 질려 있을 게 분명했다. "모니카는 어떻대?"

"그대로래." 내가 말했다.

'다만…'

"아." 샘의 어깨가 힘없이 내려앉았다. "…다행이네."

"그리고," 내가 덧붙였다. "모니카가 쓰던 담요라면서 이걸 가져왔어."

나는 담요를 코에 대봤다가, 냄새에 얼굴을 찡그리며 고개를 홱 젖혔다. 모니카가 쓰던 라벤더 향수가 진하게 배어 있었고, 은은한 세제 냄새가 그 사이에 섞여 있었다. 이 담요를 싫어할 이유가 또 하나 늘어난 셈이었다.

"미쳤군. 우리가 저걸 원할 거라 생각했나?" 샘은 얼굴을 찌푸리며 데이비드를 더 세게 끌어안았다. "버려. 당장."

"다—묘." 데이비드가 통통한 손으로 담요를 가리키며 말했다.

"그래." 내가 말했다. "지저분한 담요야. 버릴 거야."

나는 담요를 쓰레기통에 던지려 몸을 돌렸다. 그런데 쓰레기통 앞에서 손이 잠깐 멈춘 순간, 데이비드 얼굴이 구겨졌다. "다—묘!" 데이비드가 울부짖었다.

"안 돼, 우리 아들." 샘이 참을성 있게 말했다. "그건 네 거 아니야."

"다—묘!" 내 아들 얼굴에 눈물이 주르륵 흘렀다. 데이비드는 샘이 붙잡고 있기 힘들 정도로 몸을 버둥거렸다. 금세 걷잡을 수 없이 울기 시작했다. "다—묘! 다—묘, 마마!"

내 손은 아직도 담요를 꽉 쥐고 있었다. 내가 쓰레기통에서 한 걸음 물러서자, 데이비드 얼굴에 안도의 빛이 번졌다. "다—묘…." 데이비드가 애원하듯 우리를 올려다봤다.

"주면 안 돼." 샘이 말했다. "난 저걸 우리 집에 두고 싶지 않아."

데이비드는 손을 뻗어 있는 힘껏 담요를 잡으려 했다. 첫돌 선물로 받은 장난감 트럭엔 이 정도로 집착하지도 않았는데. 물론 트럭보다 상자를 더 좋아하긴 했지만. 정말로 속상해 보였다. 담요 하나 때문에 이렇게까지?

“…일단은 줘도 될 것 같아.” 내가 결국 말했다.

“애비, 안 돼….”

“하루만 지나면 금방 시큰둥해질 거야.” 내가 말했다. “장담해.”

샘은 고개를 저었지만, 데이비드가 이렇게 나오면 나는 도저히 ‘안 돼’라고 못 한다. 데이비드는 내 하나뿐인 아이고, 나는 그 애를 너무나 아낀다. 그래서 나는 담요를 버리는 대신 데이비드 쪽으로 내밀었다. 데이비드는 환하게 웃으며 담요를 받아 들었다. 그리고 모니카의 라벤더 향이 아직 희미하게 남아 있는 천 속으로, 얼굴을 깊숙이 파묻었다.

옮긴이 **박지현**

출판물 기획 및 번역가. 고려대학교 영어영문학과를 졸업하였고, 동 대학원에서 영어교육학을 전공하였다. 다양한 영어 교재 및 수험서를 개발하였으며, 번역한 책으로는 《위층의 아내》, 《동물농장》, 《페스트》, 《데미안》 등이 있다.

대리모

초판 2026년 2월 25일 1쇄
저자 프리다 맥파든
옮긴이 박지현
편집 나다연 **디자인** 배석현
ISBN 979-11-93324-86-8   03840

발행인 아이아키텍트 주식회사
출판브랜드 북플라자
주소 서울시 강남구 학동로 329 북플라자 타워 6층
홈페이지 www.bookplaza.co.kr

오탈자 제보는 book.plaza@hanmail.net으로 해주세요.
파본은 구입하신 서점에서 교환해 드립니다.